大鱼文化传媒　大鱼文学

# 女神养成记

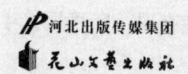

阮笙绿 著
RUANSHENGLV

河北出版传媒集团
花山文艺出版社

图书在版编目（CIP）数据

女神养成记 / 阮笙绿著. —石家庄：花山文艺出版社, 2017.2（2020.3重印）
ISBN 978-7-5511-3038-7
Ⅰ.①女… Ⅱ.①阮… Ⅲ.①言情小说－中国－当代 Ⅳ.①I247.5
中国版本图书馆CIP数据核字(2016)第269412号

| 书　　名： | 女神养成记 |
|---|---|
| 著　　者： | 阮笙绿 |
| 策划统筹： | 张采鑫 |
| 特约编辑： | 千月兔 |
| 责任编辑： | 于怀新 |
| 责任校对： | 齐　欣 |
| 封面设计： | 严曼丽 |
| 内文设计： | 米　籽 |
| 美术编辑： | 许宝坤 |
| 出版发行： | 花山文艺出版社（邮政编码：050061） |
|  | （河北省石家庄市友谊北大街330号） |
| 销售热线： | 0311-88643221/29/35/26 |
| 传　　真： | 0311-88643225 |
| 印　　刷： | 三河市华东印刷有限公司 |
| 经　　销： | 新华书店 |
| 开　　本： | 880×1230　1/32 |
| 印　　张： | 9 |
| 字　　数： | 245千字 |
| 版　　次： | 2017年2月第1版 |
|  | 2020年3月第2次印刷 |
| 书　　号： | ISBN 978-7-5511-3038-7 |
| 定　　价： | 45.00元 |

（版权所有　翻印必究·印装有误　负责调换）

## 目 录
### 女神养成记

Contents

**第一章**
隐藏的恋人 /001/

**第二章**
不可跨越的距离 /019/

**第三章**
你是我的私人作品 /036/

**第四章**
身边妖孽尽出 /053/

**第五章**
BOSS 的秘密 /072/

**第六章**
跟着 BOSS 有肉吃 /087/

**第七章**
饲主 /106/

**第八章**
不自觉的宠溺 /124/

# 目 录
### 女神养成记

Contents

**第九章**
波涛暗涌 /141/

**第十章**
给小鹿姑娘 /156/

**第十一章**
把你宠上天 /176/

**第十二章**
忙到没时间吵架的情侣 /191/

**第十三章**
请别靠近我 /209/

**第十四章**
刨心 /225/

**第十五章**
新生 /243/

**第十六章**
重新追求 /262/

## /第一章/
NVSHEN YANGCHENGJI

## 隐藏的恋人

那个打扮得利落、干练的女人,一如平日里一样,即便穿着最简单的套装,也掩饰不住骨子里透出的傲慢和美艳。她看着周小鹿,语气中带着讥讽和不屑:"你和他,一个是天上的星星,一个是地上的尘土,你的存在只会让他蒙尘。"

周小鹿低下头,有些固执地说:"可我喜欢他,他也喜欢我。"

啪!

一个清脆的耳光甩了过来,周小鹿白皙的脸上瞬间浮现出五个清晰的手印,而对方脸上的愤怒和厌恶却愈加明显:"喜欢是什么东西?能当饭吃吗?能当钱花吗?能给他带来什么帮助吗?别天真了!他爬到这一步不容易,我不想看到他被你毁掉!你说喜欢他?要是真喜欢,就快点离开他!他存在的地方,你永远到达不了。"

永远到达不了!

这几个字犹如魔咒一般在周小鹿的大脑里炸开,她一惊,哭着从睡梦中醒来。映入眼帘的是再熟悉不过的场景,粉色的墙面,一排排的货架,货架上整齐的花篮和花瓶……

是她的小花店，中午没人光顾，她一个人趴在收银台上睡着了。

她站起来，活动活动发麻的手脚，努力不让自己再想起那个梦，虽然她知道这根本不只是一个梦。她真的见过那个女人，那个女人也真的对她说过这样的话。

除了一件事不是真的。

她并没有为自己辩解那句："可是我喜欢他，他也喜欢我。"

她是哑巴，天生的，虽然听觉正常，可是不会说话。

周小鹿默默捂着脸，那个手印早就不复存在了，可心里的那道伤疤却越来越深，似乎永远也不可能愈合。因为这一巴掌，她心里某些愿望又开始蠢蠢欲动。

这条街临近电视台，经常有明星出没，街头巷尾到处都贴有明星的海报，而出现次数最多的永远都是巨星 Lawrence。

一米八五的身高，长腿窄腰，一张面孔更是精致得连女人都觉得汗颜，他就是全民偶像 Lawrence。

他怎么可能有女朋友？即使有，也应该是那种外貌完美、家世良好的女神才对。

周小鹿透过自己店的玻璃橱窗，看着对面咖啡厅门口立着的等身人形站牌，默默发着呆。

其实我也想跟他并肩。

他在的地方，就算只是一次，我也想去看看。

想跟他正大光明地在一起。

真的不行吗？

周小鹿哭了。

为什么，她的情事，永远都只能是个秘密？

沉浸在自己情绪中的女孩完全没有注意到，咖啡厅里有个男人一直都在看她。从这个角度看过去，正好能看到女生微微沾湿的睫毛在轻轻地颤抖，嘴唇微嘟，似乎很不开心。

金色的阳光从她头上流泻下来，将她脖颈处细不可见的绒毛都映衬得非常清楚，像只迷路的小动物，楚楚可怜。

他拿起手机拍下那个侧影，看了许久，才输入一行字："不管用什么方法，捧红这个女孩。"然后按了发送键。

对方消息回得很快："BOSS，你确定？普通人也就罢了，这女孩还是个哑巴。"

他扫了眼信息，输入几个字回过去："也许她能帮我们毁掉Lawrence。"

还有一句话，他并没有说出口，那句话是："悲伤的女孩，成为我手上最有力的武器吧。"

猎物进入视野，猎手蠢蠢欲动，这个春天，谁成王，谁为寇，还未可知。

周小鹿开了一个花店，名字叫作"小鹿花房"，花房外立着的自制店牌上是这么写的：小鹿花房，知道你的心事，温暖你的情事。

周围的小白领都爱在这里买花，花房的生意不错，周小鹿的小日子过得还算滋润。她开小面包车，租下还不错的单身公寓，周末会有个学生妹小园来这里打工，她可以稍微轻松一下，给自己放个小假，在家里点上香薰，泡个澡，晚上等着她朝思暮想的那个人上门。

今天是星期六，周小鹿原本想走，可无奈花店里生意实在太好，小园一个人忙不过来，她只能留下来帮忙。

这种状况持续到下午，周小鹿才开始发现事情不太对劲——首先，来买花的人大多数都是年轻男性，挑了花付了款却转手送给她这个卖花人的事情也越来越多。其次，买花的人来店里，第一眼看的不是花，而是她的脸，然后低头看一眼手机，再跟身边的人窃窃私语一句："没错，就是她。"

周小鹿一阵惶恐，差点以为自己被通缉了。

后来还是小园兴奋异常地举着手机对她说："小鹿姐，不知道是谁拍了你卖花时候的照片发到微博上，转发量好几万呢！现在你火了，大家都叫你卖花妹。"

卖花妹？周小鹿绝倒。

莫名其妙地变红，带来的好处就是小鹿花房的营业额有明显提升，一天下来，她略微算了一下，纯利润竟然翻了好几番。她兴奋地按着计算器，异想天开地想，如果继续这样红下去的话，也许很快就能凑够房子的首付了。

这一天过得太开心太充实，以至于回家的路上，她都在哼歌，当然她哼的歌，只有她自己能听见。

回到自己租住的小房子，刚刚掏出钥匙，门就被打开了，接着她就被拽了进去，门关上，而她则被结结实实压在了门板上。

"怎么这么晚才回来？我都等你好久了。"

压着她的男人，有一张精致漂亮的脸，头发染成酒红色，显得皮肤尤其白皙，一身黑色连帽家居服，再普通不过的服饰，穿在他身上却无端端让人觉得光芒万丈。

"对不起哦，嘉铮，我今天太忙了。"周小鹿被他压得有些透不过气来，但还是抽出自己的两只手，用手语解释，表情里尽是讨好。

"一个小破花店而已，有我忙吗？我可是冒着被平姐抓到的危险偷跑出来的。"陈嘉铮的语气听起来有些恼怒，但是看到她讨好的表情，语气稍微缓和了一些，"我都饿死了，家里有什么吃的？"

周小鹿慌忙点头，一边手语一边往厨房走："想吃蛋包饭吗？材料都是现成的，我马上去做。"

周小鹿的手艺还算不错，特别是做蛋包饭，用陈嘉铮的话说，他在世界各地都吃过蛋包饭，唯独她做得最合他的胃口。

陈嘉铮听到有自己独爱的美食吃，表情就柔和了起来，唇角翘起笑的时候，有几分邪邪的孩子气。周小鹿手脚麻利地做好了蛋包饭，还打了一杯梨汁。陈嘉铮最珍惜自己的嗓子，是从来不喝刺激性饮料的，梨汁润肺，对嗓子也好，最适合他。

食物上桌，他这才关掉游戏，放下手机，过来吃东西。他吃东西的样子很好看,是专门训练过的,在外用餐即使被狗仔拍到,上了杂志也不会让粉丝觉得邋遢的姿态。

熟悉的味道抚慰着他的胃,仿佛也抚慰了他的灵魂,他抱着周小鹿不撒手:"小鹿,只有在你这里,我才感觉最温暖。"

周小鹿开心地笑。

酒足饭饱后的陈嘉铮是最温柔的,他躺在地毯上,头枕在周小鹿的腿上,有一搭没一搭跟她说话,也不知道是不是太累了,说着说着就睡着了。

周小鹿俯视着陈嘉铮的脸,这张脸虽然没有海报上的Lawrence那样冷漠,但是依然那样出色。她眼前一片恍惚,突然觉得眼前的人离自己很远,她忍不住伸手摸了摸他的脸,感觉到他的体温,才放下心来,不是做梦啊,他真的就在这里。

Lawrence陈嘉铮,就在这里,在她身边。

"别闹。"陈嘉铮皱了皱眉,挡开她的手,身子在地毯上挪了挪,寻了个更舒服的姿势,头埋在她的肚子上,像只大型宠物一样舒服地叹气,"小鹿,你闻起来像块奶糖,香香软软的。"

周小鹿摸了摸他的头发,不再打扰他,安静地看他睡觉。

她在他面前总是这样,安静而小心翼翼,即便腿都麻了,也不吭声。毕竟,跟他在一起的每一秒都像是上天的恩赐,有什么好抱怨的呢?

他这一觉睡得很沉,只是睡了不到一个小时,就被手机铃声吵醒了,他捂着耳朵,挣扎着起身,暗暗骂了一句:"该死。"

在这个铃声响起的那一瞬间,周小鹿的心就"咯噔"了一声,她认得这个铃声,是元平时在陈嘉铮手机上的专属铃声,只要这个铃声响起,就代表陈嘉铮要走了。

果然,陈嘉铮皱着眉头接起电话,慢慢起身,一直手拿电话,另一只手已经开始穿衣服。

"平姐……知道了……这就来……"

元平时是陈嘉铮的经纪人,是她将默默无闻的陈嘉铮一手捧红,捧到了今天这个位置，他对她一向言听计从。可是这一次，不知道元平时说了什么，陈嘉铮的语气听起来竟然有些不耐烦："平姐，我什么都可以听你的，但唯独这件事不行，你不要再说了。"

电话那头的元平时似乎哄了几句，他这才放缓声音应着："我分得清轻重，不会让你为难的，你派车来接我吧，对，我在她这里。"

挂上电话，陈嘉铮回头抱歉地冲周小鹿笑笑，捏了捏她的脸颊说："我该走了。"

周小鹿睁着一双湿漉漉的眼睛看着他，什么都没说。

其实说不失落是假的，好长时间没见，这一次见面也只有短短的几个小时，而且时间全部用在了那件事上，都没怎么好好聊天。

他最近怎么样，过得好不好？有没有遇到不顺心的事？有没有什么开心的事？

她全部都不知道。

哦，其实也是可以知道的，从报纸上，电视上。

想到这里，周小鹿只觉得可笑，可又笑不出来，眼眶一红，竟然哭了。陈嘉铮看着她的眼泪，就只是用力地抱了她一下，起身走了。

门开了，门又关上，没开灯的房间里光线明了又暗，周小鹿哭着哭着，觉得自己真是窝囊，开始发脾气，将被子全部踢到床下，又将房间里关于他的海报全部撕碎。

撕到一半又觉得无力，吸着鼻子抹着眼泪坐在地板上发呆。

周小鹿，你为什么发脾气？他跟你说过爱你吗？他承认过你们的关系吗？所以，你不过是个临时的厨娘，睡觉用的抱枕而已，你到底有什么资格发脾气？

周小鹿长了四颗智齿，经常发炎，肿得厉害，陈嘉铮早就给她预约好了个私家医院，让她去拔牙，她总不愿意去，于是在陈嘉铮离开后的半个小时后，她的牙又开始疼，断断续续疼了一夜，第二天早上起来，脸都肿了。

这一次一定要去看牙了,她想。

将花店托付给小园,周小鹿戴着大口罩,穿着背带裤,扎着简单的马尾,开着贴了"小鹿花房"花型贴纸的小面包车,穿街过巷,在中午十二点半到了万华街那座叫作"元氏牙科"的私家医院。

私家医院的服务果然不是盖的,挂了号之后立刻有穿着粉红色护士装的小护士前来引路,一直将她带到医生的私人门诊前。医生刚送走一个病人,抬头看到捂着半边脸的周小鹿,就示意护士带她进来,而周小鹿却站在门口踌躇了半天,才敢走进去。

说真的,她从来没见过这样年轻帅气的男医生,那脸那身材明明就是标准的男神,连那件被广大民众吐槽为,扣上扣子像面粉厂的,敞开了穿像精神病院跑出来的白大褂,也能穿出高级定制风衣的优雅气质,抬起头说话时,更是沉稳而自信,气场很足。

而且进门的时候,护士就已经知道了她的情况,跟她说过,特意给她安排了会手语的医生。所以周小鹿对这个医生的好感,顿时又增加了好几个高度。

她坐在椅子上,帅哥医生简单问了些问题,她用手语一一答了,然后护士带她漱了口,就让她躺在身后的病床上。不知道怎么的,她总觉得这个医生看起来有些眼熟,可是又怎么都想不出来在哪儿看到过。而在这个空当,她看了一眼他的胸牌,上面写着的名字是"元暮时"。

躺在病床上,张大嘴巴,让元暮时检查口腔的时候,还是很不好意思的,帅哥的气息就在自己的咫尺处,她甚至能看到他脸上刚刚冒出来的胡楂,还有呼吸时喉结细微的滑动,这个感觉好暧昧,纵使周小鹿这种粗神经的人也会觉得不好意思,索性闭上眼睛。

可是闭上眼睛又觉得更奇怪,闭了一下又睁开,睁开又闭上,反复几次后,认真工作中的元暮时被她逗笑了。

"你这样我会以为你在对我放电。"元暮时挪开周小鹿头顶上的器械,轻笑了一声,拍拍她僵硬的肩膀,示意她起来,"好了,没什么大事,你正在长智齿,牙床不够用,龈瓣覆盖萌出不全引起的冠周炎,先消炎吧。"

周小鹿有些郁闷，用手语说："我想拔牙。"

"想拔现在也拔不了，发炎的时候拔牙容易引起并发症，要拔也要等到好了之后才能拔。"元暮时坐在办公桌前，身上的白大褂雪白笔挺，隐隐还散发着不可亵渎的圣洁光芒，他说着在病历本上写着什么，边写边嘱咐，"先输液，我再开瓶漱口水给你，还有消炎药，漱口水饭后用，消炎药也饭后，一天三次。"

写完就将病例给周小鹿，示意她，拿了药输了液就能走了。周小鹿笑眯眯地接过元暮时开出的药单去一楼拿了药，然后乖乖坐在输液室里输了液。

人倒霉的时候，喝凉水都塞牙，眼看着输液要结束了，她刚准备站起来活动活动手脚，却被一个匆忙从她身边路过的护士撞倒，整个人摔在地上，身体刚着地，一阵刺痛从屁股上传来，她又立刻弹跳起来，痛苦地趴在椅子上不动了——她刚才摔倒坐到了玻璃瓶的碎片上，碎片扎进肉里，血直往外冒。肇事的护士吓得不轻，而其他护士早已眼疾手快地过来处理现场，并且将这件事报告给了院长。

周小鹿完全没想到，刚才给自己看牙的帅哥医生元暮时就是院长。短短的两个小时后，她又出现在元暮时的病床上，不过上次是躺着看牙，这一次是趴着看屁股……

元暮时仔细地帮她清理好伤口，并且缝了两针，最后才说："我代表医院向你道歉，希望你能原谅我们工作上的疏忽，那个玩忽职守的保洁已被停职，我们一定会严肃处理，另外你的精神损失费和误工费我们也会赔偿。"他说这些官样文章的时候严肃而谦和，丝毫看不出尴尬，可是周小鹿一想到对方刚才给她缝过屁股，就尴尬地无法平静地跟他交谈，只是连连点头，赔偿什么的都没要，就拿上自己的东西一瘸一拐地走出医院大门。

出了医院她才意识到一个新的问题，她屁股上有伤，连坐都不能坐，要怎么开车回家呢？就在她纠结着是打车回家，还是打电话回店里，让小园来接自己时，一辆黑色的奥迪车缓缓停在自己身边，车窗摇下，露出元暮时那张略严肃的帅脸。

"你有伤不能开车，我送你回家。"元暮时已经换下了白大褂，穿了清爽的湖蓝色修身衬衣，衬衣上面两粒扣子没扣，袖口也挽上去一些，显得有些随意，没有在医院时那么严肃死板。这种完全不同的气质让周小鹿有些愣神，就算有了陈嘉铮那样的美男子男朋友，她也不得不承认，眼前这个男人真的很帅。

她连连摆手，表示不用了，并且用手语说："我可以打车。"

"刚才你没有接受赔偿，现在连这样的道歉方式也不接受，那么为了医院的名誉，我就只好将那个护士和今天值班的保洁都开除了。"元暮时冷下脸来做严肃状，眼神深邃且痛心，似乎在传达着一种信息：如果那个保洁被开除，就是你害的。

开除？没那么严重吧？周小鹿果然在那样的眼神中败下阵来，用手语说："我接受道歉，让你送还不行吗？你别开除她啊，她也不是故意的。"

周小鹿一瘸一拐上了元暮时的车，由于屁股上的伤，她试验了几次，最后悲催地发现，怎么坐都疼，她只有用癞皮狗的姿势趴在了后座上面。

第一次坐帅哥的车就是用这样的姿势，说不丢人是假的，但是车子摇摇晃晃又实在太舒服，以至于周小鹿在丢人的情绪中纠结了没几分钟就睡着了。

就在周小鹿睡觉的短短几十分钟里，一则消息如流感一样在网络中迅速蔓延——还记得曾经大受追捧的"卖花妹"吗？近来有网友拍到"卖花妹"看牙医的照片，面颊鼓鼓如同松鼠，呆萌可爱。更是傍上男神牙医，香车护航，羡煞旁人。

旁边贴的就是周小鹿走下小货车的照片，还有输液时百无聊赖玩手机的照片，最后一张是元暮时扶着周小鹿上车的照片。

一时间男神萌妹组合风靡了网络，引来各大门户网站转载，风头更盛从前。

送周小鹿回家后，元暮时坐在计算机前快速浏览了下网页，对目前的状况很是满意，微笑着发了一条信息："做得很好，再炒热一点。"

信息很快有了回复:"BOSS,这一次可是把您自己都暴露出去了,值得吗?"

他没有答话,关掉手机,进了浴室。

一场风暴似乎正在发酵,很多人彻夜不眠,而对一切懵懂不知的,大概只有周小鹿本人。

第二天,周小鹿屁股上的伤好多了,牙也不是那么疼了,她就没再去医院,专心打理花店。一个早上都相安无事。上午十点多,出去送花的小园慌慌张张地拐了回来,对正在修剪花枝的周小鹿低声说:"小鹿姐,我发现有人在我们店外鬼鬼祟祟地偷拍,而且不止一个人。"

偷拍?周小鹿皱皱眉头,第一反应是小园神经过敏了,手语说:"人家只是觉得我们店门口比较好看,借个背景自拍吧?"

"不是自拍,而且只是对着玻璃拍的,玻璃有什么好拍的,要自拍也去一边的花架拍了。"小园抢过周小鹿手里的剪刀,指了指一旁大面积的玻璃窗,"你看,你看,那个人还在拍。"

周小鹿随着她的手看过去,果然看到一个男的举着相机对准玻璃窗往里拍,这个角度看过去,他的镜头对准的,似乎是玻璃窗里的自己。而更古怪的是,对方见周小鹿抬头看他,慌忙收起相机走了。

周小鹿觉得很不舒服,可是也没有办法。一来,她没办法证明对方拍的就是自己,二来,就算拍的是自己,她又怎么办呢?总不能因为这点事情就去报警吧?

她皱了皱眉头,也只能嘱咐小园,再发现拍照的告诉她,小园答应着就出去送花了,走着还忍不住嘟囔一句:"今天是什么节日吗?怎么买花的人这么多?"就算是知道周小鹿在网络上走红,有了一个"卖花妹"的名号,可是热度也就那么几天,现在这波人又是从哪儿冒出来的?

中午的时候,店里突然来了一男一女,男的拿了专业的相机,女的打扮文静,自称是某某门户网站的记者,男的是她们网站的摄影师。

那个门户网站并不算小,周小鹿当然听说过,可也觉得莫名其妙。

记者来找她做什么？

女记者看起来很随和，见周小鹿略微有些僵硬的表情，笑着说："我们只是想问几个问题，你不介意吧？"

介意倒不至于，周小鹿点了点头，可是记者接下来的第一个问题，就把周小鹿问蒙了。

"你对网络上流传的'卖花妹'傍上'perfect wold'继承人的说法有什么看法？"

卖花妹她倒是知道，那是她短暂的称号，可是perfect wold……

周小鹿着实愣了。

就算不是娱乐圈的人，可是有着陈嘉铮那样的男朋友，她也是略微了解一点的，perfect wold是一家著名的经纪公司，涉足很多行业，在娱乐业更是有着举足轻重的地位。最重要的一点是，perfect wold跟陈嘉铮所在的世纪美娱乐经纪公司，一直是死对头。

她对perfect wold的了解也仅限于此，至于什么继承人，那真是无稽之谈，她一个卖花的，怎么可能有机会认识什么继承人？

见周小鹿摇头，女记者以为她在装傻，打开手机找到网页，放到她面前，语气有几分咄咄逼人："有网友拍到了你上他车的照片。"

周小鹿伸头看了一眼，这才看到那条疯传的新闻，虽然登上网络头条也不是第一次了，可这一次不一样，这一次更惊悚，转发量更多。

她看了一遍新闻，立刻摇着头，本来想用手语的，可是女记者不懂手语，她只好改用手机打字："这个人是医生，不是什么继承人，肯定是网友搞错了，而且我们就只是医生和病人的关系而已。"

"元暮时，目前在替母亲打理私家医院，但他也是perfect wold经纪公司总裁的孙子，钦定的继承人。"女记者接过手机，划了几下，手指点点找出另外的资料给周小鹿看。

俨然是网友扒出的元暮时的资料，上面确实清清楚楚地写明了他的身份，甚至连元氏家族的人员名单也都一一罗列出来了。

她在这些名单里，赫然看到了一个名字——元平时。

元平时,平姐,是陈嘉铮的经纪人,也是世纪美的金牌经纪……她怎么是perfect wold 元氏家族的人?而且还是元暮时的堂姐。

周小鹿摸了摸被打过的脸颊,那个手掌印早就已经没有了,可是元平时对她的敌意,却深深地印在她的脑海里。

这到底是什么情况?

周小鹿皱着眉头,什么都说不出来。

接下来的采访进行得不太顺利,因为周小鹿一问三不知,不用装就是一副呆萌的样子。女记者无奈只好让摄影师多拍了些照片,然后就打道回府了。

记者刚走,一直躲在一边的小园就气呼呼地冲过来,质问周小鹿:"小鹿姐,你怎么可以这样,你已经有嘉铮哥那么完美的男朋友了,还去勾搭别人?那个什么什么继承人有嘉铮哥好吗?有嘉铮哥帅吗?真不知道你是怎么想的。"

小园是知道周小鹿和陈嘉铮关系的人之一,也是最支持他们恋情的人,没有之一。

周小鹿一个头两个大,懒得应付小园,捂着脸躲进了柜台后面用自己的手机搜新闻看,越看越觉得头疼。她一个开花店的小店主,何德何能竟登上了各大网路搜索排行榜?要知道那些排行榜里的人,不是大明星就是政要人物啊。

她翻出一个排行榜,看到榜首突然愣了一下,是Lawrence,而卖花妹是第三名,在他的名字后面。虽然这两个名字,光是质感就相差了十万八千里,但是这样近的距离,还是让周小鹿一阵恍惚,似乎觉得他们从来都没这么靠近过。

原来他们也可以这么靠近。

她能清晰地听到,自己不知道是因为紧张还是兴奋的心跳声。

那一天,她都在不停地拍照和电话采访中度过的,到了晚上,竟然累得虚脱,比逛了一天的花市还累。元暮时在周小鹿的花店门口守了几个小时,晚上十点钟,才终于看到那个店员小妹下班离开,店里只剩下周小鹿站在收银台前仔细地对账,他才拿出手机,找出花店的号码。

周小鹿一听到手机短信声就条件反射地想躲,可又怕是订花的客人,只好硬着头皮拿起电话。

是一个陌生的电话号码,写着:"你好,我是元暮时。"

周小鹿听到这个名字着实惊讶了一把,才回过神来是给自己看牙的医生,但是也实在不知道回什么好,只能干干地回了两个字:"你好。"

接着就不知道该说什么了,毕竟是绯闻,总觉得该避嫌才是。

"你看到那个新闻了吗?因为那个新闻,我的住处被记者堵住了,我连家都回不去了。"

周小鹿一愣,第一反应就是,对方被自己连累了:"我也不知道会这样……对不起。"

"算了,这也不能怪你,只是我没地方去,你能收留我一下吗?"

对方似乎很是苦恼。周小鹿抬头,透过玻璃窗,果然看到了元暮时那辆黑色的奥迪停在马路对面。人都来了,还能说什么呢?她无奈出了店门,几步就跑过了马路,来到车前。

周小鹿穿着印有花店标志的花边围裙,头上戴着碎花的头巾,有些像漫画里的女仆,元暮时抬头看到她,唇角微不可见地上扬,打开车窗玻璃,跟她打了声招呼。

她只觉得气氛好尴尬,自己该说些什么,于是慌忙比画起手语:"没想到,你是这么了不起的人。"指的当然是,perfect wold继承人这个身份,可又觉得这话有些不对劲,又连忙解释,"我不是说医生不好啦,医生也很了不起,只不过没想到会遇到这样的大人物而已。"

解释得乱七八糟,对方却笑了,帅脸上有几分苦涩。

"我妈妈是牙医,那家医院是她的心血,她走后我就接替她做了主治医生,这是她的心愿,也是我的理想。"他似乎是在解释,又似乎在跟周小鹿谈心,"就因为这样,我跟家里的关系并不太好,所以才沦落到无家可归的地步。"

竟然对自己这么掏心掏肺，周小鹿一阵感动，只觉得自己就算以死谢罪，也不足以补偿眼前这位医生的深情厚谊，于是皱眉再次道歉："真对不起，都是我害的。要不今天晚上你睡我家，我在店里过一夜。"

元暮时也许是真没地方可去了，看了周小鹿一眼，就点头答应了。

周小鹿去关店门，关门之前，想了一下，还是对元暮时心存歉意，就找了个礼盒，摆了几朵卖剩的玫瑰进去，准备送给元暮时，表达下歉意。

她抱着礼盒，上元暮时的车，准备带他去她的单身公寓，可人还没进入车里，就猛地被人拽了下来。那个人似乎很生气，力气很大，将她拽下车，人不停留，直拉着她的胳膊朝一旁的小巷子走。

周小鹿被吓了一跳，抬头看过去，才发现来人竟然是陈嘉铮。陈嘉铮穿得很低调，一套休闲衣裤，大帽子罩在头上，还戴着鸭舌帽，将他精致的眉眼遮挡得很严实。

正要上车的女孩突然被拽走，元暮时也惊了一下，连忙下车，却看见周小鹿对他回头苦笑，又摆了摆手，然后顺从地跟那人走了，他确定这个人周小鹿是认识的，才又重新钻回车里。

陈嘉铮气势汹汹将周小鹿拽到小巷子里，才回头指着外面，怒道："外面那个就是网上传的，你傍上的医生吧？真是体贴，专车接送。"

周小鹿知道他是误会了，虽然满心苦涩，但也慌忙解释："嘉铮，你误会了，他不是来接我的，他是……"

她话未说完，陈嘉铮看到了周小鹿手里的红色礼盒，猛地夺了过去，打开一看，漂亮的脸顿时变得铁青："才看过一次牙就勾搭上了？真是厉害，连花都送上了。"

"这是用来道歉的，他被我连累得无家可归，我必须道歉才行。"周小鹿欲哭无泪地解释。

"连累？道歉？你知道他是谁吗？知道他是什么人吗？你真是蠢得无可救药，被人卖了都不知道！而且，就算是要道歉，那你为什么要上他的车？"被妒意包围的陈嘉铮，听着周小鹿的解释只觉得苍白又无力，抬手将那个礼盒摔出老远，吼道，"看到那个绯闻，我还担心你一个人会害怕，抛下几百号人大老远从 X 市飞回来，你就让我看这些？"

周小鹿从来没见过这么生气的陈嘉铮，顿时六神无主，一句话都说不出来。陈嘉铮怒气冲冲，一只手紧紧抓着她的胳膊："我他妈的两天两夜都没合眼了，累得快死了，还大老远飞回来真是疯了！"

嘉铮，你为什么不相信我？周小鹿哭了。面对陈嘉铮，她永远都是这样，胆小怯懦、小心翼翼，生怕他会不开心，看到他的辛苦，又心疼得要命，一颗心似被揉碎了一样，七零八落地散了一地，没着没落的。

这个时候，巷子口突然传来一声急促的刹车声，一个女人踩着高跟鞋冲了过来，压低声音喊："Lawrence，有狗仔跟过来了，快上车，跟我走。"

这个声音，是元平时，平姐。

周小鹿抬头看过去，正看到元平时愤怒和鄙夷的眼神从她身上一扫而过，目光落到陈嘉铮身上便是满满的担忧和关切："快走，下个星期就要开演唱会了，这种时候绝对不能出绯闻。"

陈嘉铮看了眼元平时，漂亮的眸子里有一丝不耐，但是抓着周小鹿的手却松开了，只是脚步没动，定定地看着她。

周小鹿也抬头看他，虽然满脸的眼泪，却依然咧开嘴巴，对他笑了一下，只不过，在这样的夜色下，笑容显得有些惨烈，她用手语说："你快走吧，我没事的。"

陈嘉铮还在犹豫，元平时站在离他几步远的距离，双手环胸，严肃又有耐心地压低声音说："陈嘉铮，你也知道，这场演唱会对你对公司有多重要，别这么任性。明星没有任性的权利，出了乱子，我也保不住你。"

最终陈嘉铮还是跟着元平时走了，车子呼啸而去，随之而来的狗仔当然什么都没拍到。他们只拍到风头正盛的卖花女，蹲在地上捡起一地的玫瑰，小心翼翼地拍掉上面的土，装进心形的礼盒里。

空荡荡的巷子里就她一个人，狗仔毫无顾忌地冲进来拍照片。她不知所措，紧紧抱着礼盒就跑，风吹在脸上，凉入心里，可是她感觉不到，只觉得好疼，心里好疼。

将车停在不远处的元暮时将一切尽收眼底，深色的眸子在夜色里忽明忽暗，拳头紧了又松，最后还是没忍住，将车开过去，停下，将那无措的女孩拽上副驾驶座，踩上油门，疾驰而去。

车一直开出了好远，周小鹿还恍惚着回不过神来，许久才看着元暮时说："谢谢，医生，又给你添麻烦了。"

元暮时侧头看她，没有说话，许久才幽幽地问："刚才……那是你男朋友？"

周小鹿点了点头，又摇了摇头，最后又点了点头。

"Lawrence，大明星啊，看不出来，你这么厉害。"元暮时的声音凉凉的，听不出是惊讶还是讽刺。

周小鹿一惊，没想到元暮时竟能认出陈嘉铮，惊愕地比画："你怎么看出来的？他穿成那样。"

"本来没有认出来，不过我看到了平时。"元暮时扬唇一笑，"也就是我堂姐，能让她这么上心，大半夜开车来接的人，除了Lawrence还能有谁？"

周小鹿这才想起来，网络上传的元家家族关系表，元平时确实是元暮时的堂姐。

她没吭声，低着头，看着自己手里的礼盒发呆。

元暮时顺着她的目光看向礼盒，好奇道："怎么？要送给男朋友的？没送出去？"

周小鹿摇了摇头，苦笑了一下，将礼盒递到他的面前，手语说："送给你的，很抱歉连累了你，只不过被他摔坏了，不嫌弃的话，请收下吧。"

元暮时愣了一下，看着女孩手上的礼盒，半天都没说话。他的瞳子漆黑而深邃，喜怒不形于色是元家的家训，可是此时，他看着眼前的女孩，一双眸子里却不可抑制地涌动起波澜。

那波澜里有惊讶，有怀疑，还有一丝的愧意。

眼前的这个哑女，单纯到有些傻。

他真的要利用她吗？

元暮时自问从来都不是一个善良的人，可是此时，他却对自己要做的事，产生了一丝怀疑。他皱了皱眉，伸手接了礼盒："没想到，第一次收到花竟然是在这种情况之下。"

　　他开玩笑，却笑不出来。

　　周小鹿笑了起来，虽然有阴霾但也似轻松了不少。

　　两个人又说了几句闲话，车绕着街道开了一圈又一圈，仿佛没有目的地。

　　"我实在很好奇，你跟 Lawrence 那种大明星是怎么认识的？又是怎么成为男女朋友的？"元暮时最后还是问出了这个问题，他是真的好奇，因为唯独这件事，他怎么调查都调查不出来。

　　是啊，一个是天上的星星，一个是地上的尘土，这两个人是怎么走到一起的呢？果然，所有人都觉得她配不上他。

　　周小鹿苦笑，神情有些落寞。

　　"不方便说就算了。"元暮时也不坚持。他懂得欲擒故纵。

　　周小鹿却在这个时候开始说："我刚遇见他的时候，他二十岁，我十八岁。他那个时候已经很红了，就是比较叛逆，经常偷跑出去。有一次估计是被保镖追得急了，躲进了我家的花店里，后来他就经常来，要么买花，要么跟我说话。刚开始他还奇怪我为什么一直不理他，后来知道我是哑巴，还挺惊讶的。再后来，我就跟他在一起了。"

　　她说完苦笑，侧头看着窗外，窗外的霓虹灯映着夜空，根本看不到星星。元暮时听完扬了扬唇，深色的眸子染上了窗外的霓虹，有些闪烁："很浪漫啊。"

　　"你千万不要告诉别人啊，他现在身份不同……我不想给他造成不好的影响。"虽然周小鹿知道元暮时肯定不是那种爱嚼舌根的人，可还是习惯性地嘱咐着。

　　"如果你不放心的话，那我们交换，我也告诉你一个秘密。"元暮时笑，有些狡猾，"perfect wold 继承人的秘密也是很值钱的。"

"我不是那个意思,我相信医生你。"周小鹿连连摆手。

元暮时却开始说了,头一句话就把周小鹿镇住了:"平时是我的初恋。"

平时?平姐?他们不是堂姐弟吗?周小鹿震惊。

"没你想的那么重口味。"元暮时看出周小鹿眼中的惊讶,笑道,"平时是养女。说养女也不准确,其实就只是在我家长大而已。她家与我家世代交好,她家人出事后,就住在我们家了。也许寄人篱下的生活让她觉得难熬,她性格慢慢变得极端,开始厌恶我家人,最后还离家出走,去了世纪美,成了对方的得力干将,专门跟元氏作对。当然我这个元氏继承人也成了她的头号敌人,而Lawrence则是她打败元氏的筹码,是她的心肝宝贝。"

周小鹿愣愣地看着元暮时,不知道该说些什么,这个人应该很难过吧,可是他的脸上带着的依然是淡然的笑,旁人根本无法知悉他深色的眸子里都藏着什么样的阴霾。而且她也有些明白,平姐对她的抵触是为什么了。她不许任何人任何事伤害陈嘉铮,谁都不许。

"你现在还喜欢平姐吗?"她问。

"我也不知道。"元暮时不知道什么时候将车停在了路边,手放在方向盘上,手指关节有些发白,"只不过她现在所有的心思全都在Lawrence身上,根本看不到我。我想让她看到我,所以,让我来帮你吧,帮你站到Lawrence同等的高度,让他看得到你,也让她看得到我。"

他说得那么真诚,周小鹿似乎无法反驳,也找不到反驳的理由,听着他的声音,有个奇怪的联想在她脑海里一闪而过,却什么都没抓住。

最终她并没有答应,她使劲摆手:"我什么都不会,我不行的。"

"你以为别的明星,天生什么就会吗?"元暮时耸肩,"我有最好的团队打造你。"

周小鹿还是什么都没说,元暮时也不勉强她,只留下一句"你想好了再给我答复",便开车送她回花店。

## / 第二章 /
NVSHEN YANGCHENGJI

## 不可跨越的距离

  周小鹿没再和元暮时见过面。
  牙疼好了,自然也不会再去医院,至于拔牙——牙不疼的时候谁还想去拔牙?
  那天卖花妹蹲在路边捡玫瑰的照片传到了网上,再次引起热议,大家纷纷猜测,卖花妹一定是被 perfect wold 继承人甩了,于是网上的留言变成了同一句话:"妹子别哭!"
  周小鹿看着这样的议论,哭笑不得,同时又在心中庆幸。她心想,幸好当时天黑加上元暮时的车够快,否则那些讨论会变成一部狗血的豪门恩怨灰姑娘电视剧。
  到店里拍照的人越来越多,这让周小鹿烦不胜烦,索性关了店,准备跟小园一起去 X 市看 Lawrence 的演唱会。当然,最主要的原因其实是陈嘉铮一直没给她打过电话,也没发过信息,她有些担心他会一直生气,想去找他当面再解释一次。
  周小鹿还是第一次参加这种追星团,刚一会面就被一堆吵闹的女生深深地雷住了,因为她是新人,老团员们在开往机场的大巴上集体考核她。

Lawrence 最喜欢的食物是什么？最喜欢什么颜色？最讨厌的事是什么？

炸酱面吧，喜欢蓝色，最讨厌洗头发。周小鹿歪头想了一下，在手机上打字。

"全错，Lawrence 怎么可能会喜欢炸酱面这么难看的食物？他最喜欢黑色和白色，最讨厌别人拍他肩膀。"

一个据说是资深老成员恨铁不成钢地纠正周小鹿，而周小鹿除了惊讶外已经做不出什么表情了——她可是陈嘉铮的女朋友啊，他喜欢吃什么她会不知道？他才不喜欢老气横秋没特色的黑白色。还有他们在一起时，每次洗头发他都赖半天，非让她按着才肯洗，中间还不停嚷，说"泡沫进到眼睛里面难受死了"的他，难道都是自己的幻觉？

就好像一个作家写的文章被编进教材，老师布置作业，要学生们写出作家写文章时的感想，作家的女儿拿到作业回家问爸爸，作家说了，女儿老实地写了，结果拿到学校，老师说你错了。

真是，除了雷之外，已经没有别的语言可以形容了。

小园凑到她身边小声提醒她："小鹿姐，忍耐。这是官方答案。官方答案就是外人以为是真理，知情人才知道全是扯淡，但是知情人得闭嘴，因为没人相信你。"

周小鹿更加无语了，借口困了戴上眼罩开始睡觉。

一路睡到机场，在机场候机的时候，小园跟粉丝团们聊得热火朝天，周小鹿完全插不上话，只好百无聊赖地四处转悠，突然听到身后有人叫她，她回过头去，看到元暮时站在自己身后，正一脸惊讶地朝她这边看，看她回头才扬唇一笑："我只是觉得眼熟，没想到真的是你。"

医生。周小鹿也很惊讶，又略有些尴尬，略微局促。打着招呼，她上下打量他。

元暮时一套清爽的衬衣长裤，长身而立，手上拉着某牌的拉杆旅行箱，出众的容貌气质，即便放进人堆里还是很显眼。

"你要出远门？"她问。

"是啊，去 X 市，有个学术研讨会。当一天和尚撞一天钟，我现在还是医生，总要做些医生该做的事。"对方笑了笑，反问，"你呢？"

周小鹿也笑："我也去 X 市，不过我是去看演唱会。我们真是有缘分，不会也是同航班吧？"

"飞 X 市这个时间就只有一个航班。"元暮时摊了摊手，笑容淡然而好看，"看来缘分真是不浅。"

两个人都没再提那个话题。

周小鹿私下里想，也许他回去仔细想过后悔了，谁会想要捧一个什么都不会的人啊？这不是明摆着亏钱吗？于是不再想这个，专心应对眼前的局面。

元暮时不是一个人，他是 S 市代表团成员之一，整个团有六个人，清一色的男医生，个个又高又帅，质量之优让小园等人大呼赚到了，于是自来熟地前来拼团。医生代表团很有绅士风度，没有拒绝，两拨人很快打成一片，聊得热火朝天，就连上了飞机后，座位也互相换了，采用男女混合的座位方式，换着换着，周小鹿就和元暮时坐到了一起。

这种联谊会上才出现的气氛，十分不搭地出现在飞机上，真是有点说不清是什么心情，周小鹿意外地看着眼前的局面，侧头看了坐在她身旁的元暮时一眼，有些不好意思地干笑，说："原来医生们也都这么开朗善谈。"

男神团竟然受得了小园她们的聒噪，真是挺让人意外的。

"这样没什么不好，至少两个小时的路程里不会很无聊。"元暮时的笑容淡淡的，倒是看不出一丝不耐烦。

这个时候乘务员走过来问元暮时要什么饮料，他自己要了杯小苏打水，又顺便给周小鹿要了杯温开水。

"不要喝带甜味的饮料，你的牙还没有完全好，甜味残留很容易发炎。"他嘱咐。

正准备申诉自己不喜欢喝白开水要喝可乐的周小鹿，被他一句话堵在当场，伸向乘务员的手顿了一下，慌忙收了回来，乖乖接过了那杯白开水,说:"其实我平时也不喝甜味饮料的,呵呵,我很注意保护牙齿的。"

不知道怎么的,在医生充满了压迫感的眼神里,周小鹿一句谎话说得心虚无比,说着慌忙低下头去猛喝了两口水。

一路上倒是平稳,大多数乘客都在睡觉,机舱里只能听到小园她们压低了嗓子的交谈声,相比较起来,元暮时和周小鹿反倒是最安静的一对。元暮时在飞机起飞没多久就在看书,看的是一本英文原著,周小鹿瞄了一眼,连名字上的单词都不认得,再加上医生本人的气场,整个经济舱仿佛都高端洋气起来了。周小鹿本来也带了书上来看的,可她偷偷看了眼自己包里那本叫作《酷总裁的猫咪娇妻》的口袋本小说,忽然有些不好意思拿出来了,于是,她只能戴上眼罩装睡觉。快下机的时候,她终于装不下去了,起身去了洗手间,在洗手间的门口,小园神秘兮兮地凑了上来。

"小鹿姐,你跟那个男神医生坐在一起真像是主人带了宠物出来旅行,哈哈,大家都这么说,笑死我了。"

小园说着捂着嘴笑得左摇右晃,周小鹿想想医生淡定沉稳的气场和英文原著,他们之间二十多厘米的身高差,还有自己那个印了猪鼻子的眼罩,嘴角抽搐,脸上有些挂不住。

有些人活着就是为了凸显另外一些人的高雅,周小鹿就是前者,而元暮时无疑是后者,所以她决心离他远一些,于是下了飞机她就准备拉着小园飞快闪人。可小园她们显然还不太愿意跟一群帅哥医生分开,互留电话不算,还挨个地拍照留念,场面好像毕业旅行,完全不理会周围人群异样的眼神。

周小鹿在一旁看着,实在不想上前去凑那个热闹,就走进了一家商店,准备等她们拍完照再出来跟她们会合。干逛了一会儿,她实在觉得无聊,正在犹豫要不要给陈嘉铮发短信,告诉他自己来了时,就又遇见了元暮时。

元暮时正在买东西,看到她显得很惊讶:"你怎么还在这儿?"

"进来看看。"周小鹿比画。

"我刚才看见你的同伴们都已经上了大巴走了,你跟她们不是同辆车吗?"元暮时又问。

周小鹿脸色一变,慌忙提着行李奔出了商店,结果在外面找了一圈,果然外面空荡荡的,人已经走得差不多了,小园她们连个影子都没有。周小鹿急了,伸手到斜挎包里拿手机,可是更加悲催的事情发生了,她的肩膀上空荡荡的,随身的斜挎包不见了。她愣了一下,随即想起来,刚才在商店的时候,自己为了试一个包,就将原本的斜挎包摘下来,随手放在货架上了。她想到这里慌忙折身回商店,可是包已经不见了。

被偷了……

从她放包到离开前前后后不到十分钟而已,X市果然不愧是国际化大都市,连小偷的效率都如此之高。

身无分文站在商店门口,周小鹿整个人都蒙了。

"怎么了?"身后传来元暮时的声音,淡淡的声音里透着一丝担忧,"你的脸色看起来不太好。"

周小鹿苦着脸控诉了小园一番,又问候了小偷祖宗十八代,也不知道是不是自己的手语速度和神情过于歇斯底里,元暮时看她的眼神有些古怪。

"商店里有监控,可以请商家帮忙查一下,而且最好也报下警。"元暮时提醒她。

周小鹿这才想起来这些,重新折回商店,跟店家说明情况,店家报了警。等到警察来了,给周小鹿做了笔录,又看了下监控,监控里确实发现了偷包的男子,只不过那个男子一身黑衣还戴着黑色鸭舌帽,完全没有标志性,找起来还是有些困难的。

一系列程序走完,警察要周小鹿等电话,承诺一找到包就会通知她去认领。她的手机都丢了,连电话号码都是留的元暮时的。走出商店门口,沮丧的周小鹿还不忘记向陪她这么久的元暮时道谢:"真是麻烦你了,医生。"

元暮时笑了笑,平静无常,将手机拿出来递到周小鹿面前:"要不要给你朋友发条信息，否则你现在的情况要怎么离开？"

周小鹿点点头，接过手机写好信息，手指按上数位键却条件反射地按了陈嘉铮的电话，虽然知道演唱会前夕他一定很忙，基本不会把手机带在身上，可还是抱有一丝希望，只是信息发过去许久也没得到回复，她忍不住失望了起来。

无奈只有给小园发信息，可一连发了几条，都没有回复，周小鹿此时才突然想起来，小园这个家伙为了节省电话费，每到一个地方就会换上当地的手机卡，之前的手机卡大概是丢在家里没有带吧。

这下子彻底悲剧了。

周小鹿已经开始有些后悔，跟着小园这个不靠谱的家伙出门了。可沮丧归沮丧，后悔归后悔，接下来要怎么办呢？没钱没手机，连求救都办不到，更别说吃饭住酒店了，难道接下来的时间里她要饿着肚子，露宿在机场门口，等着小园良心发现来接自己吗？

"联系不到吗？"元暮时看着周小鹿发青的脸色，也大概能猜到一些，"那你接下来准备怎么办？"

周小鹿呼出一口气，勉强挤出一丝笑来："只能在这里等了。小园应该很快就会发现我没跟上，会回来接我的。"

"可是天已经快黑了。"元暮时皱了皱眉头，低头看了眼手表，将行李往地上一放，找个干净的地方坐了下去，"我陪你吧，你一个人实在无法让人放心。"

周小鹿连忙摆手，头摇得像拨浪鼓："不用，不用，医生你不是还有事吗？我一个人可以的，不能耽误你的时间。"

"会议在明天，今天已经没什么事了，而且我开完会有别的事情要做，所以也没跟其他医生住在一个酒店，算是单独活动，不会耽误别人的时间，没关系。"元暮时抬头笑了笑，让她放心。

周小鹿这下没话说了，只能任由元暮时陪自己坐在路边等待，就这么一直等到天黑。路边蚊子慢慢多了起来，元暮时拍蚊子的频率越来越高，周小鹿实在无法再让他陪了。

元暮时低头略思索了一下，抬头说："现在这么晚了，你的同伴大概有别的事情耽搁了，不然不会这么久不来的。不然这样吧，我去银行取钱给你，你去找你的同伴，你知道她们住哪家酒店吗？"

周小鹿摇头。她要是知道的话，她早就豁出脸皮去借钱打车去了。

"这样啊。"元暮时皱了皱眉头，继续说，"如果你信得过我的话，就先跟我回酒店吧，先过了这个晚上，明天再想办法联系你的同伴。"说完又怕周小鹿误会，补了一句，"我给你重新订个房间。"

周小鹿泪流满面，她已经没有别的办法了。

出租车在一家装修豪华的酒店门前停下，守在门前的门童立刻上前来开车门提行李，从来没享受过这种待遇的周小鹿吓了一跳，元暮时率先把行李递给门童，她才放心地松开了拉扯着行李的手。

元暮时去前台办理入住手续，周小鹿坐在沙发上等着，不知道为什么今天入住的人特别多，门口还有很多人拿着相机探头探脑，不知道在干什么。她饶有兴致地四处看了一会儿，不经意间朝电梯口瞥了一眼，看到一男一女正在等电梯，男的很高，戴着鸭舌帽大墨镜，一身海蓝色的休闲衣，手里还提了一把吉他，女的短发，身材苗条，打扮得很是干练……

陈嘉铮和元平时？他们不会也住在这家酒店吧？不会这么巧吧？

这个想法让周小鹿坐立不安，正犹豫着要不要上前去看个究竟时，电梯门开了，那一男一女走了进去，她瞪大眼睛，在电梯门关上的一瞬间，恍惚间看到了陈嘉铮藏在大墨镜之下的脸。

就在这时，元暮时办好了入住手续，走了过来。

"真糟糕，房间全部预约满了，一个星期内都不会有空房了。"他无奈地摊了摊手，"好像是大明星 Lawrence 要来这里开演唱会，好多粉丝都聚集过来，提前半个月就把房间全部预订满了。看来这个大明星真是受欢迎，你的秘密要是被他的粉丝知道，肯定会引起海啸的。"他笑着打趣。

果然又是这样吗？周小鹿垂头丧气，沮丧得已经感觉不到沮丧了。

"其实我也是来看 Lawrence 演唱会的。"周小鹿说。

"你应该是特别来宾吧，他没有给你特别安排行程吗？"元暮时有些奇怪。

"他不知道我要来，事实上那天之后他就没再理过我。"周小鹿垂头丧气。

"不过也有好消息。"元暮时看她的样子，努力开解她，"我听一旁的客人说，Lawrence 可能就住在这家酒店，我们有可能在这里遇见他。当然只是据说，我不保证真的能见到他，而且不光这家酒店，就是旁边的小旅馆也都住满了人，所以今天你只能委屈一下，跟我挤一个房间了。"

周小鹿有些迟疑，可也实在是没有别的办法了，只好点头答应。走进电梯的时候，她又借了元暮时的手机拨了陈嘉铮的号码，果然还是关机，她只好苦笑着将手机还给元暮时。

酒店是传统的地中海式度假酒店，房间的门呈半圆形的拱形，门里挂着祈福的风铃，进门的时候，元暮时的眼睛瞥到走廊那一头有对熟悉的身影走了过来，于是浅笑着抬手扶住周小鹿的肩膀，不着痕迹地将她朝自己身边带了一下。

周小鹿奇怪地侧头看他，满眼疑惑。

"小心风铃。"元暮时笑得很诚恳，"我第一次来就被风铃撞了一下头，很痛的。"

周小鹿感激地笑了起来。

元暮时看着那张单纯的笑脸，平静的心底突然生出几分罪恶感，那种感觉很不好，他放开周小鹿，转身利用关门的动作将一切掩饰了过去。

陈嘉铮在乐队老师的房间里，沟通了一些演唱会的细节问题，然后走回自己的房间。在走廊的拐角处无意间回头看到走廊另外一头，一男一女正走入房间。房间门打开，男人还体贴地揽住了女人的肩膀躲避风铃，女人侧过头来冲男人笑了一下，虽然离得很远，但是那个侧脸还是让陈嘉铮停住了脚步。

太像周小鹿了。

可是不太可能是她吧，那个小抠门平时出去玩都会嫌弃飞机票太贵，又怎么会住这么昂贵的星级酒店呢？

而且还是跟个男人。

呵呵，看来自己真是太想她了。一个星期的冷战，果然已经够了，回去必须给她打个电话才行。

"怎么了？"元平时见陈嘉铮愣在原地，回头问了一句。

"没什么。"陈嘉铮收回目光，深锁的眉头不觉中舒展开来，露出一抹苦笑，"看到一个人，很像小鹿。"

"是吗？"元平时却似乎想到了什么，表情怎么都轻松不起来。

各自回了房间，元平时第一件事就是给元暮时打电话。

"暮时，你现在在哪儿？"

"X市，跟你同家酒店。"对方的声音听起来很轻快。

"跟谁在一起？"

这一次他的声音却十足的恶作剧："你猜。"

元平时能想象他此时的表情，笑意盈盈地扬着唇，露出不太明显的一对虎牙，看起来有些邪恶，就像小时候一样。只不过小时候，这些事一般都是她带头，而他只是后面的小跟班，什么时候小跟班长大了，竟能逼她到如此的地步。

元平时对着电话微微叹了口气："刚才那两个人真的是你们？你到底想干什么？你明知道演唱会就要开始了……"

"没什么，就是碰巧捡了一头走丢的小麋鹿而已。"元暮时轻笑，"你应该感激我捡到了她，否则一头看起来无辜又美味的小麋鹿被丢在飞机场那种混乱的地方，万一出了什么事……你以为他不会怨恨你这个控制了他手机，让他听不到求救声的人吗？"

元平时心虚，半天没说话，最后拢了拢头发，厉声说："总之，你不要乱来，演唱会出不得半点差错，我有空会约你出来见面。"

挂断电话之后，元平时找出被自己藏在包里的手机，踌躇了很久，删掉了署名周小鹿的短信，然后深吸一口气，走向了陈嘉铮的房门。

房门打开，陈嘉铮似乎刚洗过澡，穿着浴袍，手里正拿着新手机，准备打电话。他头发湿哒哒的，还在滴水，一双眼睛被水汽氤氲，更是漂亮得无以复加。元平时看着这个自己一手捧起来的优秀男人，怎么都无法移开视线，就像第一次见他一样，那种看到了繁花万顷的惊艳感始终没有离开过。

"平姐，有事吗？"陈嘉铮面色不善，边胡乱地擦着头边问，他的睡眠时间本来就不多，少一秒都觉得是损失。

"哦，你原来的手机找到了。"元平时这才回过神来，将手机递了上去，"可能是小陈替你收拾东西的时候弄错了，放进了我的包里，我回去找衣服才发现，就赶紧给你送来了。"

"找到了。"陈嘉铮看到手机没什么特别的反应，"都已经买新的了，算了，通讯录能回来也不错。"说完，说了声"谢谢"，然后关了门。

元平时苦笑着，暗暗地握紧了拳头。他对她永远都是这样，虽然每天都在一起，可是感觉从未亲近过，他们之间隔着的到底是什么？那个叫作周小鹿的女孩吗？

真的很不甘心。

优秀能干如她，也终于体会到了什么叫作嫉妒。

晚饭时间，元暮时带周小鹿去吃饭。

这家酒店有好几个餐厅，分别是四楼的西餐厅、二楼的中餐厅和五楼的日韩泰料理，元暮时喜欢吃西餐，而西餐厅又有个不成文的规定，就是必须正装，周小鹿的衣服向来都是舒适派，顶多穿穿背带裙卖卖萌，一件像样的衣服都没有。于是元暮时先带她去周围的时装店转了一圈，买了套稍微正式一点的晚礼服。

周小鹿穿着一套黑色的短款晚礼服，踩着高跟鞋歪歪扭扭地跟元暮时走在一起，一路上遇见的男女个个气质非凡，只有她怎么看都跟这个环境格格不入。她不自信地扯了扯身上的裙子,用手语说:"非要在这里吃饭吗?穿成这样总觉得怪怪的。"

元暮时拍拍她的手安慰她:"你很美,放心。"接着指了指门口,神秘兮兮地说,"听说餐厅隔壁的会议厅待会儿有场记者招待会,Lawrence 演唱会的记者招待会,会议结束后记者和工作人员都会来这里吃饭,Lawrence 也会来,你不开心吗?"

什么?周小鹿几乎跳了起来,陈嘉铮在这附近?

"你看看很多记者都已经来了,主角应该在化妆随时准备出场了。"元暮时勾唇笑。

周小鹿的脸色一阵泛白。如果被他看到自己跟个男人那么亲密地一起吃饭,依他那种占有欲旺盛的性格……后果会是怎么样?而且是在演唱会开始的前一天,他任性起来会干什么?她真的不敢想。

周小鹿停住脚步,抬头对元暮时惨烈一笑,连解释都来不及,转身就跑了。

要快点离开这里,千万不能被陈嘉铮撞见!元暮时在后面看着她跑,却没有上前追,他的目光落在走廊拐角处,静静地勾起了唇角。

他,他们应该已经到了。

周小鹿边跑边在心里祈祷,千万不要遇见陈嘉铮。可是事与愿违,在走廊拐角处,她猛地撞到了一个人的身上。

她低着头忙着鞠躬道歉,连抬头看的勇气都没有,转身就想走,就在这时,那个被她撞到的人突然叫了她的名字:"周小鹿?你怎么会在这里?"

这个声音。

周小鹿彻底呆住,这个让自己魂牵梦萦的声音,这个每次都会在梦里出现的声音……是陈嘉铮。她抬起头,对上陈嘉铮惊讶的脸,还没来得及说话,闻声赶来的元暮时却先一步将周小鹿扯进怀里。

"对不起,先生,她是我的女伴,我替她向你道歉。"

此时的陈嘉铮是正装打扮,漂亮的五官化了淡妆,更显得精致立体,再加上身后工作人员前呼后拥,更显得贵气逼人。周小鹿从未见过如此大排场的陈嘉铮,一时间有些无所适从,甚至没在意此时自己正靠在元暮时怀里,姿态是多么亲密。而就是那一瞬间的呆滞让两个人的关系变得更加可信,陈嘉铮的脸色瞬间变得铁青。

"你的女伴?"他瞪着周小鹿,突然想到了昨天晚上在酒店走廊上看到的那对男女,突然觉得浑身冰凉,"周小鹿,这是怎么回事?"

场面太混乱,周小鹿一时间也不知道怎么解释。

"你不是说跟这个人没关系吗?"陈嘉铮失控地抓住她的肩膀使劲摇晃,元暮时好像嫌场面不够乱,上前来将人抢过去,两个大男人在走廊上怒目而视。

这个时候,已经在候场的记者听到动静纷纷跑了过来,闪光灯闪烁不停,有人窃窃私语。

"这个女人是谁? Lawrence 好像很紧张。"

"早就传言 Lawrence 有女朋友的。"

"那个人是元暮时吧? perfect wold 的继承人!三角恋?太劲爆了,快点拍。"

本来在洗手间里讲电话的元平时听到骚乱也奔了过来,看到这个局面顿时一惊,第一反应就是将陈嘉铮拉到一边,压低声音警告他:"小鹿的事以后再说,这里这么多记者和媒体,你想上明天的头条吗?"接着用一种不容拒绝的语气和姿势拉着陈嘉铮朝前走,边走边招呼赶过来的媒体,"没事没事,大家里面坐,Lawrence 马上就到。"

陈嘉铮被元平时拉着往前走,目光却还停留在周小鹿身上,那是一种震惊、痛恨的眼神,周小鹿被他的眼神吓到,条件反射地缩了缩脖子。记者们纷纷随着主角的步伐移动,大批人流经过,元暮时伸出胳膊将她护在怀里。陈嘉铮握了握拳头,强迫自己移开了视线。而元暮时的目光却越过陈嘉铮,直直地落在前面那个,仿若没看到他一样,大步朝前的坚毅背影上,目光里带着满满的挑衅。

终于将 Lawrence 和记者们全部送进了会场,在会场的门关上的一瞬间,元平时才朝元暮时看了一眼,两个人的目光相撞,元暮时忽地扬唇朝她笑了一笑,那个笑像恶作剧得逞的孩子,又是邪恶又是无辜。元平时没有说话,也没做任何多余的动作,转身走向座位。

只有被自己的指甲掐出一个个血印的手心出卖了她的情绪。

她被激怒了。

被元暮时。

周小鹿呆呆地看着那扇关上的门,半天都没吭声,她怕极了,怕陈嘉铮误会,但是她不能冲上前去解释,因为现实已经将他们隔绝成了两个世界的人,用一扇大门。

"大明星Lawrence的排场果然很大。"元暮时把手从周小鹿身上移开,似是懊恼地道歉,"我一开始没看到是他,所以才会说你是我的女伴,后来因为他的情绪过于激动,我怕他伤害你……他是不是误会了?你别担心,等记者会之后,我去找他解释清楚。"

周小鹿却没吭声,只是轻轻呵出一口气,慢慢转身,一步一步朝前走,像个断了线的木偶人,每一步都有气无力。

元暮时看着这样的周小鹿,眉头不自觉地皱了起来,他想上前安慰她,可是终究还是没有去。他握了握拳头,又一次感觉到了罪恶,这一次比上次要强烈一些,只不过这些罪恶感根本不足以跟他心里的满足感相提并论。

元平时是个骄傲的人,骄傲到根本就看不到其他人,能够激怒她的事,只有她在乎的事,能够激怒她的人也只有她在乎的人。

她被激怒了,她不得不抬头看他。

元暮时想着她刚才的表情,忍不住再一次露出满足的微笑。

记者招待会开得很不顺利,陈嘉铮的情绪明显有些激动,回答问题非常情绪化,让元平时非常头疼。

"Lawrence,明天的演唱会上会有什么惊喜带给粉丝吗?"

"现在告诉你了还叫什么惊喜？"

"Lawrence，今年的演唱会为什么没请你的好朋友志昊老师？"

"是我的演唱会又不是他的演唱会，为什么一定要请他？"

"Lawrence，明天你会唱老歌吗？"

"都说了所有节目保密，你这么问是故意的吗？"

……

如果说之前的陈嘉铮只是扮酷不太说话，今天的陈嘉铮则瞬间变成了毒舌王子，一度让场面僵到不能再僵，不过今天来的媒体和记者都与元平时有些交情，元平时不停地道歉，才总算没有闹出事来。即便是这样元平时也不得不先中断招待会，请媒体记者们到餐厅里先吃些东西，她好跟陈嘉铮好好谈谈。

休息室的门关上，陈嘉铮立刻将领带松了松，整个人瘫坐在沙发上，整个人看起来十分暴躁，他现在哪有心思管什么记者招待会，心早就飞到了周小鹿身上了，若不是外面记者太多，他早就抛下记者会去找她了。

"嘉铮，你是怎么了？演唱会的前期准备工作有多艰难你是知道的，我们整个团队努力了那么久，眼看演唱会就要开始了，你要亲手毁了它吗？"元平时努力想平静下来，可是她想起元暮时的恶作剧，想起陈嘉铮那么轻易被周小鹿影响的情绪，也忍不住有些浮躁，在房间里走来走去。

陈嘉铮抬头看了元平时一眼，语气很呛："平姐，你大概没有恋爱过吧？自己亲眼看到恋人出轨是什么感觉你知道吗？"

"我确实没有恋爱过……"她说到这里有一瞬间的停顿和恍惚，但很快就消失了，"我不明白你的感受，但你也要想一想我们团队其他人的感受，还有……我的感受。"元平时将头转到一边，不愿让别人看到她此时的表情，苦涩的、无奈的表情。

她不知道恋人出轨是什么感觉，但是她知道自己喜欢的人，在自己面前肆无忌惮谈论心爱的女人是什么感觉，每分每秒都是煎熬，却又控制不住想跟他多待一会儿，多看他几眼的心，一边痛彻心扉，一边无法自持，人格都快分裂了。

"我想起来了。"陈嘉铮突然站了起来,满脸的懊恼,"一定是我那天把她丢在巷子里自己走了,她伤心难过,才会被那个姓元的钻了空子。"

他的全身心都在周小鹿身上,根本没在听自己说话。元平时意识到这个问题,心里尖锐地疼,脸上的平静已经快要维持不下去了,幸好这时候有工作人员叫她出去,她才慌忙逃离了这个让她窒息的地方,准备换个地方好好整理整理情绪再来找陈嘉铮。

可是,她出门也就一个转身,跟工作人员交代了些事情,回来的时候就发现,陈嘉铮不见了。看着空荡荡的休息室和地上脱得乱七八糟的精致西装,纵使再坚强冷静也不可能没有感觉,元平时看着眼前的一切,静静关上门,蹲在门背后捂住脸,强迫自己不要流泪不要伤心,不要失去理智。

可是,还怎么理智呢?

那么久以来,自己每日每夜的奋斗,才有了今天的局面,她的努力他从来都看不见,或者说,他的目光从来都未在她身上停留过,所以才会这么任性地丢开一切奔向别人。

呵,这就是你想看到的吧,元暮时。

看到我难过崩溃就真的那么开心吗?

是啊,元家的人本来就都这么可恶……

陈嘉铮换了普通的衬衣休闲裤,戴上鸭舌帽,背上相机,混在一堆记者里,成功地从招待会现场逃了出去,然后东躲西藏地在酒店里到处寻找周小鹿,最终在酒店八楼的露天阳台上找到了正在发呆的她。然后就在她还没反应过来时,拉着她寻着最隐秘最近的路,飞快地跑回了自己的房间。

周小鹿一路被拉着跑,脑袋里晕乎乎的,竟然一直都没想到喊救命,当她终于回过神来准备叫的时候,已经被拉进了一个房间里,门"砰"的一声被摔上,接着她就看到陈嘉铮那张漂亮的脸再朝她逼近。

陈嘉铮看着呆愣的周小鹿，脑海里全是她被那个流氓医生搂着走入房间的画面，这个楼层里所有的房间都是蜜月套房，布置格局都差不多，孤男寡女的在蜜月套房里能干什么？

想到这里，他就无法平静，一双漂亮的眼睛都快喷出火来了。

周小鹿被他逼得连连后退，一直退到床边上，再无路可退。陈嘉铮的愤怒让她有些委屈，她想到自己这两天来的遭遇，想到自己身无分文地被小园丢在机场时，给他发短信永远得不到回复，那种孤独和无助……

她明明那么小心翼翼，生怕耽误他，生怕自己这粒尘土，弄脏他的世界，可是为什么，换来的还是猜疑和愤怒？

只因为她是尘土，她够卑微够弱小，就可以完全不顾她的感受吗？

我也是人啊，也有自尊和底线啊，为什么要这样对待我？

尘土和星星之间果然是无法谈平等的。

周小鹿愤怒了！她猛地推开陈嘉铮，咬了牙，手语的速度又急又快："我想要公平的恋爱，而不是像现在这样，见不得光，男朋友甚至都不能公开承认我的存在。我受够了，分手吧。"

最后，眼泪还是不争气地流了下来。

陈嘉铮愣了一下，不可置信地看着周小鹿，漂亮的面孔慢慢变得黯然，他放低声音："终于把真心话说出来了。我无法陪你，你需要我的时候，我永远不在……我知道我不合格。那么分手吧。"他说出这几个字，已经面无血色，"分手吧。"

说完，他一步一步退到门口，转身开门出去了。

分手吧。

周小鹿站在原地，恍惚了很久都没回过神来。

分手了，真的分手了。

她跌坐在床上。

梦游一样回到元暮时的房间，元暮时正在打电话，看到她进来，慌忙收起电话，担忧道："你去哪儿了？"

周小鹿仿佛失去了灵魂，眼神却特别坚定，她用手语说："你之前的提议还算数吗？你说你会帮我站到跟他同等的高度，让他能看得到我。还算数吗？"

"当然。"元暮时看着她，扬起唇角，"我说话算数。"

周小鹿笑了。

"那么我们来合作吧，一起到达那样的高度，让他能看见我，让她能看见你。"

"好。"元暮时笑了，笑容直达眼底，灿烂无比，"希望我们合作愉快。"

呵，这只小鹿终于上钩了。

第二天晚上的演唱会，周小鹿并没有去看，但是就算不去，也从新闻和报纸上得知了当天的盛况。当天的 X 市，万人空巷，体育馆附近，道路拥堵，交通瘫痪，只因为舞台上那个身着华服的漂亮大男孩。

热闹的舞曲过后，Lawrence 临时加唱了一首歌，一首不属于他专辑的歌，陈奕迅的《淘汰》。

周小鹿在 X 市的机场里看到演唱会的直播，镜头是陈嘉铮放大的脸，他的五官在舞台灯光的映衬下，显得更是精致，完美得无可挑剔，尤其一双眼睛，黝黑而明媚。一如他们初相遇的那一年，他从雨里钻进她家花棚，抬头冲她笑，一根修长如竹节的指竖在唇边，轻声说："别出声。"

外面是连绵的阴雨，而就在那一瞬间，她的世界瞬间晴空皓日，繁花万里。

候机大厅里人来人往，特意推掉了所有的事，陪她回 S 市的元暮时就在她的身边，她却似乎掉入了真空里，周围的声音，周围的人全部都消失了，她的世界只余下电视机里，陈嘉铮的脸和他的声音。

- 035 -

## 第三章
NVSHEN YANGCHENGJI

## 你是我的私人作品

我说了所有的谎
你全都相信
简单的我爱你
你却老不信
……
他说过的谎……

"小鹿,等这张唱片的宣传期过了,我就跟平姐申请一个月的假期,我们去马尔代夫度假,我带你去玩浮潜。"

可其实,根本没有假期,宣传期过了还是有上不完的通告。

"小鹿,今天晚上我就在你家里过夜。"

根本就不可能,平姐一个电话打来,还是匆匆忙忙走了,为了躲狗仔,他消失了整整一个月,她也不得不搬了家。

"小鹿,什么时候有空,带我去正式拜访一下你爸妈吧。"

她听这句话多开心呀,跟爸妈说,要带男朋友回家,她那对淳朴的父母，为了让这个从来没出现过的神秘"女婿"住得舒适，特意重新装修了房间，可直到她爸妈去世那个房间都没人住过。

甚至她爸爸妈妈的葬礼，他也没参加，根本不能参加啊，被拍到要怎么解释他们的关系呢？那个时候，他在筹备全国巡回演唱会，练舞健身，还有很多琐碎的事，再加上平姐看得又紧，他们见面都十分困难。

有时候是周小鹿去他住的饭店后面，他趁着午休的空闲溜出来，跟她躲在后巷里耳鬓厮磨。或者他装作买花的客人，在没人的时候走进她的店里，恶作剧一般趁她不注意，猛地将她举起来……他们很长一段时间都像两个偷偷恋爱的中学生一样躲躲藏藏，连好好地坐在一起聊一会儿天都不行，还谈什么见父母？

虽然时间有限，见面也非常困难，但是跟他一直都是热烈的、明媚的、他对她充满着迷恋和欲望，每次想起来，都让她兴奋和羞怯。一想到他可能会在某个地方突然出现，甚至会紧张、激动得指尖都在发麻。

他不是个爱说甜言蜜语的人，似乎也并没有特意提出交往，只是不停来找她，她越来越无法拒绝，又一直以为一个男生会对你做亲密举动，就一定是喜欢吧，所以就默认下了这段关系。"我爱你"之类的话，她只听过一次，他仅有的几次空闲时间，会在她家过几天，她总是关了店，在家里专心致志地陪他。有一次，她在厨房做饭，他站在后面看她，似乎是说了"小鹿，我爱你"，可是转头再问时，他自己又矢口否认。

看吧，连他自己都否认的事情，让她如何相信。

至于他所在的地方，他的家、他的公司、他爱去的餐厅、他爱逛的乐器店，她一次都没去过。不能去的，因为一定会被狗仔拍到，拍到之后再澄清，平姐和公司都会十分头疼。

所以，即便是交往了那么多年，她也并没有真正踏入过他的生活。现在仔细想来，也许他们的这段恋情真就像是梦一场，现在梦醒了，梦散了，他们也该散了。

没错，她怕了，害怕热烈之后，枕边无人的空虚；害怕他看到周围有人，下意识放开他们紧牵的手；害怕这种没有未来，看不到日出，只活在梦里,风一吹就散的恋情;害怕自己心里越来越无法控制的不满足和想要独占他的欲望。

她的不安胜过了一切。

他们真的分手了。

人来人往的机场,周小鹿突然俯下身,将脸埋在掌心中,无声地哭了起来。

看着面前哭泣的女孩,元暮时的心猝不及防地疼了一下,他将手抬起来,想摸摸女孩的头,想好好安慰她,可是终究一句话也说不出。其实,他并不算是什么好人,跟着爷爷在公司历练的那几年,即便是他设计让某个人一败涂地,他也能真诚而友善地安慰对方,说出许多冠冕堂皇的话来。

眼前的局面并不算什么,只不过是让一个女孩失恋了而已,而且这场失恋的症结是在他们自己,他顶多起了个推波助澜的作用,根本用不着心怀愧疚。可是,不知道怎么了,看到周小鹿在哭,他突然觉得自己的所作所为有点浑蛋。

谁需要一个浑蛋的安慰呢?他苦笑了一下,抬起的手,轻轻收回来,安静地在一旁等着她哭完。

比起他心里千刀万剐的伤,那些许的愧疚显得那么微不足道。

就在昨天,发布会结束之后,他见过元平时,自她离家出走之后,为数不多的见面。

夜很深,酒店外的喷泉在月光和灯光的映照下格外美丽,他远远站着,看着许久未见的她,只觉得好陌生。他记忆中的她一直都是明媚而骄傲的,此时眼前的女人身上却似乎生来一股戾气,看人的眼神似乎要将人生吞活剥。

他朝前走了两步,她也看到了他,怒气冲冲走过来,抬手就朝他脸上打过去。他抓住了她的胳膊,熟门熟路,他们青梅竹马,一起长大,他知道,她被惹怒之后会是什么反应。

"元暮时,我已经离开你家了,你还要怎么样?为什么就不肯放过我?"元平时抽出自己的手,声音里带着几分尖锐。

元暮时看着她的脸,她的脸上有精致妆容也掩饰不住的疲惫,漂亮的眼睛里全是红血丝,嫣红的唇也有些干裂翘皮。他的心似乎被抽了一下,抬手摸了下她的脸:"你最近是不是很累?"

元平时没好气地打开了他的手:"我累不累跟你没关系。"

"平时。"他叫她的名字,笑了起来,"我知道你生气,可是我的手段,不都是你一手调教出来的吗?笑容满面,阳奉阴违,为了自己,抛弃自己能抛弃的一切。"

元平时脸上划过一丝不自然,别开了视线:"寄人篱下,你阿姨又恨不得我死,我不自己保护自己,根本活不下去。"

"所以,你承认,你为了保护自己,早早就将我抛弃,连带着,将我们一起长大的情谊也都抛弃了。"元暮时脸上依旧是笑着的,但眼底的伤已经溢了出来。

元平时咬了咬牙,瞪着眼睛看他:"为了自保,我也没有办法。那些年就算是我对不起你,今天你搅了发布会也算报复过我了,我们两清了。"

"两清?"元暮时脸上的笑温柔似水,他说,"元平时,你欠我的永远都别想还清。"

元平时听到这话是什么表情,他没看到,因为他说完这句话就转身走了,他心中犹如千刀万剐,面上的笑也似春风和煦,这是他在大家族中的生存之道,永远都不让人知道你真正的心思。

可是此时,他看着眼前这个痛哭的女孩,突然觉得好累,他也很想像个孩子一样痛哭出声,祭奠他曾经的痴心妄想,和心中永不可能抚平的伤口。

回到 S 市,周小鹿第一件事就是在店门口贴了一张招聘启事,招一个全职店长,帮她打理店铺。年龄、性别什么都没有要求,唯一的要求就是要喜欢花。

这家小鹿花房，是她的心血，她不希望将它交给一个不喜欢的人手上。小园来店里的时候，看到她在招聘店长，还吓了一跳，以为周小鹿是因为她把她丢在 X 市机场的事，而要开除她呢，于是讨好地过来抱大腿。

"小鹿姐，X 市的事，是我不对，因为男神医生团要跟我们拼车，一开心就把你给忘了。不过阿城说，你不会有事的，元医生一定会照顾好你，看吧，你果然没事，除了似乎比去 X 市之前更漂亮之外，毫发无伤。阿城说得没错，元医生人品如医品，古道热肠。对了，小鹿姐，你不知道阿城是谁吧？阿城就是男神医生团中最可爱的那一个，我们还互换了号码。哎呀，扯远了，小鹿姐，我的意思是说，我不是故意把你丢在机场的，你就看在我这辈子第一次遇上阿城这么好的桃花，就原谅我吧。"

小园脸上又是愧疚，又是提到"阿城"两个字时的娇羞，让周小鹿无论如何也生不起气来。她只能将她要跟元暮时合作，进入 Perfect wold 做艺人的事告诉了小园，自己招聘店长不是要开除她，是为了帮忙打理花店。

听她这么说，小园才放下心来，笑眯眯地揽着周小鹿的胳膊说："没想到网上说的是真的，元医生真的有这么大的来头？而且你是不是要谢谢我啊，要不是我把你忘在了机场，你怎么有机会跟元医生单独相处那么久？不单独相处那么久，元医生怎么会发现你身上的闪光点，要签你呢？"

感谢？周小鹿想到自己被忘在机场、背包被偷、身无分文、求救无门的窘迫境地，忍不住对小园翻了个白眼。

小园继续吱吱喳喳，叙述着陈嘉铮 X 市那场演唱会的盛况，周小鹿听着实在难受，就打断了她，用手语慢慢说："我们已经分手了，以后不要在我面前提他。"

小园震惊得半天都没回过神来。

"嘉铮哥先提的分手？"小园试探地问。说真的，她这种丢人堆里就找不出来的普通大学生，能够在私下里亲眼看到偶像，还能跟偶像拍照、要签名，全是沾了周小鹿的光，虽然这层关系是个秘密，不能说出去，但是她也一直因此为荣,并且窃喜着。当然,她也知道 lawrence 陈嘉铮跟她们不是一个世界的人,会分手也是必然的。当然分手也必定是对方提的,普通人哪里有资格跟男神提分手?

没想到,周小鹿却说:"是我提的。"

小园有那么一瞬间以为自己看不懂手语了,重复了一遍:"你提的?"

周小鹿肯定地点头。

"小鹿姐,你不会是移情别恋了吧?"小园纠结了半天,也想不通周小鹿为什么会跟陈嘉铮分手,也想不出自己颜好腿长还肯屈尊跟平民恋爱的偶像哪里不好。

周小鹿摇头。

"那是因为什么?"小园不死心地追问。

周小鹿只好说:"我们实在不合适。"

小园这才不说话了,沉默地去整理刚到店的花束。中午吃饭的时候,她戳着饭盒里的米饭,看着周小鹿欲言又止:"小鹿姐,你是不是觉得自己配不上嘉铮哥啊?其实,你不用这样想啊,嘉铮哥喜欢你,自然有他的道理,他那么好,不会嫌弃你的。"

果然连小园都觉得是她配不上陈嘉铮,陈嘉铮在这段恋爱关系里,一点错都没有,他能跟她这样的人恋爱,本身就是无比委屈了,她牺牲是应该的。更何况,她还是个哑巴。

周小鹿如鲠在喉,再也吃不下去了,就合上饭盒的盖子,起身去洗手间。洗手间的水哗啦啦在响,她捧起一捧水泼到脸上,冰凉的水滋润着她干燥焦灼的皮肤,短暂的清凉让她浮躁的心情渐渐恢复了。她抬头看着镜子,镜子里的女生,皮肤白皙光洁,有着一对湿漉漉的杏眼、粉嘟嘟的唇,不算顶美,却也赏心悦目。

虽然不能说话,但是周小鹿一直都不是一个自怨自艾的人,她觉得自己还不错。长得不美,但是耐看;不会说话,但是身体其他地方都很健康;虽然学习不好,没上过名牌大学,但是早早就经济独立了,不花家里一分钱,吃、住、开的车,全是自己挣来的。

她曾经非常满足于现状，但是此时……不，在她和陈嘉铮在一起那一刻起，她所拥有的好，就已经不够了，她想变成更好的人，站在更高的位置上，那样的话，也许就能跟他公平地对话了吧？

可是真的有那么容易吗？她想着，她和陈嘉铮的距离，瞬间体会到了什么叫作云泥之别，刚刚好一点的心情又开始焦躁了，忍不住用湿漉漉的手，将镜子里的自己抹成花花的一团。

招聘店长的事一时半会儿搞不定，元暮时并没有来催促她，只是每天晚上来店里报到。他对周小鹿说："我把医院的工作交接出去了，医院那里已经没有我的位置了，而 Perfect wold 那边也没有正式上岗，没有我的办公桌，我没地方可去，只能来你这里。"说完，他又加了一句，"你可别赶我走啊。"

对方在 X 市帮助且收留过她，现在反过来求她收留，有机会报恩，她自然是十分乐意的，怎么会赶他走呢？

她不但不赶，还特意在小店里给他加了把椅子。就这样一到晚上，人流量变少的时候，元暮时就会准时出现，简单的闲聊之后，他们便一个算账，一个看档，互不干扰。

晚上十点，几乎没什么客人上门了，店里冷冷清清，只有清幽的花香，伴随着计算器的按键音，在空气里回荡，元暮时翻着手里的文件，偶尔抬起头，看到正在认真算账的女孩紧绷的小脸和微微皱起的眉，忍不住轻笑了起来。

一个花店一天的流水，顶多也就几千块，进进出出能有多少账目？她却已经这样全神贯注地算了半个多小时了，而且这期间，她的肚子响过好几次了，应该是很饿吧，怎么还能这么认真呢？那几千块真有那么大的魅力吗？她那种笨笨的，又无比认真的模样，让元暮时无端端地心头一软，放下文件，走出店门，去买吃的。

周小鹿好不容易算好了今天的账目，伸了个懒腰，大大松了一口气。因为"卖花妹"的余波，今天的收入还算不错，除却成本，纯利润有三千五哦。她窃喜地想着，在心里算了一笔账，一天三千五，那么一个月就是……心算到这里有点卡壳，她慌忙去抓计算器。一天三千五，一个月就是十万零五千！她惊喜地张着嘴巴，觉得自己真是个小富婆。

元暮时买了两份牛肉面打包回来，就看到站在收银台后面的周小鹿正捂着嘴巴笑，忍不住出声问："这么开心？看来今天收入不错。"

"有三千五呢，要是每天都能这样，我就成富婆了。"周小鹿笑眯眯地比着手语。

她的手指细白而灵活，比画起来完全不怪异，反倒有种舞蹈的美感，非常好看。说完前面那句话，她看到元暮时拎在手上的牛肉面，立刻上前提了，从收银台后面拉出一张折叠的矮桌，将牛肉面摆好，说："今天我请客。"然后从收银台里拿出三十块塞进元暮时手里。

街头那家牛肉面店一碗牛肉面十五块，两碗就是三十块，她以为世界上所有的牛肉面都是十五块一碗，却不知道这个城市里有一家店的牛肉面用的是上等的和牛牛肉，撒了松露，连外卖盒都是定制的。

元暮时微笑着接过三十块钱，随手塞进衬衣口袋里，将印有店名的外卖袋卷起来，扔进了垃圾桶。两个人坐在矮小的桌前吃着牛肉面，爽滑的手工面条，伴着花香，吃起来竟然格外香甜。

这种轻松没压力的相处模式，让周小鹿有一瞬间的恍惚，心里忍不住在想，如果当初她和陈嘉峥也像她和元暮时一样，每天都能见到，一起吃碗牛肉面，就算不说话，也应该是甜蜜的。如果真是这样的话，他们就不可能分手。

果然，爱是需要经营和陪伴的，没有经营和陪伴，最初的激情就算再热烈，也终究会有消耗殆尽的一天。

她心里难过，一碗面吃得味如嚼蜡。

吃完面，周小鹿收拾矮桌，元暮时就将自己一直在看的档夹拿出来，摆在矮桌上，指着一页，给周小鹿看。这是元暮时做的新人出道的企划，新人自然就是周小鹿，因为她没有任何的演绎经验，又不是相关专业的科班出身，想要出道，只能多多利用她现如今"卖花妹"的身份，所以他打算让周小鹿先拍几组平面照，利用网络这个平台，扩大周小鹿的知名度。

这份企划是元暮时的私人作品，或者说目前为止，周小鹿整个人都是元暮时的私人作品，跟perfect wold并没有太大关系：一来，元暮时还没有正式上任；二来，周小鹿也没跟总公司那边签署正式的合约，一切都是元暮时自己出钱组团队在作业。

明明公司有着庞大的关系网，有顶级的团队，他却弃之不用，而是亲自找人组成一个全新的团队，对于一个即将上任的总裁来说，这种行为简直就是惊世骇俗。虽然不知道元暮时此举的用意，但是既然决定跟他合作，周小鹿就不得不选择完全地信任他。

周小鹿看着企划书，上面列举出平面的主题，花丛精灵、山中小鹿，还有一组是花店的日常。

"外景地还在找，目前没有满意的，花店的日常可以先拍，就在你的店里拍，摄影师、造型师已经联系好了，明天开拍的话，有问题吗？"元暮时谈起工作来，立刻就会切换到另外一个模式，严肃且公事公办，浑身上下透着淡漠的疏离，五官也显得冷峻了起来，完全不似平日里温和的医生形象，周小鹿微微有些不习惯，愣愣地点了点头。其实，她也基本提不出意见，毕竟她是个外行，什么都不懂，只能他说什么，她就听什么。

见周小鹿呆呆的，又有些紧张的样子，元暮时有种初领养宠物的感觉，他忍不住弯起唇角，微微一笑，严肃感一瞬间从他身上褪去，又变回了温和儒雅的医生，伸手拍拍她的头，安抚道："你放心，我的团队在这个圈子里也算小有名气，将一切都交给我，我会对你很好的。"

元暮时说话的语气，有点像是牙医在安慰拔牙的病人："不疼的，放心交给我。"

有种哄骗的即视感，周小鹿忍不住笑了，合上企划书，笑着用手语说："一切都交给你了，医生。"

眼前的宠物非常好哄，元暮时满意地轻笑着，隐约有种"我家宠物真棒，么么哒"的雀跃。

　　第二天一大早，周小鹿就来到花店，一眼就看到一辆崭新的房车停在店门口，房车的门是开着的，一个女生正半挂在车门上，昏昏欲睡。

　　她走过去，想打个招呼，就见那女生猛地睁开了眼睛，一双血红的瞳仁上下打量着周小鹿，把周小鹿吓了一跳。昨天元暮时送她回家，临走时跟她说过，今天造型师摄影师会早早过来，为她化妆造型，然后摄影师会跟她一天，拍摄她日常工作的照片。

　　眼前这个女生样子太惊世骇俗了，黑眼影、血红的隐形眼镜、爆炸头，身上的衣服更是五颜六色，热闹得很，这么有个性，应该就是造型师吧？

　　周小鹿还没从红瞳孔的震惊中回过神来，那女生已经开口问她："卖花妹？"说着脸就凑了过来，用极近的距离，盯着周小鹿的脸仔细地看，边看还边砸着嘴巴，喃喃自语，"肤质不错，年轻底子就是好，有几颗小雀斑，无伤大雅，杏眼……化成无辜的小鹿眼估计更惹人爱，眉毛有点乱，一看平时就不修边幅，嘴唇颜色不错，粉红果冻色，真想舔一口……"

　　周小鹿条件反射地后退了两步，笑容僵在脸上，尴尬得一句话都说不出。女生这才想起什么似的，朝周小鹿伸出一只手，"忘了自我介绍了。我叫安雅，造型师，今天就由我来为你化妆、造型。"

　　周小鹿想用手语回话，但又怕对方看不懂，就改用手机打字："我叫周小鹿，今天就拜托你了。"

　　安雅瞄了眼手机上的字，涂得黑粗的眉毛皱成一团，盯着周小鹿的嘴巴，红眸里满是可惜："真不会说话？可惜了这么好看的唇形和唇色。"

　　周小鹿尴尬地笑了笑，忍不住在心里吐槽：不会说话跟唇形唇色有什么关系？

　　"不过，放心吧，不管你会不会说话，既然BOSS把你交到了我的手上，我就一定会让你美美的。"安雅说着像个小流氓一样，捏了下周小鹿的脸蛋，然后转身去身后的车上，拿了一个比工具盒还要大的化妆盒出来，提在手上，指了指还关着的店门说，"快开门，时间就是金钱，我们快点开始。"

- 045 -

周小鹿看了眼车上，用手机打字给安雅看："车上还有其他人吗？一起请进来喝杯茶吧。"

安雅连连摆手："还有个司机兼摄影师，不过不用管他，他当狗仔当习惯了，不喜欢在人前露面，需要他的时候，他自然就会出现了。"

周小鹿只好点了点头，带着安雅进店。

开花店这么长时间，周小鹿已经形成了条件反射，开店门第一件事就是把店牌立出去，然后将小库房里的花搬出来透气，安雅倒也耐心，等她忙完了，才过来给她化妆。

这组照片的主题花店日常，妆太浓反而显得不自然，所以安雅给她化的是极自然的裸妆，她化得十分精细，力求通透而自然，用的时间比浓妆还要长，程序也更加繁琐，周小鹿扬着脸，脖子都快僵了，妆才终于化好了。

"呼，这恐怕是我化过的最完美的裸妆了。"安雅呼出一口气，边收拾工具，边满意地朝周小鹿眨眨眼睛，"BOSS眼光真好，这么看，还真是个清新脱俗的小美人呢。"

周小鹿被她夸得不好意思，躲到一边去照镜子，镜子里映出一张既熟悉又陌生的面孔，五官确实是自己的，几乎没怎么动，可就是让人觉得既清新又标致，偏偏又完全看不出化妆的痕迹。

真是神乎其技。

周小鹿忍不住用手语说："真好看，谢谢你。"

安雅开心地笑："这句手语我懂。不用谢不用谢，BOSS说了，以后我们都是要靠你吃饭的，所以伺候好你，是我工作的全部意义。"

有着这么好化妆技术的人，以后要靠她吃饭？周小鹿一阵惶恐，心想，元暮时真是太瞧得起她了。

化好了妆，安雅又给她做了发型，在脑后松松编了个蝎尾辫，随手从花架上摘了几朵雏菊点缀其中，虽然这个动作让周小鹿一阵心疼，但是发型做好之后，加上妆，整个人清新得像夏日里的一缕风，她站在镜子前都快不敢认自己了。

安雅围着她左转右转,黑眉紧紧皱着,红瞳滴溜溜转,似乎还不满意,最后硬是扒了她的牛仔裤,到车上拿了条白色亚麻布裙给她换上才算完。

做完造型,两个小时都过去了,陆续有客人光顾,看到周小鹿纷纷露出惊艳的表情,有相熟的客人甚至打趣道:"小鹿今天真漂亮,电视上那些明星都没你漂亮。"

周小鹿抿着嘴笑,手上的动作依旧利落,剪花枝、包花、扎花带,动作一气呵成。

一忙起来就停不了手,周小鹿原本还担心客人这么多,没时间拍照,想挂出歇业的招牌,可是安雅说:"你该干什么就干什么,什么都不用管,到时候照片自然能出来。"

她一直在忙,都没停下来过,摄影师也不见踪影,哪里来的照片?虽然心里在打鼓,但是既然安雅都这么说了,她也不好说什么,就这么一直忙了一天。

晚上安雅离开后,元暮时提着牛肉面来看周小鹿,周小鹿妆还没卸,穿着白天的裙子,站在收银台后面算账。

头顶上雏菊造型的灯,柔和地发出暖橘色的光,将她垂下的面孔照得朦胧,整个人如同被光团包围着,盈盈散发着圣洁不可侵犯的光芒。鬓边两缕卷曲的长发垂在脸颊两侧,她大概是嫌碍事,随手将那两缕头发撩到耳后,嫩生小巧的耳朵就更加清晰地暴露在他的视线里,粉白的色泽珍珠一般莹润,看起来十分诱人。

他只觉得喉咙一紧,慌忙移开了视线。

听到门口的脚步声,周小鹿抬起头,看到元暮时,扬唇笑起来,用手语说:"医生,快请进来。"

元暮时走进来,将牛肉面放在收银台上,看到她摊在面前的账本和一旁的计算机,扬唇温和笑问:"有个好消息,你是准备算好账之后再听,还是现在就听。"

周小鹿眼睛一亮,慌忙合上了账本,做认真聆听状。

元暮时也不卖关子，开门见山地说："今天拍的照片已经发出去了，各大门户网首页推荐栏里都有，搜索排名第一，效果如我想象中一样好。"

周小鹿一惊，慌忙抓手机上网去看，随便找了一个大型网站点进去看，首页上果然有她，是她在给客人包花的照片，她是正面，客人只拍到背影。阳光正好，她在笑着，脸颊红扑扑的，一缕没绑进去的卷发，调皮地挂在嘴角上，黑的发映得唇色更是粉嫩得像果冻。

这什么时候拍的？这配图这光线抓的，最重要的是，把她拍得状态超好又自然不造作，也太厉害了吧？周小鹿点进图集，看着那一系列她完全不知道什么时候拍下来的照片，忍不住对那个始终没露面的摄影师佩服得五体投地。

也许是看出她的惊讶，元暮时笑着解释："陆晨人是古怪了一点，但是技术还是很好的。"

陆晨应该就是那个摄影师的名字，名字很中性，连是男是女都听不出来。

周小鹿笑着比手语："希望有机会能当面跟他道谢。"

"当然有机会。他现在是我们团队的一员，以后合作的机会还很多。"元暮时说着熟门熟路地从收银台后面抽出折叠的矮桌，丢掉外卖袋，将外卖盒打开，一次性筷子掰开放好，冲周小鹿扬唇笑，"今天还有好多事情要跟你说，我们先吃点东西，吃完了再慢慢说。"

闻到熟悉的面香，周小鹿的肚子顿时开始咕噜咕噜叫，不客气地坐下开吃，边吃边比画着说："你的牛肉面在哪儿买的？我怎么买不到这么好吃的面？"

"秘密。"元暮时唇角勾了勾，笑得有点神秘和淘气，不过眼神依旧是温和的，"不过，我可以做免费的外卖小哥，你想吃的时候就告诉我，我负责送货上门。"他说着，伸长胳膊从收银台上抽出一张纸巾，替她去擦她不小心沾在脸颊上的酱汁。

他的动作很自然，完全没有唐突的意思，但是周小鹿依旧吓到了，因为在这之前她一直盯着他的手看。第一次见面的时候，周小鹿就注意到了,他的手很好看,竹节一般修长秀雅,一看就是个养尊处优的贵公子。

自己盯着,用垂涎的目光看着的手,突然靠近自己的脸颊,她没防备,一惊之下,条件反射往后躲,动作太大了,小板凳一歪,整个人不受控制地朝后仰,元暮时眼疾手快,长臂一伸,一手拽住她的胳膊,一手搂住了她的腰,将她带回板凳上。

两个人动作太近,鼻翼间似有若无缭绕着一股淡淡的男士香水味,那味道并不浅薄,反而有种厚重悠长的韵味,她吸了吸鼻子,一瞬间脸就红了,慌忙推开她,坐正身子。

"吓到你了? 真是抱歉。"元暮时抱歉地说,晃了晃还抓在手里的纸巾,唇角勾出一抹笑,"跟妹妹一起吃面的时候,她总是弄得满脸都是,都是我给她擦干净的。刚才看你脸上有酱汁,下意识想到了妹妹,条件反射拿纸巾,抱歉。"

刚才确实是吓到了,但是人家都已经解释到这个地步了,也确实不好再生气。周小鹿摆摆手,表示没关系,还好奇地问:"你还有妹妹?"

"嗯,她小我十多岁。"提到妹妹,元暮时脸上的笑容变得温柔且恍然。

"真好。你们关系一定很好吧?"周小鹿继续问。

"非常好。她是我的小宝贝。"元暮时点头。

"不知道有没有机会见见呢? 医生你这么好看,你的妹妹一定也是个小美人。"周小鹿比画着,脸上露出向往的表情。

"她确实很美,只可惜没机会见了,她很小的时候出了意外,过世了。"说到这里,元暮时脸上那种温柔的恍然终于变成了真实的悲切,他垂目静了一会儿,似乎在压抑心底的痛苦,再抬头时,已经恢复了之前那种温和的笑,"不说了,吃东西吧。"

周小鹿却着实愣住了,自己都没感觉到,眼泪已经扑簌簌掉了下来。元暮时吃了几口面,抬头看到她满脸的眼泪,明显惊了一下,忍不住皱眉,好笑地问:"你哭什么?"

周小鹿睁着黑亮亮、湿漉漉的眼,看着他,用手语问:"对不起,我不该提起你的伤心事,你一定很难过吧?"

元暮时微微笑着，抬手给她擦眼泪，动作细致且温柔："难过啊，当时确实很难过，只不过这么多年过去了，再难过也都淡了。所以，你不用哭成这样？再说，是我先提的妹妹，你并没有错。"

　　明明最伤心的人应该是他，他却还反过来安慰自己，周小鹿只觉得，元暮时这个人真是温柔得太让人心疼了。她一时间更加收不住眼泪，一直流着眼泪，吃完了一碗面，才算勉强收拾好情绪。

　　吃完了面，元暮时主动帮忙收拾好矮桌，然后跟周小鹿谈了关于后续的平面摄影，交代她后天会有人来接她，让她尽快将店里的事情处理好。之后，他又给了她一个认证过的微博ID，说："你可以经常发发自拍照，或者生活中的事，跟粉丝们多交流交流，有助于积累名气。"

　　周小鹿用自己的手机登录ID，发现这个账号已经发过一组照片了，算是今天白天拍照的花絮，没正片那么完美，表情比较逗趣。有一张是她调戏隔壁大黑狗的照片，她一脸讨好，黑狗一脸嫌弃，画面搞笑的，她自己看了都忍不住笑了起来。

　　ID的昵称是"卖花妹周小鹿"，认证信息是"最美卖花妹"，才注册一天，竟然已经有一万多粉丝了。

　　她不禁有些意外，于是眼眶还是红红的，看着手机，又是笑，又是惊，表情丰富得让元暮时都忍不住好奇起来，凑过头来看她的手机屏幕，发现她正翻看着他的微博，并且点了关注，点完又后悔了，抬头慌张地用眼神询问他。

　　她的意思是他们之前闹的绯闻，现在是不是应该避嫌？元暮时的头正凑到她的手机前，两个人离得太近，她猛一抬头，鼻尖几乎碰到了他的，少女的幽香窜入大脑，他有一瞬间的愣神，片刻之后才恢复正常，轻轻点头："没问题，绯闻也是让大家更快记住你的一种方法。"

　　话是这么说，但是他们现在是工作关系，他算是她的老板了，这样不避嫌是不是不太好？她还在犹豫的时候，元暮时已经拿出手机，也关注了她。看着手机屏幕上，那个写着互相关注的小框框，周小鹿也终于没再说什么。

老板说怎样就怎样吧。

又交代了一些细节，说了一会儿话，两个人才离开店里，周小鹿关上店门，钻进她的小面包车里，元暮时跟她挥挥手，说声晚安，自己才回到车里。

车上有秘书在等他，等他上车，就平稳地发动起车子，秘书边开车边向他报告明天的行程："十点有个董事会，总裁希望您能参加，还有晚上八点的那个晚宴。总裁的意思是，您马上就要上任了，应该多跟公司的元老搞好关系，私下里培植自己的团队，怕董事会的人多心。"

"哦。跟爷爷说，我知道了。"元暮时坐在汽车后座，侧头看着窗外缓缓后退的霓虹，漫不经心地回应着，脑海里全是周小鹿的泪眼，和她身上的幽香，还有粉嫩的唇，想着想着，嗓子里就有种焦灼的干渴，他深吸了一口气，似乎是在问助理，又似乎是在问自己，"世界上，真的有人对你的痛苦感同身受吗？"

秘书愣了一下，显然没明白他话里的意思，一时间不知道该怎么回答，元暮时却自顾自地答了："怎么可能。我的痛苦，她怎么可能体会得到？不可能有人体会得到。"

自己问了，自己答了，这个问题就算揭过去了吧。秘书松了一口气。

元暮时又问："媒体都联系好了吗？"

"联系好了。"秘书答道，"大多媒体都传了话过去，到时候会有人拍。只是……BOSS，一个新人刚出道就那么多绯闻，对她的演艺生涯并没有好处。"

元暮时却没回答，只是轻轻笑了一声，那笑容在夜色中飘着，让人捉摸不清。秘书有些疑惑，但也不敢再问，他透过后视镜看那张年轻姣好的面孔，心情忍不住沉重了起来。自己是老总裁元申亲自拨到这个新BOSS身边的，但是他在他身边待了好几年了，也尽心尽力帮助他熟悉公司的运转，虽然不得不承认，这个新BOSS确实是个天才，但是为人实在太难懂了，总让他有种如履薄冰的危险感。

秘书无声叹气，元暮时在这个时候却开口了："这几天 Lawrence 那边有什么动静吗?"

"演唱会结束后就一直没在公众视线里出现过,不过有小刊的狗仔拍到他酗酒,跟经纪人吵架的画面,似乎是闹得很欢,不过照片被他的经纪人高价买走了,最终没能上报。"

"嗯。"元暮时看着窗户,轻声应着,脸孔埋在阴影里,看不出表情,只有轻点着座椅的手指出卖了他的情绪,他似乎很愉快,"有没有好处,还是我说了算。"

## 第四章
NVSHEN YANGCHENGJI

## 身边妖孽尽出

一连几天,周小鹿都在约见应聘者中度过,最终决定录用一个三十岁的大姐,是个单亲妈妈,看起来衣着普通,看起来甚至有些拮据,而且是带着孩子来应聘的,实在很不专业,但是周小鹿看到她看着自己孩子时,那种温柔而满足的眼神,一瞬间就决定用她了。

一个在困苦中还能有这那样温柔眼神的人,一定是个非常好的人,将花店交给她,她应该能放心了。周小鹿表示不介意她带着孩子上班。大姐感激得连连道谢,表示可以立刻上班。到了下午,已经基本上手花店的工作了。她那个不满三岁的儿子,很乖巧安静,妈妈忙的时候,就坐在收银台旁边自己玩玩具,偶尔还能帮着搬搬抬抬,或者站在门口卖萌,招揽客人,周小鹿觉得自己真是赚到了。

晚上八点,大姐回家后,她也早早关了门,回到住处。她租住的公寓还算不错,但也并不是什么高档社区,楼道里的灯坏了几天也没人来修,她摸着黑,走上三楼,刚刚拿出钥匙,就被人从后面紧紧抱住。她吓了一跳,又叫不出声来,只能使劲地掰那个人的手,可摸到那双手的一瞬间,她就停住了。

那双细致的手,因为长时间弹吉他、钢琴等乐器,手指尖有薄薄的茧子,左手虎口的地方有一道细长的伤疤。

再熟悉不过的手,是陈嘉铮。

陈嘉铮只是紧紧地抱着她,并没有说话,周小鹿努力挣脱了几次,也没挣开,只能放弃了。她不懂陈嘉峥想干什么,而且又背对着她,她就算用手语问话,他也是看不到的,她只能摸索着在他手背上写字:"放开我。"

恋爱时,每次短暂的相见,他们几乎都会黏在一起,周小鹿不想用手语的时候就会窝在他怀里,拉着他的手,在他手心手背上写字,几年下来,他们已经可以用这种方式正常交流了。

所以,她写什么,他一定是懂得的,但是他依然没动。

她租住的这栋楼总共只有六层楼,没有装电梯,门就在楼梯拐角处,地方非常狭窄,只能勉强容下两个人并排通过。狭窄而寂静的空间里,他们的身体密密贴合在一起,他皮肤的温度透过薄薄的衣料传递过来,灼烧着她的心,这种窘迫感,让她以为自己身在火中,心脏在胸膛里不受控制地疯狂跳动。

心跳声太大,在寂静的空间里无遮无掩地撞入人的耳膜,让周小鹿觉得羞耻。

"周小鹿,你不许再当那什么该死的网络红人了!"他终于说话了,似乎是咬牙切齿地在说,声音中带着缺水已久的沙哑干涩,说着他松开手臂,将她转过来,在黑暗中捧着她的脸,试图想吻她,姿态蛮狠。

而就在他的唇快要碰到她的那一刻,她心中的怒火,突然不受控制地暴涨,随着心跳声在胸口处灼灼燃烧。

他怎么可以这样?明明已经分手了,还跑来这里对她指手画脚……他怎么能这么欺负人?他凭什么还管着她?没分手的时候,他经常对她做一些无礼要求,不要给他打电话,不要穿过于耀眼的衣服,不要擦口红擦香水……原因无非就是怕被平姐抓到,怕她被人注意到,怕她身上的口红印、香水味留在他身上,被媒体拍到,被其他人闻到不好解释。

以前,她样样迁就他,但是现在,他凭什么还要求她这也不许那也不许?她满腔的怒意,却发不出声音,只能使劲地踢打他,她想她此时的表情一定是扭曲的。

陈嘉峥没动,安安静静地站在那里承受着她的怒气,在她终于发泄完,无力地靠门站着的时候,抬手摸了摸她的脸,摸到她脸上湿漉漉的眼泪,似乎被烫到了一样,连连退后两步,转头走了。

就这样走了,像来时一样无声无息。

周小鹿在黑暗中靠门站着,恍惚间以为自己做了一场梦。

虚脱一般靠门站着,过了好久才积攒出力气,拿钥匙打开门,机械地开灯,换鞋。可就在她伸手拿拖鞋的一瞬间,整个人都呆住了。

她的手上胳膊上竟然全是血!她吓得半死,慌忙卷起胳膊,仔细看了看,才发现那血不是她的。

是陈嘉铮的。

再仔细看,不只是胳膊上,她被他抱过的地方,胸口、后背,还有脸上都是斑驳的血迹,看起来十分吓人。

怎么会有这么多血?他受伤了?她瞬间慌了,哪里还顾得上怄气,慌忙折身出去找陈嘉铮。

社区的侧门出去,是个小巷,小巷子外面是美食街,她沿着小巷,找去美食街,挨家挨户地找,找一个多小时,连个人影都没找到,只能重新回到家里。

回到家,她拿出手机,给他发短信。

"嘉铮,你怎么了?跟人打架了吗?受伤了要快点去医院。"

信息发出去之后,很久都没回音,她又急又怕,又发一条。

"嘉铮,别怄气了,快给我回信息。"

等了许久,依旧没有信息,周小鹿都快哭了,生平第一次这么痛恨自己不能说话,连打个电话都做不到。她急得在家里团团转,无奈之下,给元暮时发了条信息:"能不能把平姐的号码给我一下?"

元暮时回得很快,一串号码之后,就是一句询问:"你要平时的号码干什么?"

周小鹿哪里顾得上回他,就忙着给那组号码发去了消息:"平姐,你知不知道嘉铮在哪儿?他似乎受伤了。"

平姐也回得很快,噼里啪啦问了一堆问题:"你是谁?你怎么知道他受伤了?你见过他了?在哪儿见的?不要声张,要多少钱,我都给你。"

周小鹿立刻明白,平姐没她的号码,突然听她这么问,一定是把她当作勒索钱财的狗仔了,她皱着眉打字:"我是周小鹿,他刚才来找过我了,全身都是血,但是现在已经走了,我找不到他,有点担心。"

那边再没了回音。不过,事情算是说清楚了吧?平姐一定会带人去找嘉铮的。应该不用担心了吧?她拿着手机瘫坐在地上,脑子里乱糟糟的,全都是陈嘉峥身上那种灼热的温度,和黑暗中捧着她脸的手,那双手上满是鲜血,他用那双手捧着她的脸,想要吻她,可她却打了他。

怒不可遏、歇斯底里地打了他。

他现在一定非常难过。

天之骄子陈嘉峥,一直都活得那么恣意,在她的生活中来来去去,何曾这么难过过?她突然有种报复的快感,可是这种快感只是一瞬,就被心中更大的空虚感和灼痛感代替,她看着沉寂下来的手机,忍不住哭了起来。

就在这个时候,她的手机突然响了,屏幕上显示的是元暮时的号码,她不能说话,是从来不接电话的,可是此刻,她抽泣着,看着亮起的屏幕,突然感觉到了一丝温暖,鬼使神差地接起了电话。

"小鹿,为什么突然要平时的号码?你出事了吗?是,就敲一下桌子,不是就敲两下。"电话那头很安静,只有元暮时的声音如古刹的钟声,低沉而浑厚,带着让人心安的力量。

周小鹿吸了吸鼻子,敲了两下桌子。

咚咚的清脆声响传到电话那一头,元暮时似乎松了一口气,轻笑着说:"你没事我就放心了。"

就因为怕她出事才特意打电话过来的吗?周小鹿突然觉得好感动。

"不是你出事,是陈嘉铮出事了吗?"那边又问。

周小鹿敲了一下桌子。

电话那头紧接着问:"他去找你了?"

周小鹿敲一下桌子。

"他……想复合吗?"

陈嘉铮想复合吗?周小鹿陷入了茫然,想的话为什么不说出来,不想又为什么要抱她、想吻她?她沉默着,元暮时的声音透过手机传了过来:"抱歉,这是你的隐私,我不该问这么多。"

周小鹿下意识地摇头,然后才察觉到打电话的时候摇头,对方根本看不到,她顿时伤感起来。元暮时见她没有动静,也沉默了一会儿,许久掺杂着夜的凉意的柔和声音才响起:"小鹿,我只希望你好好的,不要难过。"

周小鹿哭了,无声地落着泪,眼泪滴答落在地板上的声音,回荡在房间里,显得无比凄凉。

电话那头很安静,也不知道元暮时是不是不在了,过了一会儿竟传出悠扬的钢琴声,是贝多芬的《月光奏鸣曲》第一乐章,轻妙舒缓的音乐声在这个寂静的夜晚,犹如天籁,周小鹿听着,几乎都忘记了哭。

她就那么拿着手机,听完了整首,那边才传来元暮时的声音:"我弹的,还不错吧?这恐怕是我掌握的,唯一能够哄女孩子的技能了。如果,我连家里蒙灰的钢琴都翻出来弹了,你还在哭,我就真的没办法了。"

周小鹿真的不哭了,她从没被人这样温柔地哄过,心里只有感动,哪里还会哭?

元暮时又说:"我不知道发生了什么事,但相信我,这个世界上不存在无法解决的事情,既然事情总能解决,那么,何必哭呢?听话,放轻松,然后洗澡,睡觉。听到没有,听到了,就敲一下桌子。"

她敲了一下桌子,电话那头传来他满意的轻笑声:"真乖,我挂电话了,有事情随时联系我。"

然后电话就真的挂断了,周小鹿拿着电话还在愣愣出神。他刚才说"真乖"的时候,真是温柔,就像窗外的月光,她毫不怀疑,如果他们面对面坐着,他一定会摸摸她的头。

这种被珍视的感觉,多久没有体会过了呢?

大概已经很久很久了吧。

她坐着发起呆来握着手机在地板上坐了好久,手机都没再响起过,陈嘉铮和元平时都没给她回短信,她叹了口气,站起来,脱掉身上沾了血的衣服,慢吞吞地走进浴室去洗澡。

整个人泡进大浴缸里,热水包裹着她的身体,抚慰着她的每一个细胞,她突然又想到了元暮时给她弹的那首《月光》,这个世界上有很多美好到让人颤抖的事,爱情也应该是那样,可是,她回想起与陈嘉铮的爱情,为什么已经快没有这种感觉了呢?

她想着,将水泼到脸上,眼泪混着温热的水,又流了下来。于是这一夜都睡得不安稳,怕错过陈嘉铮的信息,她一直将手机抓在手上,感受到轻微的振动就立刻拿起来看,但是直到天亮,都没等来他的信息。她突然有种回到了从前的感觉,从前的无数日夜,她就是这样抓着手机,被期望与失望交织出来的网紧密缠绕着,透不过气,看不到未来……

但是现在,已经分手了,她还在乎那么多干什么?

这么想着,她叹了口气,将手机放在桌上,准备起身去梳洗。这个时候,手机突然响起短信提示音,她触电一般慌忙抓过手机,却发现发来信息的人是元暮时,上面写着:"他没事,已经入院治疗,入住哪家医院不清楚,病情也不清楚。我们是敌对公司,我能打听到这些已经是极限,抱歉。"

看到这些字,周小鹿才终于松了一口气,但又紧接着想到,陈嘉铮是他们公司的摇钱树,他的消息一直是顶级机密,元暮时打听到这些不知要动用多少关系,已经非常不容易了。

她飞快地打字:"谢谢你。"

那边回得也很快:"只要你能安心就好。"随即又加一句,"你不安心,影响拍摄,我也会很困扰。"

这么说，是怕造成她的心理负担吧？周小鹿笑起来，一晚上的焦虑、忧心，都跟着不见了。

"放心吧，老板，我今天一定好好表现。"后面加了个笑脸。

"那就快点准备准备，六点整安雅会去接你。"也有一个笑脸。

一前一后两个笑脸，像恋爱中的男女，傻傻的、纯纯的，看着就让人心情愉悦。周小鹿放下手机，开始梳洗忙碌，开始新的一天。

安雅开车将周小鹿带到了拍摄场地，一路上不停地给她说着娱乐圈的八卦，不过她的八卦都是集中在皮肤和造型上，比如"X姐的皮肤其实差得要命，每次给她上妆都像是在树皮上刷漆""XX哥走红毯的造型真是丑爆了，一定跟造型师有仇"或者是"XXX小鲜肉皮肤真是好，摸上去溜光水滑的，不像有些人明明还很年轻，就一副纵欲过度的脸，听说当过很多大姐的小狼狗，也不知道是不是他那方面技术真的很好"。

周小鹿听元暮时提过，安雅以前是世纪美的化妆师，还是首席，就是因为为人太奇怪了，总是喜欢研究艺人的皮肤，为人又直爽，因此得罪了不少人，被踢了出来。又因为被某大姐放话封杀，其他的小公司也不敢用她，她无处可去，只好在路边摆了个摊子卖化妆品，并且免费帮人化妆，但是又因为批评客人的皮肤问题，老是跟人吵架，数次被人掀了摊子，快活不下去的时候，被元暮时发现，顺理成章收入麾下。

周小鹿听了一路，也跟着讪讪笑了一路，一来安雅说的人，她有一半不认识，二来，她对娱乐圈也实在不了解，根本搭不上话，直到安雅提了一个，她无比熟悉的名字。

"在世纪美那么多年，最遗憾的就是没给Lawrence化过妆，就远远见过几次，真是帅翻了，人看起来也不错，就是他那个经纪人太讨厌，什么都要管，不知道的人还以为她是Lawrence的妈呢。"

平姐对陈嘉铮有多关注，她自然是知道的，要不然当年她也不会因此被逼得一年搬了五次家，还总被平姐指责带坏陈嘉铮，阻碍他的星路，上门甩了她一个巴掌。她没把这件事告诉陈嘉铮，因为她知道，陈嘉铮根本反抗不了平姐，除了合同的约束之外，平姐对他还有知遇之恩，再造之情。他总是说，没有平姐，他什么都不是，在街边摆摊，三块钱一首都不一定有人肯听。

周小鹿沉默着，车子飞速朝前驶去，一个多小时才到郊外的外景地。

这里曾经是一个湿地公园，因为经营不善几年前倒闭了，里面的设备虽然残旧不堪，看起来像鬼屋，但是这边有个天然的内陆湖，周围全是茂密的植被，风景还是不错的。

下了车，安雅带着周小鹿越过一片荒废的草地，来到一栋灰白色的建筑物前，推门走了进去。

这栋灰白色的小楼原本是个休闲会所，旁边有个不小的院子，院子小桥流水，树木掩映，别是一番风味，只可惜现在都荒废了，只能透过杂草丛隐约看出当年的美景。

周小鹿在迈进小楼之前，往一旁看了一眼，就看到元暮时一个人站在荒废的小桥上，看着脚底下的流水发呆。他的身后是一片芭蕉叶，浓绿的颜色在晨光中明艳刺眼，反倒将他穿着白衬衫的身影衬得卓尔不群。看到他，周小鹿忍不住就想起了昨天晚上的那通电话，和今天一大早的那条短信，心里就像是被这清晨的薄雾氤氲了一样，柔软得一塌糊涂，忍不住走下楼梯，朝元暮时跑了过去。

安雅一回头看到周小鹿跑了，从门里伸头喊："小鹿，你去哪儿？BOSS让我看好你，怕你迷……"说到这里，她也看到了院子里的元暮时，立刻住了嘴，吐着舌头说，"好吧，好吧，你去找BOSS，我自己先进去。"

元暮时听到安雅的大嗓门，抬头看到周小鹿朝自己跑了过来，他站的位置离楼梯其实不算远，但是这里的原主人，为了昭显别致，弄了许多曲折迂回的小路，看着不远的距离，却要走上一小会儿。

"你来了？"元暮时看着周小鹿微笑，俊朗的五官被晨光映得分明，眼角下一抹乌青显得有些疲惫。

周小鹿在距离他两三步的距离站定，用手语说："昨天晚上……还有今天早上，谢谢你了。"

元暮时当然明白她是为了什么道谢,无所谓地摆了摆手:"不用谢,只要你没事就好。"

周小鹿心里暖暖的,看到他眼下的乌青又觉得愧疚,于是问:"你为了帮我打听消息,不会一整夜都没睡吧?"

昨天她问他要平姐电话时,就已经很晚了,一大早他就得到了消息给她发了信息,现在又比她先一步来到拍摄场地,她实在想不出,他用什么时间在睡觉。

果然元暮时笑了下,按了按太阳穴,笑容浅淡:"有这么明显吗?"

他浅淡的笑就像一团棉絮,轻飘飘落进周小鹿的心里,那种又柔又暖的感觉,让她一时间说不出话来。从小到大,她因为不会说话,受尽了排挤,即便是跟陈嘉铮在一起,也没感受过这样的好,说不感动是骗人的。

她站在原地,静静地看着他,眼睛里不知不觉被晨雾氤氲了,看起来湿漉漉、水润润的。

元暮时站在桥上看她那双小鹿般黝黑湿润的眼睛,心似乎被什么东西撞了一下,多少年不曾被触摸过的地方,突然悸动了一下,忍不住俯身拍了拍她的头,安慰她:"我最近本来就有些失眠,并不是特意为了你而熬夜。不用觉得欠我什么,我这也只是举手之劳。"

也许他确实有很多人脉,打听她觉得不可能得到的消息,也并不困难吧。

周小鹿心里稍安,笑着打手语道谢:"还是谢谢你了,今天一定好好表现,BOSS。"

"嗯,去吧。"元暮时笑着,"要乖乖的。"

周小鹿看着他的笑,心脏似乎猛地被攥住了。

有的人的笑,真是一种毒药。


事实证明,周小鹿口中的"好好表现"确实不是说说而已,她的镜头感和表现力都很不错。虽然那个叫作陆辰的,戴着大口罩鸭舌帽的年轻男摄影师太古怪，神出鬼没的，吓到她好几次，她也无法从他的表情中判断出自己表现得好不好，但是她依然打足了十二分的精神，时而忧伤，时而微笑，时而活泼，就算陆辰举了块牌子上面写着"跳起来，我要拍动态"，她也照做不误。

跳了大概上百次，各种表情、各种姿态跳起，跳得她腿都快瘸了，陆辰举起的牌子上才终于换了字："OK。"

是的，陆辰跟她交流，全靠举牌子，从头到尾没跟她说过一句话，也没发出过半点声音，害得她以为他也是哑巴，半天拍摄结束后，对他用手语比画："辛苦了，谢谢你，还有，我会手语，以后我们可以用手语交流。"

陆辰古怪地看她一眼，回头问安雅："她什么意思？"

竟然会说话，而且声音清澈，还挺好听的。周小鹿一瞬间囧了。

安雅看着周小鹿哈哈笑："虽然我也没看懂你什么意思，但是我知道，你一定是把他当哑巴了，我刚开始跟他接触也以为他是哑巴，有事就跟他发短信，发了好几天，才发现他不是哑巴。"

周小鹿也笑，再看陆辰时，他已经转身走了，完全没有要解释自己的古怪行为，和跟她继续交流的意思，还真是个非常桀骜又古怪的一个人。

今天除了安雅和陆辰，一起跟来的还有两个摄影助理、一个造型助理，外加四处闲晃的BOSS元暮时，一行七个人在附近的农家乐吃了中饭，请客的当然是元暮时。元暮时并不是个小气的人，吃喝任点，当然大家也没再客气，点了两大锅土鸡煲，外加各式各样的小菜和饮料，吃得非常开心，席间气氛非常热烈。

周小鹿不会说话，但并不是一个沉闷的人，遇到自己感兴趣的话题，就非常想插话，但是现场能看懂手语的就只有元暮时一个人，元暮时不得不充当翻译的角色。到了后来，周小鹿一说话，大家就看元暮时，元暮时干脆开始"同声翻译"，她比画完，他也翻译完了，这样不至于扰乱大家谈话的步调。

一顿饭下来，元暮时发现周小鹿原来是个小话痨，一点都不像个身体有缺陷的人,活泼开朗得让人意外。最后,他索性放下了筷子,专心致志地看着她。看她无声地笑,肩膀微微抖动,看她白皙的脸上脖颈上带着的迷人淡粉色,有那么一瞬间以为她原本就是该这样笑着的,在机场中哭泣、在夜晚无助地向他求助的女孩根本就不存在。

下午拍摄进行得也很顺利,天还没黑,就宣布收工了。回程的时候,七个人分了三辆车,安雅开一辆,元暮时开一辆。陆辰开的小面包车里塞满了摄影器材和服装道具,自然自己开一辆,而新来的助理都不太习惯跟大BOSS一辆车,所以几个人全部挤上了安雅的车,元暮时的车上就只剩下了周小鹿。

这让周小鹿有些不好意思,用手语说:"我在公交车站台前下,你不用特意绕路送我回家。"

元暮时无所谓地笑:"反正我不赶时间,绕绕路只当是散心。"

既然他都这么说了,再推辞就显得矫情,再加上她也很想快点回去看看花店的情况,就点头答应了。

眼下并不是上下班高峰期,路况很好,一路都没堵过车,车开得也平稳,摇摇晃晃中,副驾上的周小鹿有些昏昏欲睡。迷迷糊糊中,听到元暮时接了个电话,声音有些无奈和委屈。

"为什么你每次给我打电话,都用这么愤怒的语气?我们就不能平静地谈一次话吗?好吧,丁香街的咖啡厅见,我正往那边去。"

丁香街……那不就是她花店所在的街道吗?

周小鹿迷迷糊糊地想着,元暮时有事要去丁香街,那么送她回店里,就成了顺路,她安心起来,就真的睡着了。

等元暮时将她摇醒时,已经到了花店门口,周小鹿慌手慌脚地擦掉嘴角的口水,不好意思地跟他比画着:"不好意思。"

"忙了一天,你也累了,回去好好休息。陆辰做后期动作很快,成片应该明天就能出来,到时候我给你发短信。"元暮时微笑着说着,跟她挥手说再见。周小鹿点头,然后挥手,下车之后又回头看了他好几眼,只觉得他此时的笑容有些勉强,也不知道是出了什么事。

走进花店,店长大姐立刻放下手里正在处理的花束,过来跟她报告今天的营业情况,听到一切顺利,她才放心下来,习惯地躲到收银台后面,拿计算器算账去了。

粗略地算了一下,营业额没有下降,反而呈现稳定增长模式,她觉得高兴,准备请大姐母子吃下午茶,当作酬谢。之后就拿着钱包往街尾走,在街尾那家烘焙坊里买了刚出炉的凤梨包,还有一盒甜甜圈,提着往回走,路过那家叫作"兰"的咖啡厅,突然想起元暮时说过要跟什么人在这条街上的咖啡厅里见面,就忍不住朝里看了一眼,竟然真的看到了元暮时。

这家咖啡厅很大,环境很不错,大大的落地窗上面挂着洛可可风的窗帘,窗帘拉起的时候,繁琐而精致的花纹会叠在一起,像古欧洲贵妇的裙摆一样华丽。

元暮时坐在靠窗的桌子前,他对面坐的人是元平时。看到元平时,她心里一惊,条件反射地躲到了广告牌后面。他们似乎在争吵着什么,隔着一条并不宽的街,她能够清楚地看到元平时脸上的愤怒和恨意,但无论她说什么,元暮时始终姿态优雅地端着咖啡杯,可能就是这样悠闲的姿态激怒了元平时,元平时突然站了起来,端起咖啡杯,将咖啡猛地泼到了他的脸上,然后夺门而去。

周小鹿捂住嘴巴,在心里小小地惊呼一声,她知道元平时的脾性并不好,但是没想到,她对元暮时也这么粗暴。

喜欢这样的人,一定非常辛苦吧?她隐约有些同情元暮时,一个恍惚,再看元暮时时,他已经不在座位上了。

元平时踩着高跟鞋,脸色铁青地往街尾的地下停车场走,似乎是要回去了,而就在这一刻,周小鹿产生了一个念头。她一定知道陈嘉铮住在哪家医院,那如果跟着她的话……

她并不想干什么,只是远远看一眼,让自己安心而已。这么想着,她的脚步已经不受控制地跟了上去,在停车场门口拦了一辆出租车,然后守在那儿,等元平时的车一出来,就立刻将打好字的手机举给司机看:

"麻烦跟上前面那辆红色的宾利车。"

"呦,小姑娘,你是警察还是记者?不对不对,哑巴不能当警察,哑巴好像也不能当记者?"司机边发动车子边跟周小鹿贫嘴,问完自己先笑了,"我跟个哑巴聊什么天?还是好好开车吧。"

这个出租车司机的技术还算不错,跟着元平时的车走了两条街,穿过三个十字路口,终于在过第四个十字路口的时候跟丢了。

周小鹿坐在车里,茫然地看着前面车来车往,怎么也找不到那辆宾利,忍不住有些失望。司机见她坐在那里发呆,出声提醒她:"现在去哪儿?总不能一直停这儿吧?我还要做生意呢。"

周小鹿四处看了看,这里是普兰街,周围有三四家医院,她咬了咬下唇,毅然决定下车,一家一家地找。付了钱,下了车,她沿着街道往前走,突然听到身后传来一声喇叭声,回头一看,陆辰开着小面包车,跟在她身后。

陆辰依旧是那副口罩宽严帽,让人看不清长相的打扮,看周小鹿的眼睛里充满了探究,语气也是冷冰冰的:"跟丢了?"

周小鹿一愣,他怎么知道她在跟踪别人?

"红色宾利,车牌尾号367?"见她不回答,他又问。

不会吧,他还真知道。周小鹿慌忙点头,就见陆辰指了指副驾的位置,朝她抬了抬下巴:"上来,追得上。"

追得上?一辆小面包车追得上宾利?而且已经不见了有好几分钟了,车指不定开到哪里去了呢。

看到她眼中的疑惑,陆辰再次扬了扬下巴,眼神倨傲地问:"我说追得上就追得上,你到底追不追?"

头一次听他说这么长的句子,周小鹿震惊了两秒钟,干脆利索地爬上了副驾,用手机打字给他看:"我当然想追,可是那辆车已经不知道去哪儿了。"

"我说追得上就追得上,哪那么多废话?"陆辰说着踩下油门,面包车顿时开出了小跑的速度,一溜烟转进了一条没有限速拍照的窄街。

窄街上人流量不大，车也不多，但是路实在不平坦，周小鹿在惊吓和颠簸中，扣紧了安全带，两只手紧紧抠着身下的座椅，看着路两旁的房屋如过山车一样，飞速往后倒，心都提到嗓子眼了，却叫不出来。

　　穿过窄街，驶进一条小巷，路的方向似乎越来越不对劲了，周小鹿刚准备叫停时，陆辰猛地左转，转上了大路，那辆熟悉的宾利车，赫然出现在视线里。

　　真是太神奇了！这个陆辰不会是长了天眼了吧？周小鹿侧身，一脸崇拜地看着他，而他却慢悠悠停了下来，跟红色宾利保持了很长的一段距离。

　　周小鹿急了，慌忙用手机打字："这么远，会跟丢的。"

　　"她车上有防跟踪探照器，一辆车跟着她超过两条街，探照器就会报警，跟太紧会被发现，这个距离刚好。"陆辰自信地说着，慢悠悠跟在其他车后面开，一副胸有成竹的模样。

　　周小鹿恍然大悟，怪不得她跟了两条街之后，元平时突然就开始不走寻常路了，带着她绕来绕去，最后还跟丢了，原来早就被她发现了。她侧头看陆辰，薄薄的口罩勾勒出他鼻子以下的轮廓，竟然是十分好看的，她笑了笑，在手机上打字："安雅说，你以前是狗仔，原来是真的。"

　　陆辰看一眼她的手机，哼了一声，没答话，而是专心地盯着红色宾利车的车尾看。

　　他似乎不太想聊天，周小鹿只好收起手机，安静地坐好。

　　穿过了这条热闹的街，又在马路上行驶了一会儿，元平时似乎才放下心来，掉头转回普兰街的方向，慢慢驶进普兰医院的地下车库，停好车，走到医院门口，买了一个果篮，拎着走进住院部。周小鹿刚准备跟进去，就被陆辰拉住，然后就见他从身后拿了个纸箱子递给她，指了指公厕的方向："去换上。"

　　周小鹿打开纸箱子，看到里面是一套衣服，还有假发和化妆品，顿时明白了陆辰的意思，直接进去太显眼，容易被抓到，他是让她乔装一下。

在公厕里换上连衣裙，戴上栗色长卷发，长卷发有厚厚的齐刘海，很好地遮住了额头，让她小巧的脸只剩下巴掌大小，再戴个大墨镜，就只有嘴巴露在外面了，她觉得自己现在的样子，就算是直接站在元平时面前，元平时都未必认得出来。

满意地走出公厕，周小鹿却找不到陆辰了，停在医院对面的小面包车前只有一个高高帅帅的大男孩垂着头在看手机，大男孩长得十分养眼，一双凤眼，鼻梁高挺，嘴唇很饱满，看起来有几分稚气和可爱，穿着白色的V领衫，白皙优美的脖颈，让人无端端想起天鹅湖里的那个王子。

看过了帅哥，周小鹿还是不见陆辰的踪影，就围着小面包车找了一圈，这个时候就见那个大男孩突然抬头瞥她一眼，问："你找什么？还进不进去了？"

这个声音，分明就是陆辰。

周小鹿惊得半天合不拢嘴，从手提包里摸出手机，抖着手打字："陆辰？"

"不然呢？"陆辰很不耐烦地瞪她一眼，率先朝医院里走。

周小鹿还在惊讶状态中回不过神来，可是此时陆辰已经穿过马路了，她不得不收回心神，跟着他走进住院部。

这家医院在这个城市鼎鼎大名，设备完善，住院环境舒适，所以慕名而来的病人很多，因此住院部里人也很多，地方也很大，想找一个人谈何容易，周小鹿正茫然不知所措时，陆辰却径直带她上了电梯，按了顶楼的按钮。

周小鹿用手机打字："你怎么知道她去了顶楼？"

"元平时那么傲慢的人，会亲自来探望的，除了Lawrence还有谁？而Lawrence这种大明星，怎么会住普通病房，顶楼的高级病房，人少清净，隐秘性好，肯定没错。"陆辰分析完，就没再说其他的，也没问周小鹿为什么要跟踪元平时，是不是来看陈嘉铮的，他似乎什么都知道，但是什么都没说。

周小鹿握着手机沉默下来，低着头，紧紧皱着眉。

- 067 -

电梯在上升，楼层一级级往上跳，越来越靠近顶楼，她却突然紧张了起来，鼻尖泛着白，手不自觉地捏了捏裙子下摆。

"你要做好看不到的准备。"陆辰突然说，"世纪美很注重艺人隐私的保护，普通明星住院都会派保镖在门口看着，防止狗仔混进去拍照，更何况是 Lawrence。"

周小鹿点了点头，就在这时电梯门打开了，她跟在陆辰身后进了高级病房区。高级病房区果然跟下面不太一样，布置得不像医院，反倒像五星级酒店，出了电梯口就是休息区，真皮沙发旁边点缀着绿植，头顶上是奢华的水晶灯，护士们穿梭其中，步伐轻盈，笑容恬美。

这里一共十几间病房，而陈嘉铮的病房十分好认，门口站了两个黑衣保镖的肯定就是。周小鹿正在思考怎么靠近，陆辰已经拉着她大踏步往前走了，边走边附在她耳边说："我们走过去，但愿运气好病房门是开着的，如果是关着的，就无能为力了。"

周小鹿点头，主动挽了他的胳膊，跟上他的脚步。也许是没想到她会挽着她，陆辰的动作明显僵了一下，脸上爬上一抹可疑的红晕，但很快就恢复了正常，像个带着女朋友来探病的富家公子哥一样，大摇大摆往前走。

接近病房了，黑衣保镖警惕地看着陌生人靠近，周小鹿透过墨镜朝那边看一眼，门竟然是关的。

她的运气一点都不好。

明明做了这么多的努力，就只是想看他一眼，图个安心，可是已经走到门口了却什么都看不到。她看着那扇白色的门，突然觉得好不甘心，她也不知道哪儿来的勇气，突然冲过去，抓住门把。

别说保镖了，就连陆辰都愣了，完全没想到，她会不怕死地冲过去开门，伸手想拦已经来不及了，门已经被打开了。打开门的一瞬间，周小鹿看清了里面的情景，陈嘉铮脸色苍白地靠坐在病床上，头上手臂上包着纱布，脸上有几处擦伤，看起来很惨，但是精神似乎还不错，正就着元平时的手吃被精心削成小块的苹果。

听到门口的动静,他抬起头,看到一个长卷发的女孩似乎要闯进来,眉头皱了一下,但是紧接着又舒展开了,似乎认出了周小鹿。而此时两个保镖已经一左一右架住了周小鹿,不让她再靠近一步。

陆辰慌忙过来打圆场。

"亲爱的,你又认错房间了。"他先是责备地看了周小鹿一眼,然后跟两个保镖赔着笑脸,"两位大哥,误会,我们是去隔壁病房探病的,我女朋友心急,一不小心就走错了。"

两个保镖将信将疑,看着周小鹿没松手,元平时走了出来,审视地看了周小鹿一眼,刚准备说话,就听病房里"砰"的一声,陈嘉铮从床上跌了下来,点滴瓶摔在地上,动静十分大。

元平时吓了一跳,哪里还有工夫管周小鹿,慌忙冲进去扶陈嘉铮,但是陈嘉铮身上有伤,加上地上满是玻璃碴儿,她又不敢妄动,只是焦急地叫着,然后冲保镖急躁地嚷:"还不快去叫医生?你们都是死人啊。"然后自己蹲在陈嘉铮旁,担忧地颤声问,"嘉铮,嘉铮,你没事吧?有没有被玻璃扎到?哪里疼一定要说出来……"

而趁着这个混乱的空当,陆辰拉着周小鹿飞快地逃了。一直到了住院部楼下,周小鹿还惊魂未定,陆辰更是气恼地瞪着她发火:"你有病是不是?世纪美那帮人什么事都干得出来,揍你一顿都是轻的。"

周小鹿垂着头,脑海里全是陈嘉铮跌在地上的样子,周围都是玻璃碴儿,他苍白着一张脸,却对她勾了勾唇,那个样子就像无数次他们秘密幽会被平姐发现,他拖着平姐,朝她使眼色时的表情一样,似乎在对她说:"还不快跑?"

他看到她了,认出她了?为了掩护她逃跑,才故意摔到地上的?

周小鹿咬咬下唇,脸色煞白,心疼得无以复加。

跟陈嘉铮的恋爱,明明并不能称之为愉快,可是回忆起来,他对她偶尔一次的温柔,每次都是倾尽了全力,每每想起时,那种仿佛心脏被捏住了的感觉,大概就叫心动吧。

心动而触不可及,衍生出她此时内心中,仿佛要死掉一样的绝望。

陆辰看着她越来越苍白的脸，后面责备的话全部吞进了肚子里，跟着她往外走，看她机械地爬上小面包车，呆呆地看着前面发呆。

他没发动车子，而是试探地问了一句，声音里透着几分探究和怜惜："你和他是不是分手了？"

他……是指陈嘉铮？

周小鹿一惊。陆辰是怎么知道，她和陈嘉峥的关系的？

陆辰看到她的眼神就明白了她心中的震惊，冷哼一声："这个圈子有什么事情是我不知道的？"

周小鹿这才想起来，陆辰之前是狗仔，同时也明白了他为什么知道自己找的是陈嘉铮，他根本就什么都知道。

"我拍到过你们。"陆辰说，"重磅新闻。"

他拍到过，可是并没有什么报道出来？拍到这种重量级的新闻，爆出来狗仔就一炮而红了，没人会放过这样的大好机会。

周小鹿在手机打字："照片被平姐买去了？"

"谁会卖给她？那女人疯得很，买了我的照片没准还会暗中找人查我，想尽办法让我永远闭嘴。"陆辰眼中露出不屑，"照片在我家，跟我的众多珍藏放在一起。"

"为什么没有爆出来？"周小鹿又问。谁会放弃一夜爆红的机会？

"因为你哭了。"陆辰侧头看周小鹿，头一次对她露出笑容来，"哭得挺惨的，我最见不得女孩哭了，所以，算了。虽然，我真的很不喜欢陈嘉铮这种连女朋友存在都不敢承认的懦夫。"

跟陈嘉铮在一起时，她可没少哭，每次躲狗仔都要跟陈嘉铮偷偷摸摸约会，看陈嘉铮被平姐揪走，自己孤零零被留在各种莫名其妙的地方，她会觉得委屈，当然会哭。

可是，只是因为她哭，他就没把自己好不容易拍到的大新闻永远雪藏了？

周小鹿再次愣神，看着陆辰半天没说话。这个陆辰，看起来古古怪怪的，实际上是个十分温柔的人呢。

"看什么看?"被人这么近距离的注视,显然让陆辰很不习惯,他狠狠瞪了她一眼,手脚利落地套上灰扑扑的外套,戴上宽檐帽、大口罩,瞬间又变回了古怪的摄影师形象,很好地将爬上脸庞的那抹红晕遮挡住了。

这套灰扑扑的,将他的存在感瞬间降低到负数的装扮,显然让他自在了许多,他轻咳了一声,问周小鹿:"回家还是回店?我送你。"

/ 第五章 /
NVSHEN YANGCHENGJI

## BOSS 的秘密

夜幕降临，白日里繁闹的街道安静起来，小鹿花房门前亮起了灯光。雏菊、满天星、郁金香等造型的小灯串起来挂在门前，挂满了货架，让客人犹如走进了荧光森林，柔和中带着莫名的神秘感。

夏初的夜晚，天气好得让人雀跃，小情侣们手牵手出来压马路，经过小鹿花房门前，偶尔会买上一束花，再牵着手，微笑着离开，混合着花香的空气仿佛都跟着甜蜜了起来。

眼下就有一对小情侣在花店里挑选花朵，女生选了几朵向日葵。向日葵的花语是爱慕、光辉和忠诚，是情侣们最喜欢的花之一。

花店大姐忙着用浅绿的包装纸将花包起来，装饰缎带，她那个看起来不满三岁的儿子甯宁，不知道是困了还是饿了，开始哭闹起来，大姐俯身哄了一会儿，他却越哭越厉害，小脸上全是泪痕，大姐只好将他抱了起来，一只手艰难地将最后的缎带处理好，可是一只手实在不方便，而甯宁则紧紧搂着她的脖子不肯下地，她为难地一边哄甯宁，一边向客人道歉："对不起，再等一会儿，马上就好……"

周小鹿走进店门的时候，正看到这幅混乱的画面，连忙过来接手大姐手里的花,动作利落地包好,并且附赠了两枝玫瑰。客人满意离开,大姐抱着甯宁哄,甯宁却越哭越厉害,周小鹿打开一直提在手上的烘焙坊的纸袋,从里面拿了个凤梨包给甯宁,甯宁立刻止住了哭,轻声说了句:"谢谢。"然后狼吞虎咽地往嘴里塞。

大姐看着甯宁吃东西的样子又是心疼,又是难堪,跟周小鹿说话时,表情有些局促:"对不起,他平时没这么闹,今天大概是太饿了。"

周小鹿皱了皱眉头,翻出手机打字给她看,"你们还没吃晚饭?"

"下午人多,没顾上。"大姐俯身摸摸甯宁的头,心怀愧疚。

"那也要先吃饭,叫外卖也行,总不能饿着孩子。"周小鹿又打字,倒不是责备,就是有点心疼甯宁,那么乖的一个孩子,跟着妈妈一整天都不哭不闹,还帮着干活,到了晚上连饭都吃不上,饿得直哭,谁看了也受不了。

大姐的头埋得更低了:"外卖太贵了,回家自己做便宜点,我们刚交了房租,手上没多少钱,能省一点是一点……九月份甯宁上幼儿园要交学费……"

周小鹿心里一紧,没再说话,看甯宁吃得有点噎到,到收银台后面小柜子里拿了瓶牛奶出来,递给甯宁。甯宁看看牛奶,又看看妈妈,看到妈妈点头,才接过去,大口喝起来。

周小鹿摸摸甯宁的头,又去了收银台那里,从下面小保险箱里拿了四千块出来塞给大姐,用手机打字:"预支给你的工资。"想了想又打了一行字,"忘记告诉你了,我这里包三餐的,就在隔壁小快餐店吃,餐费按月结,以前都是这样的,明天记得按时去吃。甯宁也在那儿吃,小孩子吃不了多少的,我让餐厅老板附赠一份儿童套餐。"

其实,包三餐是她临时加的福利,以前小园在的时候,都是两个叫外卖,各付各的,不过好在她跟餐厅老板比较熟,待会儿发短信给她,统一下口径,不会让大姐看出破绽的。

大姐听了十分高兴,连说:"真的吗?"然后又把三千块推了回去,"我还没过试用期呢,万一我干得不好……"

周小鹿坚持将三千块塞给她，用手机打字说："今天一天不挺好的吗？大姐，你就别跟我客气了，以后我不常来店里，店里就全靠你了。"

大姐这才收了钱，用手背擦擦眼角的眼泪，含笑道谢："遇到你这样的老板，真是我的福气。"

周小鹿觉得这真没什么，谁能眼睁睁看着一个孩子挨饿还无动于衷，这对她来说根本就是举手之劳，却能让这对母子从此不再挨饿。

晚上九点，街上已经没什么行人了，周小鹿关了店门，拉着大姐和甯宁去吃饭。街尾的牛肉面，碗大实惠，还有卤蛋、烤肠等各种小食，她点了两个大碗和一个小碗的，又点了些小食。吃了一个凤梨包的甯宁胃口依然很好，小份的牛肉面不费力地进了肚子，大姐看他圆鼓鼓的肚子不敢让他再吃了，甯宁却还看着盘子里剩下的一根烤肠，表示还能再吃，烤肠只剩下一个孤零零地待在那儿太可怜了，他要把它吃进肚子里，跟其他的烤肠兄弟团聚。

周小鹿被他逗得大笑，边笑着边将全部小食打了包，包括那根孤零零的烤肠，外加下午买的凤梨包甜甜圈，让甯宁拎回去，留着明天吃，但是今天晚上不许再吃。

甯宁看着面前一大包好吃的，眼睛晶晶亮，对着她连连点头。

周小鹿开心地揉揉他的短发，对他竖了竖大拇指。

吃完饭，大姐抱着昏昏欲睡的甯宁回家了，周小鹿一个人慢慢往回走。今天的天气很好，夜空很干净，呈现出一种透明的深蓝色，唯一遗憾的是星星依然不多，她也是长大了来到大城市之后，才发现再也找不到，小时候一抬头就能看到满天繁星的那种满足感了。

她怅然若失地低下头，想起今天这漫长的一天，为了见陈嘉铮一面，折腾的那几个小时，突然觉得自己很可笑，见了又怎么样？不见又怎么样？都改变不了他们天上地下的差距，改变不了他们无法在一起的现状。

她叹了一口气，胸口闷闷的，因为跟可爱的甯宁一起吃饭而变好的心情也越来越差，不得不强打起精神来，让自己不再胡思乱想。

路过那家叫作"兰"的咖啡厅，周小鹿不经意地往里看了一眼，惊诧地发现，元暮时还在那里，就坐在原来的位置上，木雕一样盯着咖啡杯发呆。他头上脸上的咖啡渍已经清理干净了，衬衣却还没换，雪白的衬衣带着一大片褐色的咖啡渍，被头顶上的水晶灯映衬得如同斑驳的老照片，透着被年华侵蚀过的伤感。

周小鹿在街对面站了一会儿，鬼使神差地走了过去，敲了敲玻璃，他不知道在想什么似乎入神了，竟然没听到，她不得不走了进去，站在他面前，敲了敲桌子。元暮时抬头，看到是周小鹿，片刻的怔然之后，便露出一个苦涩的笑来，看她一眼，又看向窗外，似乎大梦初醒般坐直身子，恍惚道："天都黑了，我坐了这么长时间吗？"

周小鹿想起元暮时被元平时泼咖啡的那一幕，心里有点难过，被自己爱的人这么对待，他一定非常痛苦吧。就像自己被陈嘉铮丢下的那一个个夜晚，她也是经常一个人呆呆地坐着，坐着坐着，天就亮了。

这么想着，她突然对他产生一种同病相怜的情谊来，忍不住想逗他开心，于是用手语比画着说："我们要打烊了，这位客人您要是实在喜欢我们家的咖啡杯，不如买回家慢慢欣赏吧。"

元暮时脸上的笑，慢慢从苦涩变成了温柔，他托腮看着手语中的女孩，只觉得灯光之下，这个女孩就像童话里那片迷雾森林中指引迷途的人们走出迷雾的梅花鹿，美丽圣洁，带着温暖人心的力量。他看着她光洁认真的小脸，忍不住顺着她的话，点了点头："你说得没错，那么就买下来吧。"

说着真的招手唤来服务生，表示要买咖啡杯。

周小鹿见他真要买，有点急了，慌忙说："我开玩笑的。"

元暮时歪头笑一笑："可我是真喜欢。"

因为咖啡厅的杯子都是成套的，不卖单只，结果元暮时刷卡买下了一整套杯子，刷卡的时候，周小鹿伸头看了一眼那个价格，替元暮时狠狠肉疼了一回。

出了咖啡厅，周小鹿还盯着包咖啡杯的礼盒看，元暮时拍拍她的头，笑着问:"你也喜欢?喜欢就送给你。"

周小鹿想了想那么让人咂舌的价格,慌忙摆手:"这么贵,我才不要,放在我家里,我还要当宝贝供起来生怕摔坏了,不要不要。"

她的手语又快又急,再加上脸上惶恐的表情,看起来颇为喜感,元暮时忍不住笑了起来:"哪有那么夸张,杯子而已,坏了就坏了。"

周小鹿皱起秀气的眉,用手语说:"你这一个杯子的价格够我店里的大姐一个月工资了。大姐为了省钱,连外卖都不敢叫,带着孩子一起饿肚子,而且九月份孩子要上幼儿园,大姐不是本地人,到时候估计还要交择校费呢……"

说到这里,她抬头看到元暮时慢慢凝重起来的脸,意识到自己说得太多了,连忙解释:"我不是要指责你乱花钱,也不是想道德绑架,你的钱也不是天上掉下来的,我就是感叹一下而已,你不用理我。"

元暮时笑了笑:"没关系,我也不是一个能被道德绑架的人。"

事实上,他专门喜欢剥削有道德的人,比如她。所以他是她的老板。他看着她认真的小脸,突然觉得有人这么肆无忌惮地跟他说话也挺好,他很想让她陪着自己,不想放她走。

他举了举手中的咖啡杯问:"等会儿有事吗?没事的话,陪我找个地方试用一下新杯子,好不好?"

周小鹿面露难色,天已经不早了,而且她今天实在太累,想早点回去休息。她迟疑了几秒,元暮时立刻心领神会地耸了耸肩,苦笑着摆手:"明白,你回去睡觉吧,我一个人再转转。"说着冲她摆摆手,转身朝地下车库走。

周小鹿看着他挺拔而孤独的背影,心里顿时像淋了一场雨,湿漉漉的难受。她能够想象他一个人开着车在街上游荡的场面,她想,他昨天晚上为了帮她打探陈嘉铮的消息一夜没睡,今天轮到他难过,自己为什么就不能陪他一下呢?

负罪感扑面而来,几乎将她压垮,她实在过不了心里那一关,三步并作两步走过去,碰了碰他的胳膊,等他回头,就用手语说:"我也不是特别困,就陪你一会儿吧。我还没用过那么贵的杯子喝过东西呢。"

元暮时眼睛里有抹光在闪,表情似阴谋得逞的狐狸,笑容越发温柔了。

周小鹿上了元暮时的车,车子缓缓而行,她也没问要去哪里,就只是静静地看着前方的路,手指尖轻快地敲着手上的银镯,一下一下清脆好听。

元暮时趁着等红灯的空当侧头看她,忍不住好奇地问:"你为什么不问我衣服上的咖啡渍是怎么回事?"

他穿的白衬衫,贴身的设计将他优美而有力的腰部曲线完美地展现了出来,而且整套造型虽然简单,但非常有质感,面前多了一大片咖啡渍,除非是瞎了,否则,很难看不到。

周小鹿不问是因为她知道咖啡渍是怎么来的,她看到了,可是她不想说,怕戳到他的伤口,就开起玩笑,用手语比画:"我猜是因为你喝咖啡漏嘴。下次找服务生要条餐巾围在前面,像吃西餐那样。"说完,她想象着他围着餐巾的模样,又想到他端着咖啡杯时的优雅,忍不住笑了起来,笑得前仰后合。

元暮时看着她笑得肩膀一耸一耸,一张脸似夏日里的栀子花一样清新明艳,完全生不起气来,也跟着笑了笑,突然开口说:"你看到了吧?"

周小鹿本来就是擅长撒谎,一下子被戳穿,立刻笑不出来了,笑容僵在脸上,有些尴尬。她的沉默是一种默认,前方绿灯亮了,元暮时叹了口气,边发动车子边说:"昨天我帮你打听陈嘉铮的事,被平时察觉了,她跑来质问我是何居心,说如果我将这件事曝光,她就召开记者发布会,公开元家所有的秘密,她甚至怀疑是我派人将陈嘉铮的车撞了。"

撞车了?周小鹿一惊,条件反射抓住元暮时的胳膊,紧接着意识到他在开车,自己的动作很危险,又慌忙松了手,慌张问:"他受伤是因为出了车祸?"

"你不知道?"元暮时奇怪地看她,"你说他去找你,我还以为你都知道了呢。他出了车祸,连人带车被撞翻了,平时说的。"

他出了车祸，受了那么严重的伤，不去医院，却一身鲜血地跑去找她。就像以前一样，他也是经常扔下一个团队，突然跑去找她，只为了亲亲她、抱抱她。以前还是现在，都一样，他还是那么任性。

周小鹿在心底叹了口气，问元暮时："平姐为什么会以为是你将嘉铮撞了？"

"也许是因为我将他视为情敌吧。"他的笑容变得落寞而模糊不清，"我只是爱她而已，因为爱她，所以变得特别可疑。她一直都是这样，认为别人对她的爱，都是别有用心。其实她小时候并不是这样，自从她父母去世起，她就失去信任别人的能力了。"

周小鹿无法想象元平时小时候是什么样子，她小的时候最常做的一件事就是待在自家花圃里拔草，或者偷偷摘几朵花出去贿赂附近的女孩子，希望她们能跟自己做朋友，然而这并没什么用，她们即便拿了她的花，一转头依旧叫她，周家花圃的小哑巴，依旧三三两两聚在一起指着她窃窃私语，或者暗暗地笑。

后来她就懒得离开花圃了，通常都是放了学直接回家，拔草、捉虫，把花花草草当成自己最好的朋友，当然，她的"朋友们"非常称职，从来不会嫌弃她，就算她心情不好，揪掉了它们新长出的花骨朵，它们也不会生气，依旧用最蓬勃朝气的笑脸迎接她。

她的童年是寂静的，就像花圃里的一株植物，她以为自己会这么静静地度过一生，种花、卖花，可能会找个同样身体有些残疾，却很好的人结婚，生个健康的孩子，看着孩子长大……可是她遇见了陈嘉铮。

陈嘉铮就像是她寂静生活里的一枚原子弹，让她对这个世界的认识，发生了天翻地覆的变化，她就像被人带进城市的森林动物，遇见繁华，感受热烈，一点点看到自己内心的渴望。

她并没有那么热爱静悄悄的花圃，比起待在花圃里，她更希望热热闹闹的生活，喝好喝的酒，吃美味的食物，去旅行，大哭大笑，畅快地过好这一生。她偷偷去看陈嘉铮演出的时候，甚至想过，如果她可以说话，她能够唱歌，她也想像他一样，站在聚光灯下，唱那样热情的歌，让歌迷们为她疯狂地呐喊。

可是，不行的。别说唱歌了，她甚至连一点声音都发不出来。

元暮时见她一瞬间黯淡下来的眼神，以为她在为他难过，伸手摸了摸她的头，淡笑道："别看平时现在这个样子，她小时候真的很可爱，很率真，我们那一帮小朋友都喜欢她，拥立她为我们小帮派的大姐，是个不折不扣的孩子王。"

周小鹿笑起来，想象着元平时带领一帮小孩玩闹的情景，一定充满着喜感。

元暮时继续说："平时的爷爷和我爷爷是战友，后来退役回S市，又开始一起做生意。她家做食品，一直都是本市食品业的龙头老大，我家做进出口贸易，后来进军娱乐业，也算是小有成就。同在本市，同为商人，我们两家人来往自然很密切，小孩几乎都是放在一起养的。那个时候，她还不叫元平时，她姓尹，叫润园，尹润园，我一直以为这是世界上最好听的名字，我从开始有记忆起，这个名字就充斥了我的整个生活。她比我大两岁，总是带着我东奔西跑，玩过家家也是她演妈妈，我演儿子，我曾经以为她与我是共生体，这一辈子都不会分开的。"

他的声音低沉而忧郁，周小鹿听到这个却不由得一怔，尹润园，尹润园……这个名字，怎么听起来这么耳熟呢？

"我们住同个社区，一群小朋友经常在她家的花园里玩捉迷藏。她家的花园是整个社区最大的，而她也是我们整个社区最漂亮的女孩，她是我们所有人的公主，不过她说她不喜欢当公主，她要当女王，披荆斩棘，能杀巨龙的女王。我们玩过无数次杀巨龙拯救王子的游戏，没错，童话里被拯救的是公主，而我们的游戏里，是女王去拯救王子，我是扮演王子，她扮演女王，她拿着玩具刀，斩杀巨龙，将我从高塔上拯救出去。

"她是那么的勇猛、无畏、睿智又善良。有一次我们将她家里的貔貅摆件拿出来当怪兽玩，不小心打碎了，之后才知道那是翡翠做的貔貅，而且是古物，价值至少五十几万，而且是二十年前的五十万，那个时候S市的一套房子才十万而已。我们一群小孩都吓坏了，只有平时很镇定，拿胶水一点就将貔貅粘好，当然，那是没用的，很快就露了馅，平时将所有的错都揽在自己身上，被她父亲狠狠打了一顿，并且关了一个月的禁闭。

"一个月后，她再出现在我们面前，依旧还是那副无所畏惧的模样，笑笑说，我一个人挨打，总比你们全部都回去挨打要划算吧？更何况，你们是我小弟，我是你们的大姐，当然要罩着你们。"元暮时说着朝周小鹿歪了歪头，眼睛里满是怀念的笑，"你看，谁能不爱她。"

周小鹿说不出话来，因为即便是现在，即便元平时打过她，她还是不得不承认，元平时是很耀眼的女王，小时候的女王带着几分天真的侠气，长大后，告别天真，侠气被现实消磨掉，女王现在只为自己而活，尖锐、固守己见，甚至有些刻薄。

女王从来都是女王，变的是时间和环境而已。

元暮时拐过一个路口，开上了去往老城区的路，在一个旧社区门口停了下来，这个社区是这个城市曾经的富人区，但是因为新城区的崛起，这里就没那么便利和优美，而被富人们抛弃，纷纷搬离，所以整片的小洋楼，有三分之一都是空置着的。

元暮时在一栋空置的小楼前停下。小楼是仿欧洲的建筑风格，只是房子太老旧，大门和周围的围墙栅栏都残旧不堪，漆黑的夜里像个久经风霜的老妪一样，佝偻着背，静静站着。

斑驳的铁门上挂着门牌，上面写着：尹府。

尹府……尹府名味。

周小鹿在看到这个铭牌的一瞬间，突然明白了，自己为什么会觉得尹润园这个名字这么熟悉！当年震惊S市的毒鸭掌事件，涉案企业就是"尹府名味"，一时间，这个曾经声名在外的美食企业成了有毒和垃圾的代名词，"尹府名味"的董事长被判刑，他们唯一的女儿尹润园从此下落不明。

那个时候的周小鹿也还是个孩子，因为吵着想吃鸭掌，而被家里的大人教育，并告知鸭掌有毒，不能吃，她委屈得不行，后来在电视上看到这个新闻，还非常痛恨地朝电视吐了几口吐沫，表示普通孩子对于大人在她最爱的零食上下毒的愤恨，关于案子的其他细节，她就不得而知了。

元暮时看到周小鹿看着尹府的门牌发呆，明白她似乎是想起了毒鸭掌事件。

是啊，轰动 S 市的大案子，谁能不记得呢？

他从衣袋里拿出一把钥匙，打开那把破旧的大铜锁，费力地推开那扇漆黑的大门。

"润园被我家收养了，改了名字藏了几年，才没被那些已经陷入疯狂的受害者家属找到。就是在那几年里，她的性格变得越来越坏，变得不可理喻，觉得我们的收留对她来说就是施舍，是对她的侮辱，成年之后更是投奔了世纪美，看到我也总是针锋相对。这栋房子在案发后就被拍卖了，是我爷爷偷偷买了下来的，准备作为她未来的嫁妆送给她，可是现在……我能想象她拿到钥匙会说什么。"他说到这里，模仿元平时犀利、傲慢的模样说话，"我不需要你们的施舍。"模仿完，可能自己也觉得学得不太像，扬唇笑了起来，笑容里满是苦涩，弄得周小鹿也觉得十分难过。

可当年的事，她不是当事人，不清楚其中细节，也无法评判谁是对的，只能轻轻拍了拍元暮时的肩膀，表示安慰。

元暮时朝她摇摇头："我没事，今天带你来，是要带你喝点好东西。润……平时他们家里的酒窖非常棒，好酒数之不尽，买房子的时候，作为附赠，一并给我家了。我带你去喝点，作为你愿意陪我听我说废话的感谢。"

好东西谁都喜欢，就算周小鹿不是个好酒之徒，也难免被"好酒"两个字蛊惑，况且，老宅、酒窖、美酒加上这头顶上的月光，总让人心潮澎湃，觉得，这样的夜晚一定要做点疯狂的事，才能不辜负好时光。

想到这里，她笑了起来，使劲点了点头。

面前的女孩，眉眼弯弯，干净如这头顶的月光，元暮时看着她，再看看面前黑洞洞的老宅，有种正在诱惑仙女犯罪的感觉，一瞬间竟然有点让人心跳加速的兴奋。

走进大门就是一个花园，花园太久没人打理，早就杂草横生了，只有四周整片整片热烈盛开的蔷薇，提醒着后来的人，这里曾经繁华鼎盛过。

穿过杂草丛走上台阶，元暮时掏出钥匙，打开正厅的门，月光照进去，隐约能看到门前一米左右的事物，红木铺就的地板，布满了灰尘，蒙在鞋柜上的白布已经有了霉点，再往里看，便是黑漆漆一片，一点光亮都没有，周小鹿有点害怕，条件反射地贴紧了元暮时。

元暮时感觉到她的靠近，轻笑着握住她的手，安慰道："别怕，这里是平时曾经的家，再好不过的地方。"

周小鹿可不这么想，鉴于元平时对她的敌意，她非常担心，元平时曾经的家也会对她做出什么不友善的事。不过，害怕归害怕，既然答应元暮时要陪他喝一杯，总不能反悔，临阵脱逃，只能强鼓起勇气跟着元暮时往里走。

酒窖位于厨房的地下，从楼梯走下来，不过两分钟的距离，元暮时熟门熟路地摸到灯的开光，一个个蜡烛形状的烛台小灯柔和的光，照亮酒窖的每个角落，周小鹿才松了一口气，放开了他的手。

与外面不同的是，这里收拾得非常干净，而且有独立的发电设备，常年恒温恒湿，温度舒适而适宜，空气中飘散着一股甜甜的酒香，虽然不懂，但是依然不妨碍她觉得这个地方确实很棒。

"发电器也算是这个这栋房子的附加财产吧，毕竟酒窖如果不能恒温恒湿就失去意义了。"元暮时说着，从酒柜里拿出开瓶器、醒酒器，放在樱桃木的木桌上，然后去酒架上挑酒，边挑边看向周小鹿，询问她的意见，"你喜欢什么口味？偏甜还是偏酸一些？82年的拉菲怎么样？那年的葡萄大丰收，雨水不多，味道上会偏甜一些。"

周小鹿哪里懂这些，就打手势，表示，她都可以。

元暮时拿出了他指的那瓶拉菲，姿势优雅从容地开瓶，醒酒，并从一旁的小冰箱里拿出两小瓶鱼子酱放在桌子上，抱歉地笑笑："抱歉，这里只有这个。"

周小鹿慌忙摆手，用手语说："这已经很不错了。"

当然不错，鱼子酱瓶子上的LOGO，就算她这种土包子也是认得的，贵得让人咬牙切齿，再加上那瓶比她年纪大的拉什么菲，还有那套昂贵的杯子，组合起来，让她顿时觉得自己这个夜晚过得好奢侈。

只不过，咖啡杯能喝红酒吗？

显然元暮时也注意到了这个问题，将杯子的盒子打开，拿出两个，放在桌上，对她说："用咖啡杯喝酒，希望你不介意。"

周小鹿摇头。她当然不介意，想喝酒而已，谁在乎用什么杯子。

酒醒好，元暮时充当酒保，娴熟地倒了两杯酒，一杯递给周小鹿，一杯放在自己面前。

细白的杯子，暗红的液体，在柔和的灯光下，显得有些妖异，周小鹿将杯子端起来，学着元暮时的样子轻轻摇了摇杯子，只觉得那暗红色的液体摇曳起来，流光溢彩，异常美丽，她忍不住举杯，将杯子里的酒一饮而尽。

酒香四溢，甘甜芬芳，完全没有印象中红酒的那种涩和酸，她喝完一杯，有些意犹未尽，舔了舔嘴唇，笑着将杯子举到元暮时面前，那意图再明显不过——再来一杯。

虽然对周小鹿这种如牛饮水的喝法完全不认同，但也没说什么，表情颇无奈地又替她倒了一杯，将杯子递回去的时候，提醒道："酒量不好最好别这样喝，容易醉。"

此时，头一杯酒的酒力才稍微上来一些，许久没喝过酒，也根本谈不上什么酒量的周小鹿有些熏熏然，根本没听到元暮时在说什么，只是笑眯眯地接过杯子，又是一饮而尽。

酒的香气夹杂着一丝甜甜的醇厚布满她的口腔，随即便发散成热气，直冲大脑，她只觉得自己眼前像是起了一薄雾，视线变得蒙眬起来，连身体也似乎轻了许多，身体轻松了，心里却有一丝莫名的亢奋，正在欢呼雀跃着呼唤更多的酒精。

她十分喜欢这种感觉，喝完了又要。

一连喝了几杯，元暮时不肯再给她倒了，他皱着眉将自己杯子里的酒喝下，责备地说："不能再喝了，你都站不稳了。"

周小鹿很不满，迷蒙着眼睛，嘟着嘴，用手语控诉："小气鬼。"

"你怎么说都好，反正今天晚上，你不能再喝。"元暮时给自己倒了一杯，就塞上酒瓶的木塞，将已经喝了大半的酒放回木架上。

酒气冲撞着大脑，周小鹿比平时大胆了许多，见元暮时不给她喝了，就端起他面前的那杯，举到面前，一口气灌进嘴巴里，笑嘻嘻地手舞足蹈："不让我喝，你也别想喝。"

元暮时气结，但是面前的女孩眼神迷蒙，面庞泛着粉色红晕，笑得东倒西歪，调皮又美丽，实在让人生不起气来，只好叹一口气，手指敲了敲她的额头，责备道："没想到，你还是个酒鬼。"

责备归责备，总不能让她真的醉倒，元暮时扶了她一把，让她在樱桃木的椅子上坐好，回身去小冰箱里翻找，看有没有解酒的东西，翻了半天什么都没找到，一回头，那头小鹿正站在酒架前，举着刚才的酒瓶，对着瓶口大口地灌。他跑过去抢过酒瓶，发现已经晚了，酒瓶彻底空了，喝得过瘾的某人，手舞足蹈用手语反复比着："好酒，好酒。"然后一把搂住他的脖子，整个人挂在他身上，脸上挂着餍足的笑，大声打了个酒嗝。

元暮时整个人都不好了，他从未见过像现在这样，撒野的周小鹿，愣了一下，竟觉得十分有趣，抬手拍了拍她的头："你醉了。"

一个不太会喝酒的人，一次喝光了一整瓶的红酒，不醉才怪。

周小鹿的意识其实已经不太分明了，只是情绪很高涨，抱着元暮时的脖子，使劲蹭了蹭，嘴里发出咕噜咕噜的声音，像一条正在冒泡的小鱼。

元暮时任凭她抱着，低头就是她光洁的脸颊，温热的鼻息喷在他的脖子上，鼻翼间少女的幽香和红酒的甜味混合在一起，甜美的，就算没喝多少酒，也快要醉了。他低头看她，抬手摸摸她的脸，手中丝滑的触感让他有些上瘾,手指就不受控制地顺着脸颊往下滑,滑到弧度优美的下巴,滑过脖颈,在接触到略有冰凉的布料时,才猛地停住,一把将她推离自己。

他被自己吓了一跳,因为刚才那一瞬间,他竟然没意识到,自己的唇快要咬到她微张的樱唇了。

不受控制地被她蛊惑吸引,甚至脱离了自我意识。

他的自制力一向不错,就算跟平时在一起的那几年,因为平时不点头,他就一直控制着没碰过她一个指头,他一向控制得很好,怎么会这样?

他将周小鹿放在桌子旁,让她趴在桌子上,不至于摔倒,自己开了瓶最烈的酒,连灌了几口,辛辣感冲进喉咙,辣得他睁不开眼睛,他才终于清醒了,从身体上那种陌生的欲望中脱离出来。

他竟然被一个并不算多性感的女人,撩拨得情动不能自抑。

这太不像他了。

元暮时放下酒瓶,双手撑在桌子上,大口喘息了半天,才找回理智,架着周小鹿往外走。走了几步,他又想到什么似的,将她重新放下,出去打个电话给安雅,让安雅来接周小鹿,自己则在酒窖里一直坐到天亮才离开。

那一晚,他喝了很多酒,怎么喝都不醉,没有周小鹿的酒窖,空得像座孤坟,他一杯接一杯地喝着,心中只剩无限凄凉。

曾经引以为傲的爱情,让他拼尽了所有的力气,他觉得自己虽然面容还算姣好,但是内心却已腐朽。

拿杯子的指尖还残留着一丝花香,是周小鹿那种常年置身于花丛中的卖花人,才会有的自然花香,他不自觉地弯起唇角,笑了起来。

这个世上原来还有这样的甜美。

仿佛能治愈人心一样……

他将手放在自己脸上,埋着头,微微笑着,趴在桌子上打电话:"新闻撤下来吧……关于她的,你说得没错,新人绯闻太多并不好。"

陈嘉铮至少几个星期不能出现在公众视线里,这就够了……

他突然不想再让无辜的小鹿受到牵连了。

也就是那天晚上,他就在灯光昏暗的酒窖里,靠着一部手机,做成了 perfect wold 史上没人做成的事。

红极一时的音乐节目《最强音浪》,因为没有请到陈嘉铮,而让一个过气的摇滚歌手黄穹占了先机,成了这个节目这一季的导师,被整个 perfect wold 高层判定不可能东山再起的人,凭借着一首老歌,再次成了各大门户网站的焦点人物,各大访谈节目的宠儿。

他在酒窖中半梦半醒昏昏沉沉,跟周小鹿找他要元平时号码的那个晚上截然不同,那个晚上他格外兴奋,他的助理带着黄穹与《最强音浪》制作人吃饭,他一边等着消息,一边给电话那头的女孩弹了一首《月光》。

事成了,世纪美着急,跟对方制作人许诺,陈嘉铮没事,并约了今天晚上见面,但是没用的,陈嘉铮在医院出不去。他的手机上还存着陆辰发来的地址和照片,袖珍相机拍的,他手指动了动将照片地址发给了助理。

会有"知情人"爆料陈嘉铮的住院地址和照片,有"热情粉丝"组织本地的粉丝团去医院探望,医院会被团团围住,陈嘉铮想出来比登天还难。

大明星那么难请,老前辈歌声好、人谦卑、价钱还好商量,制作人当然知道选谁。

几天之后,perfect wold 的老总裁元申在会议室里含笑点头,对会议桌上所有的人威严道:"他跟你们打赌,一定能让黄穹东山再起,他现在已经办到了,你们也该履行自己的承诺,好好扶植他,别再搞什么小动作了。当然,我们公司一向民主,现在还不服的人,可以递辞呈上来了。"

/ 第六章 /

NVSHEN YANGCHENGJI

## 跟着 BOSS 有肉吃

那天,周小鹿是在自己家的床上醒过来的,醒来只觉得头痛欲裂,挣扎着起床,走出卧室找水喝,就惊讶地发现,安雅睡在她家沙发上,正愉快地打着呼噜。她愣了一下,很努力地回忆了半天,也没想起来,她昨天是怎么回家的,脑子记住的最后一件事是,酒很好喝,她喝得十分开心……

安雅听到她的动静,迷迷糊糊地抬起头,擦了擦嘴角的口水,看见周小鹿好好地站在她面前,才松了一口气,自问自答:"你醒了?没事?没事就好,别吵我,我再睡会儿……BOSS 真是的,大半夜打电话让我去接你,打扰我睡美容觉,要不是看在他给我发钱的份上,绝不饶他。不过,说起来也奇怪,你又不是什么超级巨星,怎么会有人跟拍你?昨天去接你的时候看到了好几个狗仔。"说着身体在沙发里蠕动了几下,寻找了一个舒服的位置,又睡了过去。

周小鹿此时才知道,昨天晚上是安雅去酒窖接她回家的,元暮时是知道门口有狗仔才让安雅去接她的吧?毕竟如果抱着醉醺醺的她出来的人是他,今天的新闻就热闹了。她想了一下,只觉得自己至少该道个谢,于是给元暮时发了条短信："谢谢你，昨天让安雅去接我。还有……对不起，太久没喝酒了，有点控制不住。"

等了一会儿没人回复，她想了一下，不太确定地又加了一条："我酒品一向很好，应该没发酒疯吧？"

元暮时最近失眠严重，即便是借助酒力躺在床上小歇了一会儿，但是听到手机振动声还是醒了，本来是没想看的，但是手机振了一次，又振了第二次，他没忍住还是摸过了手机。

酒品很好？看着短信，他想着昨天晚上，死皮赖脸要酒喝、骂自己小气鬼，还偷酒的周小鹿，忍俊不禁，手背覆盖在眼睛上，轻声笑起来，这一笑紧绷的情绪竟然在不经意间舒缓了不少。

他的宠物真是有用，又让人舒心，应该对她更好一些。"爱不释手"四个字形容他此时的心情大概不贴切，但是不知道为什么，他就是想到了这四个字。

想着想着，他轻笑了两声，用手机上微博翻翻她的照片，翻着翻着有了睡意，难得地拿着手机就沉沉睡了过去。

周小鹿等了半天也没等到回复，有些怏怏地丢下了手机。今天没有拍摄任务，她简单地收拾下自己，煎了鸡蛋，煮了粥当早餐，自己吃完，又给安雅留了一份，并且留了字条，这才背着包，开着她的小货车去了花店。

下午，安雅兴奋地去花店找她，一见面就是一个热情的熊抱："小鹿，太好了！我们努力没白费，你的那组照片火了。"

周小鹿有些惊讶："这么快？"

昨天才拍完的，今天就传出去了？不用修片吗？

安雅颇有些骄傲地说："陆辰拍出来的东西，根本用不着修，他拿回去也就检查检查，当天就放网上了，到现在为止已经转发过万了。"

周小鹿接过安雅的手机看了看，那些照片她自己都没看过，猛地透过手机屏幕看到，竟然有些不好意思，不谦虚地说，连她本人看都觉得，还不错。

人还是她这个人，脸还是那张脸，完全没修过，但是加上背景融合灯光，还有角度挑选恰当，她看起来真的跟平时不太一样。

灵动如森林中的精灵、圣洁如山中鲛仙，就连露了八颗牙齿的笑容，都别有一番娇憨的韵味。她把手机还给安雅，开心地对她比画："我还挺好看的。"

"不是挺好看的。"安雅白她一眼，又将她抱住，"是美死了！"

这组照片让周小鹿微博的粉丝量暴涨，很多杂志发来邀约，想请周小鹿拍平面照，元暮时细心帮她挑选了一番，留下了几家影响力比较大的杂志，并提出她要用自己的摄影师和化妆师。有意无意间透露出perfect wold 要力捧她的讯息，那些杂志社虽然觉得一个小新人就敢提要求未免张狂了些，但碍于 perfect wold 的压力，也不敢说什么。

周小鹿当然也觉得自己是新人，是不是该谦逊点？

元暮时却笑道："你跟其他的新人完全一样，那还有什么话题性？有我在，你张狂点又怎样？"

想想元暮时身后是整个 perfect wold，周小鹿就觉得底气好足，大摇大摆去各大杂志社"作威作福"了。当然她的"作威作福"只体现在作品上，她对成片要求极高，拍不出满意的，饭都不吃，杂志社的工作人员叫苦不迭，但是私下里，周小鹿为人又极其谦逊温和，甚至让人觉得娇憨可爱，又实在是讨厌不起来，也只能忍饥挨饿陪着。

新人的大做派，偏偏粉丝们就是买账，但凡周小鹿出现的杂志，销量必定翻一番，让她成了各大杂志的宠儿，连宠物杂志都找她拍过封面。

网络红人卖花妹、哑女、perfect wold 力捧新人，这几个关键字足以吸引大众的眼球，一时间周小鹿这个名字再次攀上了各大媒体的热度榜。对此，周小鹿隐隐不安，她对元暮时说："我还没跟公司签约呢？就以签约艺人自居，是不是不太好？而且我还不是艺人顶多算平面模特。"

元暮时上个星期参加了公司的董事会，虽然公司很多元老暗地里还是对他有些看法，但他也算是正式接手公司了。他在总裁办公室里见了周小鹿，见她那副惴惴不安的模样，忍不住揉揉她的头，宽慰她："签约艺人是外界传的,又不是你本人说的,跟你有什么关系?"

周小鹿皱着眉,歪了歪头,思考了一会儿,似乎真的是这样。没过多久,元暮时就拿了合同给她,还带了一个律师,细细讲解了所有条款,她全部点了头之后,正式签约了。

"这下子可以扬眉吐气,正大光明地宣布你已经是签约艺人了。"元暮时笑她。

"能这么张扬吗?"她笑嘻嘻地用手语问。

"能多张扬就多张扬,我给你撑腰。"他笑。

她当真就在微博上晒了合同,当然只是合同的封皮,里面内容一条不能晒。

这就足够刷上热门话题榜了。

她抱着手机,看到评论区里波涛暗涌,话题里更是充斥了各种言论,各种内幕猜测,还有人传说周小鹿的出身很硬,当然也有置疑,她一个哑女凭什么能让元暮时看上的?而且连话都不能说,根本不能演戏,名不符实的。

当然也有很多人力挺她,跟置疑人对呛,什么自己是狗屎,看谁都是狗屎,小鹿哪里不好,凭什么就不能被看上?不会说话怎么不能演戏?你说这话,对得起哑剧大师卓别林吗?

周小鹿看着看着,突然觉得有点无聊,她心里最清楚,其实哪有那么多内幕好猜测,只是元暮时一开始就制造了各种假象,给大家猜测,等吊足了大家的胃口,再放出合同而已。

看似迷雾重重,其实只是有人拥有着翻云覆雨手而已,元暮时见她一副蔫蔫小狗的样子只觉得好笑:"成为话题女王,不开心吗?"

"不知道,感觉有点奇怪。"周小鹿抱着他办公室的大枕头,趴在沙发扶手上,心不在焉地翻着手机,末了,放下手机,不安地用手语问他,"我们这样做是不是有点不道德?"

"不道德?"元暮时失笑,"给这个无聊的世界,增加一点话题,难道不是很好吗?比如两个人面对面,刚好话题用完,正觉得尴尬的时候，看到你这条消息，瞬间就有了新的话题。你拯救了一次尴尬的会面，这样想是不是就正面多了。"

周小鹿抬起头，突然好崇拜他。

元暮时拿起手机，转发了她的微博，加上一个兔子头，意味不明，给足了想象空间。他笑："看，挑起话题的人是我，要说不道德也是我不道德，跟你没什么关系，你不要有什么心理负担。"

周小鹿看着手机上瞬间蹦出来的数万条"@"，再抬头看看元暮时暖暖的笑，又有些感动，感动得好想吃点应景的甜食，就伸手从包里拿了盒巧克力出来。

她边玩手机边吃着，头就被敲了一下，元暮时微怒地抢过她的巧克力："牙齿不好，不要吃这么多甜食。"

"哪有吃很多？"周小鹿比出两根手指，"才吃两块而已。"

"四块。"元暮时无情地拆穿了她，将巧克力丢在桌子上，故意不看她幽怨的眼神，"表演课上得怎么样？"

元暮时给周小鹿报了表演课，授课的老师是在好莱坞专门做演员培训的泰斗级人物，培森老爷子，教授出的影帝影后无数，他也是利用了自己总裁的身份，才好不容易将完全没功底的周小鹿塞进他的班里。

周小鹿刚开始确实是门外汉，但是上了一段时间的课之后，意外地发现，演戏还挺有意思的，上课也积极了许多，但是培森老爷子太严厉了，一堂课不训她几句就浑身难受一样，让她备感压力。

听到问话，她有些颓然，有气无力地用手语说："不怎么样？我觉得培森老爷爷似乎不太喜欢我。"

"别多想，培森老爷子要是不喜欢你，早就把你赶出来了。能在他那上超过一个月的课，说明他是认可你的。"元暮时安慰她，"你乖乖地听话，我保证能让你红。"

"是吗？"周小鹿表示怀疑。

但是有了元暮时的安慰，她还是开怀了许多，又说了一会儿话，就背着小书包去上课了，临出门时，又被叫住："你是不是还没吃晚饭？"

现在周小鹿的行程大多数是安雅在管,化妆师兼职经纪人,虽然不伦不类,但做决定的人是元暮时,安雅只负责做传声筒,倒也没什么难度,而且安雅跟周小鹿熟,兼起职来,也得心应手。当然,最最重要的是,兼职有兼职的工钱,每每说到这个,安雅都对元暮时赞不绝口。

"咱们BOSS真是够意思,给钱的时候绝不小气,这才是做大事的人。不像某些公司的老总,肥头大耳、面目可憎,眉毛粗得像鬃毛,远远看过去,简直就是头行动的豪猪。"

某些公司的老总自然指的是世纪美的总裁。周小鹿是不知道世纪美的总裁到底对安雅做过什么,以至于让她生出这么大的怨念来,不过也早已习惯她人身攻击时,重点点评外貌的说话方式,听听就算了,一律不予评价。

安雅每天都会把周小鹿的行程报备给元暮时,几点拍照、几点上课、几点吃饭,事无巨细。周小鹿有时候觉得安雅报告得太全面了,连她大姨妈的日期都上报了上去,忍不住牢骚几句:"能不能只报告大事?连我一天上几回厕所都恨不得写在简报上,也太夸张了。"

"拿人钱财替人消灾,要敬业。"安雅手里拿着眉笔在记事本上写写画画,抬起头看周小鹿妆有点脱,顺手用手里的眉笔给她补了补眉毛,"你看我一人多用,也是很忙的,你就少抱怨点吧。咦?怎么有颗痘?饮食要注意了啊。"

周小鹿无语地看着安雅给自己补完妆,又用同一支眉笔继续记录行程。

看着那一页纸上啰啰唆唆、密密麻麻的字,她有时候真怀疑,元暮时那么忙,真有时间看这种东西吗?今天上报上来的行程单上,并没有晚饭这一项,周小鹿有点惊讶,他竟然真的认真看了啊。

"昨天是不是低血糖,晕了好久?"他问。

周小鹿老实地点点头,然后看了眼被他没收的巧克力,眼神有点委屈:"就因为低血糖,所以才吃巧克力补充糖分啊。"

"别看巧克力,你低血糖是饮食不规律引起的,必须好好吃饭。现在离上课还有一个小时,一起去楼下餐厅吃个饭,吃完再去。"元暮时说着收拾好东西,打电话让助理去订位置。

酒足饭饱真是件让人心情愉快的事,这种愉快一直维持到上课,就算一开堂就被培森老爷子骂了一通,周小鹿也还是笑眯眯的。

其实要上培森老爷子的培训班,真的不是一件容易的事。那日跟元暮时的第一次会面,培森老爷子看了周小鹿的资料,就十分抗拒地说:"元,你在开玩笑!这个女孩完全没学过表演,而且……而且她还……还不能说话。"

面对培森老爷子的威压,元暮时只是云淡风轻地一笑,反问:"请问,您教授的表演只是声音上的表演吗?"

"当然不是。"培森老爷子有些激动,这简直就是对他专业度的侮辱。

"那就没问题,语言分很多种,面部语言、肢体语言,还有情景语言,这些都能让一个演员完美表达出她要演出的情境,所以能不能发出声音来说话,这并不是什么大问题。而且,就因为她是一个很特别的学生,如果她能成为您的得意门生,并且有所成就,这不是比教导一个健康的人,要有成就感吗?"明明是个似乎看起来没什么阅历的年轻人,但是此时的元暮时所散发出的气场,绝对不输给任何一个老资历的娱乐人。而且他五官长得好看,声音柔和,感觉上并没有那么咄咄逼人,反而让人更容易接受他的观点。

培森老爷子看了他几眼,败下阵来,将周小鹿的资料收了起来,皱眉说:"先来试试吧,如果不行,我会立刻赶她走。"

培森老爷子并没有赶周小鹿走,他第一次面对一个不能说话的学生,也是第一次见到了那种不加雕饰的天然纯净眼神和眼神中透出的灵气。

他的培训班里,多的是已经小有名气的歌星、模特,来这培训的目的,是为了给自己的演艺圈多铺一条路,他们的眼神很灵活,头脑很聪明,学东西非常快,但是都没有那种让人一见就挪不开视线的惊喜。而这个叫作周小鹿的学生似乎很特别,她不会说话,眼睛里却似乎有千言万语,肢体语言细腻又到位。

比如此时，他给学生们的课堂作业是，即兴演出一段与恋人久别重逢时的画面，男女搭配，两人一组。其实健全的学员，用惊喜的语言和拥抱作为主要表演方式，轮到周小鹿时，大家都抱着一颗看笑话的心看她，看她一个新人，又是哑巴，到底怎么演能超过他们这些有些功底，而且还声音甜美的人？

跟周小鹿分到一组的男学员是这个班上的明星，叫作夏铭，混血儿，演艺圈有名的小鲜肉，荧幕前幽默搞怪，荧幕后却能不说话就不说话，酷到不行，最烦班上同学跟他搭讪应酬，反倒是不能说话的周小鹿最合他心意。周小鹿一入学他就要求调位置跟她挨在一起，因为安静。这一次分组也是他主动要求的，并且霸道地宣布："她要跟周小鹿演对手戏，谁都不许抢。"

周围不屑的、嘲讽的、期待的、审视的目光都集中到周小鹿身上，而等两人站定位，培森老爷子喊了开始之后，周小鹿抬头看远处走来的夏铭，露出第一个眼神时，周围瞬间安静了。

那是绝对让人印象深刻的表演，众人甚至忘记了她在演戏。她的眼睛是圆而无辜的小鹿眼，瞳孔很黑，充满了期待与担忧，看到恋人那一瞬，眼睛立刻被点亮了，接着她一动不动，盯着恋人的脸，眼神慢慢变得委屈，仿佛有千言万语要说，但又什么都不必说，那双明亮的眼里开始慢慢蒙上雾气，蓄满泪水。她这时并没哭，只是极力忍着，直到夏铭受到感染走过来将她拥到怀里，她才终于忍不住了似的，痛哭起来，这种痛哭也不是号啕大哭，她甚至没发出什么声音，但是有肩膀的抖动和满是泪痕的侧脸，一切都够了。

这一出戏很静默，但是意外地自然，毫不矫揉造作。

培森老爷子带头鼓掌，其他学员虽然心有不甘，但也不得不跟着鼓掌，周小鹿推开还没回神的夏铭，抹抹眼泪，朝众人憨憨一笑。夏铭却还愣愣的，一直盯着那满是泪痕的脸看，似乎还沉浸在她带给自己的震撼中，久久无法自拔。

课间休息的时候,周小鹿靠在走廊栏杆上发呆,夏铭拿了两瓶咖啡走过来,递给她一瓶,踌躇了好久,才问:"你刚才……怎么能演得那么真实?我都被你吓到了。"

周小鹿没说话,只是拿着咖啡对他做了个"谢谢"的手势,就进教室了。

怎么会演那么真?其实根本没什么秘诀,她只是想到了陈嘉铮。她跟他还没分手的时候,就已经经常"久别重逢"了,刚开始确实会惊喜,次数多了时间长了,就惊喜不起来了,她虽然也会装作不在意,无论隔了多久看到他,总是会笑脸相迎,可是她是委屈的,是不甘心的,她多想在他怀里好好哭一场。

没什么演技不演技的,不过是她内心里被压抑着的最真实的感受而已。

可是不能说啊,关于她和陈嘉铮的一切,谁都不能说。

下了课已经将近半夜,夏铭难得有兴致地凑过来约周小鹿去吃夜宵,还极力介绍一家私房菜馆,说是隐秘、好吃、热量低、不发胖,早已饥肠辘辘的周小鹿有些心动,但是元暮时特意嘱咐过她,要特别避免跟男艺人单独相处,以免传出绯闻,她又有些犹豫。

夏铭也不是第一天出道,当然知道她的顾虑,难得慷慨地转身邀请了其他同学,有男有女,周小鹿如果再推辞就显得有点矫情不合群了,她想了一下,点头答应。

夏铭的助理开始打电话联系那家熟悉的店,要他们给留包间,而其他人都围在夏铭身边叽叽喳喳。一行人都在为夏铭的邀请而兴奋,特别是一些歌手界的新人,极力想往他身边凑,要知道,攀上夏铭这个活招牌,出唱片的时候,他随便说几句话的宣传效果,都比普通歌手跑断腿得来的宣传效果要好。

夏铭却显得心不在焉,眼睛总不经意往周小鹿身上瞄。这种叽叽喳喳的场合,周小鹿注定是融入不进的。普通人这种时候一定会有种被孤立感,会觉得尴尬,而周小鹿似乎已经习惯了,她就静静站在一边,离人群不远也不近,手里捧着课堂上的笔记在翻看,另一边还在听经纪人安雅说着什么。

安雅说:"这么晚了还要出去吃饭,你让我怎么跟BOSS交代?他特意嘱咐,上完课就让我送你回家的。演艺圈复杂得很,你不用跟一些无所谓的人乱应酬。"说到这里,见周小鹿抬头看她,她耸一耸肩,"别看我,这是BOSS的原话。"

周小鹿有点无奈,元暮时这是打算把她当宠物养的吧?而且夏铭能算无所谓的人吗?如果他是无所谓的人,那么演艺圈就真的剩不了几个有所谓的人了。

安雅抗议归抗议,夜宵还是要去吃的,毕竟已经答应了。见周小鹿态度坚决,安雅也不好说什么。等了一会儿,夏铭的助理帮大家叫的出租车到了,因为人多,一辆车坐不下,就分了三辆。夏铭拉着周小鹿上第一辆车,哪知道,她的脚还没跨进车里,就被人拽住,温柔而不失力道地拽下车。

"大家玩得开心,小鹿就不去了。"将周小鹿拽下车的人,有着优美的声线,说起话来,无论是声音还是态度都让人觉得十分舒服,虽然他说出来的话,听起来有那么几分的张狂,"扫了大家的兴,今天的夜宵记我账上,这个城市的大小饭店都买我几分薄面。"

人被从自己手上硬生生抢走,夏铭显然很不高兴,下车,冲来人扬了扬眉毛:"你是她什么人?你说不去,她就不去了?"

元暮时扬唇笑得人畜无害:"我是她老板,请问,夏少是她什么人?"

Perfect wold新近才走马上任的新总裁,这个圈子里的人大多数还是认得的,也只有夏铭这种眼高于顶的才子加摇钱树,才懒得注意这些新闻。

元暮时是周小鹿的老板,而他顶多算她半吊子的同学,老板要带人走,他能说什么?夏铭被堵在当场,一句话都说不出来,平日里就够冷酷的脸,此时更是冷得能掉出冰碴子来。

周小鹿觉得过意不去,跟元暮时手语几句,表示自己答应夏铭在先,临时失约不好,但是元暮时却笑着在她耳边耳语了一句:"你有比吃消夜更重要的事要做，这可是关系到你未来的演绎之路的，真不去？"

元暮时从不会信口开河，他说是关系到她未来的演绎之路的，就可能真的是。周小鹿犹豫了一下，抱歉地冲夏铭笑了笑，手语解释道："抱歉，今天不能去了，你们吃得开心点，下次找机会我请。"

元暮时很自然地在一旁"同声翻译"，两个人的互动在外人眼里，自然是十分亲密的。早已注意到这边的小风波，下车看热闹的其他同学在一旁看着，自然免不了又是一阵议论。当然，碍于元暮时的地位，没人敢明目张胆地议论周小鹿，只不过总有些窸窸窣窣的声音传进人的耳朵里，让人觉得十分不舒服。

夏铭看到元暮时对周小鹿耳语的动作，就觉得不爽，又觉得自己似乎看错了周小鹿，隐约有些失望，他眼皮都没抬一下，冷着脸，一句话没说回车里去了。

周小鹿坐元暮时的车离开后，夏铭也下了车，将钱包丢给助理，懒懒地说："你带大家去吃吧，我不想去了。"

助理从车里伸出头来："铭哥，这样不好吧？大家本来就是冲着你去的。"

"我说不去就是不去。"夏铭皱着眉，"累了，回去睡了。"说着，拦了另外的出租车，离开了。

而此时的元暮时却透过后照镜看了眼被远远抛在身后的俊朗大男孩，弯唇笑起来。

他刚才表现得够明显了，周小鹿是他的宠物，他若聪明，只当她是朋友，他自然欢迎，若是有非分之想，就算来头甚大，他也是不允许的。

元暮时带周小鹿去的，是一个叫作"幻觉"的酒吧，酒吧开在风华大厦20楼，寸土寸金的地方，装修得时髦而华美，从门口就能听到里面让人血脉贲张的音乐声，门口站着的迎宾小姐妩媚而不风流，矜持中又带着那么点的野性，让人见之不忘。

周小鹿指了指酒吧，有几分疑惑："带我来喝酒？"

元暮时笑得有些神秘,一双形状姣好的眼睛弯起来,看起来像只正想要恶作剧的狐狸:"相反,今天晚上你一滴酒都不许喝,你今天的任务是在这里做一晚上的啤酒推销员。"

竟然让她来打工,搞副业,他不会已经对她灰心到这个地步了吗?

周小鹿内心一阵惶恐,忍不住轻轻扯了扯了元暮时的袖子,紧张地问:"我是不是让公司亏钱了?"

元暮时好笑地拍了拍她的头,忍不住想逗逗她:"没错,你现在亏得一塌糊涂,而且你跟公司还没正式签约,花的都是我的钱,现在赶紧去打工,给我贴补点家用。"说着,又想她之前喝醉之后的黏人表现,又郑重提醒一句,"一滴酒都不许喝。"

一个艺人被老板当面嫌弃太亏钱,这简直太让人沮丧了,周小鹿内心几乎被这种沮丧给占领了,直到元暮时带她去员工休息室,换了套促销女郎的蓝色制服出来,也没回过神来。

酒吧里灯光闪烁,人影晃动,震耳欲聋的音乐声在找乐子的人耳中是音乐,在周小鹿这种不习惯这种场合的人耳中简直就是折磨,仿佛耳边有一记一记地重锤在击打着她的耳膜。她用了很长时间才适应了这种喧闹,让自己勉强能在人群中穿行,不至于捂着耳朵逃跑。

也许是元暮时打过招呼了,店里的老促销员并没有对周小鹿这个新人的加入多说什么话,更没有刁难,大家就像是陌生人一样,各自领了样品啤酒,装在精致的蓝色镂空啤酒篮内,提着到各桌去推销。

周小鹿也领到了她的小篮子,再一抬头,元暮时已经融入了一桌的客人,跟他们谈笑风生,俨然并不认识她。说真的,就算此时,她还是挺沮丧的,自己已经亏钱到需要晚上出来做兼职来补贴老板的亏空的地步了,那老板将来还会投资她吗?

她抬头,透过闪烁的灯光看了眼元暮时,他正在跟对面的男人说着什么,眼睛里全是笑。他的笑容很好看,带着浑然天成的清贵气质,温和却自然地与人产生一丝疏离,吸引眼球却不刺眼,柔和而恰到好处。

她以前就觉得元暮时很好看,但是还是头一次将他摆进人群中,以旁观者的眼光这样看他，只觉得周围的人，再帅再美也让人觉得不舒服，只有他看起来最舒心，是最抚慰人眼睛的存在。

她老板真好看。

她忍不住看了又看，目光在灯光的遮掩下，变得肆无忌惮，元暮时似乎感觉到了一样，抬头回望她，两个人眼神相撞，她竟跟做贼一样，慌张地移开了，跌跌撞撞地去寻找客人了。

看她那副样子只觉得好笑，唇角忍不住弯了又弯，脸上的表情也跟着愉悦了起来。坐在他对面的年轻人忍不住拿酒瓶碰了碰他的，疑惑地问："看到什么了？笑得这么开心？"

"没什么。"元暮时的笑容还停留在脸上，眼睛也跟着熠熠生辉，"最近养了一头小花鹿，非常可爱，本来养了是想吃鹿肉，养了一段时间，竟然有点舍不得吃了，想好好养着，看看她到底能长成什么样子。"

那年轻人也笑："看不出来你也养宠物，不过养了也好，给自己找点事做，别总想着润园，她现在跟你跟我们都不是一路人了，在这个圈子里也是凶名在外，没事少招惹为好。"

听到"润园"两个字，元暮时的笑容淡了下去，跟对面的年轻人撞了撞酒瓶，指指自己的脑袋，苦笑道："她在我这里，我不招惹她，她也不放过我。"

"死脑筋。"那年轻人白他一眼，摇摇头，仰头痛饮，一瓶啤酒下肚，他又好奇地看着元暮时，"我说元大总裁，你约哥们几个出来，怕只是幌子吧？我在那边看见了白大导演，听说他的新戏正在选角，这人又出了名的油盐不进，非自己看上的演员不用。只是不知道，你们公司哪个演员，让你费这么大的力气安排……"

"说什么呢？"元暮时拿着啤酒瓶喝酒，脸上表情一派坦然，"我们出来就是喝喝酒叙叙旧，什么导演演员的，今天都不要提。"

"老子信你才有鬼。"那年轻人笑了，却没再说什么，招手唤来兔女郎装扮的女服务生又要了几瓶啤酒。

这边杯光斛影，周小鹿那边却并不好，她不会说话，推销全靠手语，而手语在看不懂手语的人眼里,只是一些没意义的胡乱比画,客人要么觉得烦,直接挥手让她走开,要么带着戏耍的心,看她比画来比画去,特意问些乱七八糟的问题刁难她。

其中一桌的客人倒是表示出愿意买酒,但是要她喝酒,她喝一瓶,他们就买一打啤酒,她能喝掉几瓶,他们就买几打,看着周围或戏弄或等着看好戏的眼神,她怒火中烧,本想豪饮一通,吓死他们,但是酒瓶刚举起来,就想起元暮时的嘱咐,不许她喝一滴酒,就默默地将酒瓶放下了。

"怎么不喝了?你这酒肯定是有问题,自己都不喝,还想骗我们买,当我们是傻子吗?"为首的男人长得五大三粗的,已经喝到了微醺,兴致高昂地调戏这个新来的促销小妹。

周小鹿听出他话里的挑衅,但是无意跟他纠缠,转身提着篮子就走,那男人却没那么容易放过她,一把拽住她的胳膊,将她拖了回来,拿着酒瓶硬是往她手里塞,非让她喝不可。她胳膊被他捏得生疼,但是力气悬殊,怎么也挣脱不了,眼泪都快下来了。就在这时,VIP包厢的方向闪过来一个人影,挥起一拳打在拽着她的那个男人的脸上,然后拉起她就往外跑。

事情发生得太快,别说周围的人,就连周小鹿本人也没反应过来是怎么回事,就被拖出了酒吧,回神时,人已经在电梯里。救她的男人看起来年纪很轻,黑衣黑裤,戴着宽沿的黑色鸭舌帽,看起来很眼熟,但等周小鹿看清来人是谁时,惊得差点跳起来。

陈……嘉铮?不会这么巧吧?

电梯里就他们两个人,陈嘉铮将鸭舌帽往上推了推,一双漂亮的眼睛满是怒气:"周小鹿,你穷到这个地步了吗?竟然来酒吧当促销?前段时间不是传得沸沸扬扬,要跟Perfect wold签约吗?怎么?对方反悔了,不签你了?"

周小鹿上上下下地打量他,见他好胳膊好腿的,似乎是痊愈了,车祸并没给他留下任何的痕迹,才放下心来,随即想到,他怎么会那么巧也在酒吧里？她推销啤酒的全过程，他不会都看到了吧？

毕竟是前男友，即便身份地位上一直都很不对等，她也不想让他看见自己狼狈的样子，忍不住伸手按电梯，想尽快离开这里。她按了下一层，电梯门很快打开了，她想走，陈嘉铮却一抬腿，拦住了她的路："你还想回去？看不出来，那桌男的纯粹就是想调戏你吗？"

周小鹿不说话，她当然知道，可是卖酒是元暮时给她布置下的任务，既然选了他做老板，就不能怀疑他的决定，无论是她真的亏钱了，需要打工贴补家用，还是他另有打算，她都必须坚持到底，就这么中途跑了算怎么回事？她可没陈嘉铮那么大的身价，做不出这么任性的事。

她推了推陈嘉铮横在自己面前的腿，表示自己要走，可是陈嘉铮一动不动，没有半点要让路的意思。两个人就这么僵持着，电梯的楼层在变，一直来到一楼，电梯门打开，陈嘉铮压低鸭舌帽，拉着她钻进了大厦后面的小巷子里。

这条巷子紧邻闹市，巷子一侧是旧式的居民楼，是这个城市最古老的角落之一，巷子里没路灯，月光之下，晒在谁家阳台上的衣服如鬼魅般在夜风中飘飘晃晃。周小鹿并不是第一次跟他来这条巷子，事实上早在几年前，两个人就经常在这里偷摸地约会，黑暗中被年轻男人压在墙上热吻，他手心中的灼热仿佛还在她的腰上，勒得她喘不过气来。

旧时缠绵偷情地，两个人再站在这里，却已经没什么关系，此情此景，她只觉得尴尬，手脚不知道往哪里摆，脸涨得通红，好在光线够暗，才没将她的局促全部暴露在陈嘉铮眼里。

"你知不知道你在干什么？"陈嘉铮率先打破尴尬，还是一副怒不可遏的口气，仿佛周小鹿当啤酒促销员这件事是多么罪大恶极的一件事，"来这种地方卖啤酒？当不了明星，就回去开你的花店就是了，还是说花店出了事？出了事为什么不来找我？急用钱，跟我要啊……"说着他从裤子口袋里掏出了钱包，看也不看，就将里面所有的纸币全部拿出来，一股脑全塞进周小鹿手里，"我也不知道是多少，你先拿去用，不够了，再找我要。要是你觉得麻烦，我就给你办一张副卡，随便你刷，反正我的钱大概也不少,一时半会儿还花不完……"

他一连串的话和塞钱的动作,彻底将周小鹿惹怒了,她也不知道哪里来的力气,一把将他推开,陈嘉铮手上的纸币随即散了一地,如夜色中猝不及防落下的雪花,粉粉白白一片,刺痛人的眼睛。

周小鹿的手语又急又快,表情像被激怒的小兽般愤怒:"我们已经分手了,没有任何关系了!你凭什么给我钱花,凭什么管我的事?我好和坏以后都跟你没任何关系,我们已经是陌生人了,你懂不懂?"

陈嘉铮就那样看着她,突然就笑了,那明艳的笑,在他漂亮的脸上绽放,昏暗的巷子都似乎因此而明亮了起来,他也不管那一地的钱,抓住周小鹿的胳膊晃了晃:"别闹了好不好?之前算我不对,没弄清楚状况就乱吃醋,对你发脾气,后来我问过小园了,你跟那个元暮时确实是看牙认识的,也确实是因为巧合才跟元暮时住进一家酒店的。之前是我不对,我们和好怎么样?你看,你知道我出车祸,还冒险去医院看我,证明你心里还是有我。想当艺人是不是也想证明你配得上我?我根本不在乎这些啊,你是什么都无所谓,我喜欢就行了。你看,闹也闹过了,你也过了一把艺人瘾了,现在就好好回到我身边,我们还像从前一样好不好?"

周小鹿定定地看着陈嘉铮,突然有些心惊。此刻的她突然明白了,陈嘉铮那次车祸之后为什么不去医院先去找她,就是为了让她害怕,让她担心,就是想看她惊慌失措的样子,就是想试探他在她心中的分量。结果她轻易就上当了,费尽心机混去高级病房,就为了看他一眼,他掩护她离开的时候,心里一定是十分快乐的,他证明了自己的重要性。

想到这里,她竟不自觉地叹了口气,过早成名、万千宠爱集一身,让陈嘉铮成了一个永远也长不大的孩子,就算处理感情问题,也用这种任性的方式,根本不会去考虑她真实的感受。她推开他的手,又一次,不容置疑地坚定地说:"我们已经分手了,一切都结束了,无论好坏,各自都不相干了,你懂吗?"

陈嘉铮困惑地看着周小鹿,想要抱她,但是被她屡次推开,渐渐开始手足无措起来:"都已经道歉了,你还想怎么样?我可从来没跟任何人道过歉,你不要得寸进尺……"见周小鹿转头走了,他又去追,"你到底想怎么样?都跟你说了,别去卖酒了,你还想回去?不许你去……"

周小鹿走得坚决,渐渐让这位大明星失去了耐性,在她身后愤愤地吼:"周小鹿,你一定会后悔的。"

她回头看他一眼,像看到了一个陌生的人。这么多年,她对他一直顺从、忍让、配合,像他所有的粉丝一样迷恋他、崇拜他、惯着他,终于将他变成了一个唯我独尊的浑蛋。他从不懂什么是爱,也不屑懂,反正无论他怎么样,大家都爱他。

以前她也爱他,没有自尊,没有自我,盲目地爱着。但是,现在,她似乎找到了自己的梦想,有了想过的生活,她也想被人温柔对待,烦透了永无止境的等待和无所挣脱的卑微感,她想要作为周小鹿活着,而不是陈嘉铮偷偷圈养着的宠物。

除了爱别人,她也想要爱自己。

眼泪还在眼睛里打转,她一路咬着牙,还是忍不住让眼泪掉了下来,这一次义无反顾地走了,就绝对不会再回头。

酒吧大门就在眼前,她使劲抹了把眼泪,抬头挺胸走了进去。酒吧里,音乐声已经停了,那个被陈嘉铮打过的男人正抓着经理的衣领叫嚣,让他把打人者交出来,经理连连摆手,表示自己并没看清打人的是谁,那个男人掉转矛头,让经理将那个哑巴卖酒女交出来。就在这时,周小鹿走了进来,所有人的目光唰地都聚集在她身上,被打过的男人更是丢开经理的衣领,转头朝她走来。

周小鹿不躲不闪,直视着男人的眼睛,用手语说了句:"先生,刚才真是对不起。"

那男人当众被打,丢了脸面,显然非常生气,头一扬,朝周小鹿喊:"比画什么,老子听不懂!老子不打女人,把刚才打人的那小子叫过来,老子跟他算账。"

不会说话的人,跟不懂手语的人要怎么交流?周小鹿着急起来,她不可能把陈嘉铮交出来，也确实不知道眼下局面该如何收场，额头上渐渐渗出汗滴，眼眶也有些红了。

那男人却似乎在周小鹿身上找到了男人的尊严，他捏着周小鹿的下巴，流里流气地笑："打人的不会是你小情人吧？看这双眼含泪的小模样，还真是招人疼。要是你舍不得把你小情人交出来，就陪大爷我睡一晚，睡一晚我就什么都不追究了……"

他话音未落，一双大手伸过来，捏着他的手腕，强迫他将捏着周小鹿下巴的手移开，他也算五大三粗，被人这样钳制着，竟一点办法都没有，疼得"嗷嗷"直叫。

元暮时捏着那男人的手，嫌弃地将他丢到一边，回头冲周小鹿皱眉："别担心，交给我来解决。"

周小鹿确实没有跟流氓打过交道，正有些手足无措，看到元暮时简直像看到了救星，立刻就闪到了一边，离那个流氓远远的。

男人恼了，挥拳就向元暮时打过去，元暮时一偏头，躲过拳头，那男人一击不中，又挥了几拳，都被躲过，几个回合下来，渐渐开始气喘吁吁。

"如果是我，我就大度一些，不再追究下去了，毕竟大家都是这个城市里有头有脸的人，总有再碰到的时候，得饶人处且饶人啊，吴总。"元暮时笑容浅淡，温文尔雅，相貌又好，跟气喘吁吁中年发福的男人形成鲜明的对比，酒吧里所有的人的目光不自觉都被他吸引住了。

有认出元暮时，也认识吴总的人过来打圆场，那吴总这才知道元暮时原来就是 perfect wold 的新总裁，先是一愣，然后瞬间换成一张笑脸，握住元暮时的手："原来是元少，鄙人真是有眼不识泰山，您别跟我一般见识。来来来，一起喝一杯，我请，我们也算不打不相识了。"

吴总所在的甯华集团，以前是做海内外贸易的，近几年欧美市场经济不景气，他们才将手伸向国内娱乐业，在这个圈子里算新公司，给他十个胆子，他也不敢得罪这个行业的龙头老大 perfect wold。

元暮时笑一笑，不动声色地抽回自己的手，招手将周小鹿叫了过来，佯装严肃地教训她："你刚才也是的，怎么就不能忍耐一点，吴总说几句不好听的话你就受不了了?那还怎么在这个圈子里混?对于这个角色,我已经尽力了,得不到那是你自己不争气,怪不得公司。"

　　元暮时话里有话,周小鹿听得一头雾水,而吴总却一副恍然大悟的模样,突然就说有事,急匆匆地告辞走了。临走时,还不忘对周小鹿郑重其事地道歉,姿态之谦卑,跟之前张狂的男人完全判若两人。周小鹿虽然还是搞不太清楚状况,但隐约也感觉到了,他这么做必有深意,她也就乖乖地配合着,一声不吭,默默跟着他去结了账,然后回家。

/ 第七章 /
NVSHEN YANGCHENGJI

## 饲　主

元暮时在车上，跟周小鹿解释自己的今天晚上让她去做啤酒推销员的用意。

"你听说过白川吧？"他一边开车，一边问周小鹿。

周小鹿点头。她自从开始上表演课后，元暮时就让安雅收集了近年来，口碑较好的导演和演员的作品给她看。白川是个导演，年纪不过三十出头，风格却十分犀利老辣，前一部作品《桐娘》不但票房高，而且还在国际电影节上，为他夺得了最佳导演奖。

《桐娘》她看过，整个影片，自然流畅，人物塑造立体，剧情更是让人直呼想不到，眼睛一眨不眨看到最后。最重要的是，他拍的画面都很美，随便截出一幅，都值得细细品味，她之前还一直在腹诽导演是不是处女座的，细节要求得也太变态了。

元暮时见她一脸了然，才说："他要拍一部新作品，是网络小说改编的，名字叫作《饲主》，正在选角。男主角人选已经定了陈嘉铮，女主角是桑柔，女二的角色却迟迟未定，我就是想帮你争取女二这个角色。只不过这个白川实在是油盐不进，坚持只用自己看上的，再大的公司推荐来的明星都没特例,我也只能用这个方法来带你试镜。你被纠缠的时候,白川就在离你不远的一个包间里,那个酒吧的包间没有门,外面发生的一切他都能看到。而在这之前,我早就将你的资料给他了,他看见你应该就明白我们的用意了。"

周小鹿恍然大悟。早在一个星期前,元暮时就丢了本书给她看,那本书不是表演书,不是某大明星导演的自传,而是她最爱的言情小说,名为《饲主》,她以为他终于开恩,许她在快压死人的工作和课业中透口气,她欢喜得不行,废寝忘食,熬夜看完,然后被里面的主角,迷得团团转。万万没想到,原来早在那个时候,他就在策划这一切了。

关于这本书的女二,她记忆犹新,也是个哑女,自卑、敏感、好强,是个比较纠结的人物,跟她很像。而在小说一开始的时候,她就是在酒吧里卖酒被刁难,被情伤在酒吧里喝酒的男主角救了。

这个角色很立体,有爱有泪有恨,有成长,她觉得,如果演好了,甚至比女主角还受欢迎。如果能演这个角色,真是太好了!周小鹿瞬间激动了起来,只不过之前在酒吧里,他说了句"这个角色我已经尽力了,得不到那是你自己不争气,怪不得公司",又是什么意思?

她问出心中疑问,元暮时笑一笑,回答:"为了点拨下吴总啊,他旗下也有艺人想演这个角色。"

吴总旗下也有艺人想要这个角色,那么两家公司现在就是竞争对手了,怎么会有人点拨竞争对手?她实在不明白他的用意。

元暮时勾唇笑道:"其实一开始我只是想带你去白川所在的酒吧'试镜',没料到会遇到吴总纠缠你,当然,卖酒妹被客人纠缠是很正常的事,我也早有准备,会有人帮你脱身。让我意外的是,我安排的人还没出现,陈嘉铮就先一步替你揍了吴总。吴总不是那么好摆平的人,我安排的酒保自然没能力再帮你脱身,只有我出马,而我出现帮你,吴总回去一定会调查我们的关系,很快就会知道你是我的艺人,老板带着艺人出来卖酒,再联想到白大导演在那家酒吧,他很快就会明白我在干什么。所以,就算我不点拨他,他也只不过晚明白一天而已,最终还是会知道我的计划,不如直接告诉他,让他没有思考的机会,这种被大公司抢先的危机感,会督促他回去立刻如法炮制,也许明天会带着他的艺人去酒吧卖酒,也许会去白大导演吃饭的餐厅卖酒,也许会去白大导演经过的路上卖酒……所以你不用去了,因为明天开始,白大导演的生活里会满是卖酒妹。"

周小鹿脑补了下元暮时描述的画面,隐约有点同情白大导演。

"那吴总的艺人那么拼,我不就没有机会了吗?"她担忧地手语问。

"怎么会?"元暮时自信地笑,"拜陈嘉铮所赐,白大导演现在已经记住你了。毕竟,正在跟自己讨论角色的男主角,话说到一半就突然冲出去,为一个女孩出头,这种画面不是每天都可以看到的,白大导演这种对戏剧敏感的人,怎么会放过这种天生的戏感?他记住你了,而接下来的很长一段时间,吴总都会带人替我去骚扰他。吴总过后,还有可能是张总刘总……总之想要竞争这个角色的人都不想失去这个机会,他一直被骚扰,烦不胜烦,坚持不了几天,就会躲起来,闭门不出,更加不会去见新的演员,这种时候,脑袋里对你的印象反而会越来越深。再加上平时怕你影响陈嘉铮,一定会极力反对由你来出演这个角色,以白大导演那种,讨厌被人控制的性格,越多人反对,他一定越想尝试,你说,这个角色是不是非你莫属了?"

周小鹿听得目瞪口呆,脸上一个大写的"服"字,愣了半天,才手语道:"BOSS,你真是太奸诈了。"

"这叫策略。"元暮时敲了下她的脑袋,佯怒道,"敢说BOSS奸诈,小心我开除你。"

周小鹿眯着眼睛笑,连连手语:"不敢不敢。"

能够得到角色固然开心,但是周小鹿还有一个不得不面对的问题,她要是演这个角色,就要和陈嘉铮见面,同一个剧组朝夕相对不说,还有很多的对手戏。元平时作为陈嘉铮的经纪人,又是两人恋情的知情者,肯定会视她为洪水猛兽,时刻防范,她的日子不可能好过。想到这里,她又有些退缩起来。

元暮时将她的纠结看在眼里,他将车停了,侧头看着她的脸,脸上的笑意收敛起来，看起来有些严肃："虽然这个角色我势在必得，不过你要是不想，我不会勉强你。"说到这里，他叹了一口气，"我知道你在怕什么。"

深夜的霓虹灯月上树梢时，更为妖娆，将人的心事也都染上了玫瑰色，她垂着眼睑，却在他的注视下无处可逃。

怕什么呢？无非就是害怕面对陈嘉铮时，她会被旧日情所绊，什么都演不出来。

"陈嘉铮在那个酒吧里，我是知道的，我承认我有利用你们关系的想法，但我没料到他会那么直接地冲出来揍吴总，完全不顾自己面前坐着谁，这样做会对自己有什么影响。看来，他比我想象的还要在乎你。"元暮时又说，声音有点缥缈，带着微不可察的酸意。

周小鹿抬起头来，看着他的眼睛，他的瞳孔很黑，一眼望不到底，她在这样的黑暗中，觉得有一丝局促，她手语："我觉得他对我，占有欲比爱要多一些，他希望我像宠物一样，永远被他圈养在笼子里，他可能会给我最好的环境，但是永远没有平等与自由。"

也许她说这些话的时候，表情太过伤感了，让元暮时的心似乎被蹂躏了一下一样，酸涩异常，他摸摸她的头："我会给你，绝对的平等和自由，演不演你说了算，想演，角色就是你的，不想演，我们再等下一个机会。"

周小鹿眼睛亮晶晶地笑起来，手指舞动起来："BOSS，我想演。"

这是决定要跟以前的自己彻底说再见了吗？元暮时也笑了起来，觉得她这种看起来胆小、敏感，但是头脑却十分清晰理智，做起决定也是干脆利索，不拖泥带水的性格，真是合他的心意，他多久没遇到这么让他舒心的姑娘了？

自从尹润园变成元平时之后，就再没有过了吧？他忍不住又摸了摸她的头，语气里带着点夸奖："你做了一个很好的决定，这会是个绝佳的机会。"

这种温柔的鼓励与夸奖，让周小鹿有种被宠爱的错觉，她吸了吸鼻子，手语说："BOSS，你对我这么好，我真是无以为报，但我绝不会以身相

- 109 -

许的。"

她一本正经地胡说八道,让元暮时笑了起来,气氛也跟着轻松了:"不要你的身,好好赚钱,名气超过陈嘉铮,让我在平时面前也能扬眉吐气一回,就是对我最大的回报。当然,重点还是好好赚钱,不赚钱立刻开除你。"

周小鹿连连点头,想到之前的担忧,笑嘻嘻地手语:"我还以为我真的亏钱亏到需要打零工补贴的地步了呢。"

"虽然没到那个地步,但是也差不多了。"既然说到了这个话题,元暮时索性跟她算起账来,"你知道培森老爷子的课,一节多少钱吗?还有你的置装费、车马费、安雅和陆辰的薪水支出……"

他一项项说着,周小鹿脑子有点不够用,慌忙拿出手机,打开计算器,他的语速随之放慢了一些,等她算清楚这一笔一笔的支出,脸一下子就黑了,而这个时候,某人火上浇油又加一句:"你看,再这样下去,我真的会破产的。"

周小鹿更加惶恐了,立刻表态:"我不在公司吃了,伙食能自理,车马费我也自己付,还有……陆辰我也用不起了……"

看着精打细算中的某人,元暮时失笑,忍不住想再逗逗她,佯装严肃道:"那怎么行?你是我一手培植的,刚开始就要裁人,那不是明摆着告诉大家,我们在亏钱吗?你让我的脸往哪儿放?"

周小鹿真的信以为真,老老实实点头,垂着脑袋,一直没抬起来,一副"我好败家,我在忏悔"的模样。元暮时真是玩上瘾了,逗完了又来安抚,拍拍她的头道:"也别这么沮丧,白川的电影给出的价格一向不错,你接下这部戏后,大概就能扭亏为盈了。"

周小鹿猛地抬头,眼睛又亮了起来,手舞足蹈:"BOSS,我一定好好演,拼了命地演,请一定为我抢到这个角色。"

元暮时觉得周小鹿这种毫不掩饰的天真个性,真是太好玩了,忍不住笑了起来:"明天开始好好上课,休养生息,准备给我好好赚钱,鞠躬尽瘁,死而后已。"

接下来的一个月，周小鹿真如元暮时吩咐的那样，认真上课下课，其他工作都接得少了，没再见过陈嘉铮，甚至各大报刊也没有了他的消息，她一边担忧，一边笑自己杞人忧天，陈嘉铮身边有元平时，能出什么事呢？还不如静下心来好好学演戏，好好省钱来得实在。

对，她在省钱，用尽了各种办法省，她不能让她的BOSS破产。吃早饭要比较半天价格，豆浆有一块五的绝对不买两块的，能走路也绝不打车。弄得管理她日常开销的安雅，还以为元暮时削减开支了，跑去请示了BOSS，得到否定答案之后，又开始怀疑周小鹿是不是欠了高利贷。

周小鹿一本正经地将元暮时说他快被她拖得破产的事，说给安雅听，安雅笑得前仰后合，直呼："你被骗了！我们BOSS要是破产，这个圈子恐怕没有一个有钱人了。"

周小鹿半信半疑："BOSS真的很有钱吗？他那么年轻，才刚接手公司，钱应该都是公司的，他没多少私产吧？"

"年轻怕什么？架不住人家投胎技术好，又有经济头脑，他母亲死前给他留了几家私家医院知道吗？他父亲是做什么的知道吗？他名下光不动产有多少你知道吗？你喝杯两块的豆浆，打个十五块的车能把他拖到破产？也太瞧得起自己了。"安雅一副"人心险恶，你太天真"的表情，还不忘控诉元暮时，"BOSS也真是的，好好的吓你干什么？看把我们家摇钱树吓的，整个人都蔫了。"

直到此时周小鹿才知道自己被耍了，咬了咬牙，又实在生不起气来。生什么气呢？知道自己不会把他拖垮，应该高兴才是。虽然这样，但她还是觉得元暮时这样耍她很可恶，再面对他的时候，难免有点叛逆少女上身，总想闹别扭。比如，他刚没收了她一盒粉丝送的巧克力，她转身就去超市另买了一盒，当着他的面将大块的巧克力塞进嘴巴里，然后做出一个"纵享丝滑"的表情。

元暮时都被她气笑了，捏着她吃得鼓鼓的脸，警告："智齿再发炎，别来找我哭。"

果然，第二天，她的智齿就真发炎了，两颊肿得鼓鼓的，双手捂着，可怜兮兮地站在元暮时面前。元暮时正准备去开会，看她那副模样，又是好笑又是心疼，当即让秘书取消了会议，亲自开车带她去看牙。

看牙当然也是他亲自出马，还是当初的那个诊疗室，他脱了西装，衬衣袖子高高挽起，认真工作的样子，真的是很性感，她看得呆了，竟然忘记了疼。

"还是老毛病，智齿发炎，等消炎后，就拔掉吧。"他放下手中的工具，挪开她头顶的器械，看她的表情带着几分不悦，然后不等她反对，就加了一句，"这并不是在跟你商量。"

她被他生气的样子吓了一跳，哪敢持反对意见，忙不迭地点头。元暮时的表情这才缓和了一点，摸摸她的头，夸奖道："乖。"

接着，他出去拿了一捆绷带进来，要将她肿起的脸包扎起来，周小鹿有些奇怪，忙问："为什么要包？上回看牙明就没包。"

元暮时一本正经回答："这次比较严重，包了有利恢复。"然后讲了一大段专业名词，说这是绷带疗法，最后还说，"你还有课要上，哪能一直休假，能快点好，总是好的。"

说得很有道理的样子，周小鹿竟无言以对，只能乖乖闭嘴，任由他拿着绷带，从她头顶包到下巴，然后再绕上头顶……足足绕了五圈，多余的绷带在头顶系成两条兔耳，这才算完。

包完之后，周小鹿在独立的输液室等着输液，元暮时去给她配药，护士进来给她扎针时，看到她那副模样，笑得快昏过去了，拿手机连拍了好几张，边拍边问："为什么要包成这样？扮演兔子吗？"

周小鹿眨着眼睛，拿手机将元暮时说的绷带疗法打成字给她看，护士看完之后笑得更欢了："到底是谁跟你胡说八道，这个世界上哪有什么绷带疗法？"

周小鹿脸瞬间黑了，明白自己又被元暮时耍了。智商不在同一个水平线上，复仇无望，她也就认命了。

等牙龈的肿块完全消了，由元暮时亲自操刀，拔去了烦人的智齿。

拔牙的过程，可以称得上恐怖，所以很长的一段时间，她看到元暮时都有些怯怯的，总觉得他会冷不丁拿出凿子钻头，对着她的牙齿再来一阵叮叮当当，以至于，每次跟他说话，都会走神，他就去捏她的脸，笑着警告："周小鹿，我还在萨满法师门下学过一段时间巫术，要不要我来给你收收魂。"

周小鹿问他："有什么是你没学过的吗？"

元暮时的表情就有点沮丧："如何好好经营一段感情，我就没学过，从小到大唯一爱过的那个人，她现在如此恨我，可见我有多失败。"

他唯一爱过的人，不用说，就是元平时，而她唯一的一段爱情呢？现在不也是失败无比吗？这么说来，他们两个还真是有点同病相怜。

白川终于不堪忍受众多公司的骚扰，宣布女二的人选是周小鹿，元暮时自然第一时间得到了这个消息，就空出了晚上的两个小时，带周小鹿去吃大餐，说是庆祝。那家餐厅贵得让人心肝颤，周小鹿穿着优雅的小黑裙，表情狰狞地翻着菜单，突然觉得自己虽然在智商上赢不了元暮时，但是在饭量上也许能胜他一筹，而且她吃得多，还能多花他一点点，也算是在报仇，于是心一横，怒点了一只北海道的帝王蟹。

头一次一顿饭花这么多钱，周小鹿有点心虚，点完单之后，一直不敢跟元暮时有目光交流，元暮时一看她，她就装喝水躲开，一看她，她就喝水，最后，他以为她渴得不行，叫来服务生给她叫了一大壶的柠檬水。

柠檬水喝到一半，帝王蟹上桌了，看到那位蟹兄庞大的个头，周小鹿被深深震撼住了。

"你点的你要负责吃完。"元暮时笑容一如平日里的温和，体贴地帮她取出螃蟹腿的肉，整整八条，在她的面前一字排开，竟有些壮观。

这时他已经开始处理蟹身了，边挖蟹黄边一本正经威胁她："吃不完，我是不会付账的。"

周小鹿终于明白什么叫作搬起石头砸自己的脚了……她回想起菜单上，这位元蟹兄的价格，双目含泪，默默开吃。最后，在元暮时的帮助下，吃是吃完了，但她撑得生无可恋，未来的日子里再也不想看到八条腿的生物了。

元暮时送她回家，一路上还在笑她的肚子，圆滚滚的像怀胎五个月，下车的时候，却递了个纸袋给她，并且嘱咐她记得喝。她打开纸袋，才发现里面是餐厅的姜汤，温热，不烫嘴，正好入口。她喝了一口，辛辣过来，五脏六腑都暖和了，十分舒服。

蟹性凉，吃完蟹后，喝碗姜汤是极好的。她都没想到的事情，他都帮她注意着，世界上怎么会有他这么好的人？而这个人还是她BOSS，她跟他怄什么气？她吸着鼻子看着渐行渐远的车尾灯，心中暗暗发誓，一定要为他好好赚钱，鞠躬尽瘁，死而后已。之前被戏耍的那一丝气恼，反而一点都想不起来了。

周小鹿一介新人，竟然得到了白川电影女二号的角色，这个消息很快不胫而走，连夏铭这个歌手圈的人都知道了，课间休息的时候，特意跑到走廊上，酷酷地丢下一句"恭喜"，递上一杯热茶，就闪开了。

周小鹿抱着热茶，笑了起来，这个夏铭面冷心热，其实是个不错的人呢。晚上下课，陆辰来接她，副驾驶的位置上有一束花，洁白的百合配绚丽的波斯菊，要去上坟一样，她将花拿起来，坐在座位上，问："花送给谁的？"

"你。"陆辰的五官藏在大口罩和宽檐帽下，看不清楚表情，只听得出语气有些别扭，"祝贺……你。"

后面没有多余的话，他已经发动了车子，周小鹿却明白了，他是在祝贺她，得到那么重要的一个角色。她眉眼弯起来，连连用手语说了好几次谢谢。

从签下合同到开机还有大概半年的时间，元暮时在办公室里找周小鹿谈心。现在是晚上十点，这栋办公楼里大多数的人都已经下班了，他脱掉西装外套，领带解了丢在办公桌上，背靠着大面积的落地窗，落地窗外是这个城市的夜景，霓虹璀璨绵延数里。

他靠着窗户，吹着微风喝咖啡，周小鹿坐在他的办公桌前，用他的私人笔记本电脑看一个视频。

时光静逸，周小鹿的心却怦怦直跳。

视频是某网站制作的新闻，主播很眼生，播报得也有些业余，但是新闻的内容却让人忍不住心潮澎湃。美国的一个妇女，因为事故损伤了声带，造成失声，一直用电子喉发声，后来接受声带移植手术，重新开口说话。周小鹿很小的时候，父母就带她去检查过，她是天生无声带，算是先天畸形的一种。她跟那个妇女，虽然是一个先天一个后天，但是不能说话的原因是一样的，那个妇女能够找回声音，是不是说明，她也……

她捂着胸口，站了起来，望着元暮时，眼圈发红。她没说话，他却懂得她的意思，微笑着点了点头："你猜得没错，我希望你能接受我的安排，去美国做手术。事实上，我从决定签你的那一天起，就开始关注这方面的讯息，只可惜声带捐献者实在太少，而且还要与你的血型匹配，所以一直等到了今天。我已经预约好了给这个妇女做手术的加州大学大维斯医疗中心的麦特教授，他同意接收你，现在只要你点头，明天就能飞去美国。"

他笑容浅淡，神情如常，似乎只是在说一件稀松平常的工作事宜，周小鹿却久久不能平静。

能说话，这是她从小到大的梦想啊。

她双手颤抖，手语起来有些乱："为什么到现在才告诉我？"

"本来就是没什么把握的事，何必让你跟着提心吊胆呢？更何况，万一找不到匹配的声带，你一定会非常失望。"他弯唇笑着，秀雅的面容在这个城市的夜空下，温柔得不像话。

周小鹿的眼泪一下子就流了下来，不管不顾地扑到他面前，双手紧紧抱住了他的腰。

这算是同意了，并表示感谢吧。

元暮时一手举着咖啡杯，一手轻轻拍了拍她的背，举止绅士，无半分轻浮，笑道："先别高兴这么早，麦特教授跟我通过电话，他说这个手术十分凶险，接不接受还需你再认真考虑。"

周小鹿松开他，仰着头，使劲摇头，手语："不用考虑，我接受。"

元暮时满意地笑："知道你勇敢。只不过要去异乡做这种凶险的手术，还是要做好心理准备的，况且我太忙了，抽不出时间陪你，安雅有别的安排，能陪你去的只有陆辰，没问题吗？"

周小鹿使劲摇头，表示一点问题都没有。元暮时对她的乖巧，十分满意，伸手摸摸她的头，似乎是安慰她，又似乎是说服自己："陆辰在大维斯市留过学，他对那里很熟悉，一定会照顾好你的。"

周小鹿再次使劲地点头。

出发去大维斯市的那天，元暮时飞去了其他城市开会，安雅来送她，陆辰办完行李托运，走过来，就见两个姑娘抱在一起哭得稀里哗啦。

"好好照顾我们家小鹿，少跟汗毛唯你是问。"安雅哭完了凶巴巴地朝陆辰嚷。

陆辰有些无奈，表情冷酷地看她："我们并不是去战场。"

其实安雅哭是因为，她也搜了相关新闻看，知道这个手术凶险为周小鹿担心，可是这种担心又不能说出来，说出来除了给周小鹿徒增许多压力之外，毫无用处。安雅张了张嘴，最终闭上，捶了捶陆辰的胸口，威胁他："管它是不是战场，你都要照顾好我们家小鹿，她可是咱们的摇钱树，要出点什么问题，回来 BOSS 一定开除你。"

"知道了。"陆辰一副受不了的样子，拖着周小鹿朝登机口走。

安雅在身后朝他们使劲挥手，周小鹿突然有点想哭。

到了大维斯市，陆辰熟门熟路地带着她，先是租了车，之后载着她和行李，直奔元暮时为他们安排好的寄住家庭。周小鹿也是头一次知道，陆辰的英语这么好，而且对这个城市的熟悉程度，不输国内，开车连导航都不用。

见她一直好奇地盯着自己看，陆辰解释道："我跟 BOSS 说，我在这里留过学。从小学到大学。"

周小鹿张了张嘴,心想,他哪是"在这里留过学"?他根本就是在这个城市长大的。

他们寄住的家庭在离医疗中心很近的一个社区中,环境幽雅,交通便利,元暮时特意挑选的。周小鹿寄住在老夫妇家里,老夫妇不喜吵闹,她的安静深得他们的心,因此对她十分友好热情,就算后来陆辰安顿好她之后,带着自己的行李去了隔壁社区,他的表姐家,她也没感觉到一点身处异地的孤单。

两个人安顿好,休息了一晚,第二天就要去大维斯医疗中心,与麦特教授见面,这个行程是早就约定好的,定在早上九点。路途很近,陆辰陪着周小鹿走路过去,一路上呼吸着新鲜空气,看着社区公园里悠闲的老人和小朋友,心情放松了不少。

在走进麦特教授办公室的前一分钟,周小鹿收到元暮时的短信,短短一行字:"麦特教授是个专业且和蔼的人,你别紧张。"

周小鹿心中一暖,笑了起来,回了一个字:"嗯。"

接下来的见面,她就真的没有紧张。麦特教授四十岁左右,保养得当,再加上酷爱运动,因此看起来十分年轻,且精力充沛,一点都不像个中年男人。他将办公桌上的公文袋递给周小鹿,示意她好好看看。周小鹿英文很烂,勉强能看懂开头,陆辰虽然英语不错,但是面对这满纸的专业术语也有些束手无策,索性直接问麦特教授:"麦特教授,我看不太懂,您直接跟我们说说具体情况吧。"

麦特教授表情严肃起来:"这项手术十分复杂,医学史上至今也只成功过两例,有很多事情需要沟通,周小姐听不懂英文,而我们这里又没有能够看得懂中国手语的医生,沟通方面实在是个大问题,这个问题不解决,手术也很难顺利完成。"

陆辰沉默了下来,看了看周小鹿,将麦特教授的话翻译给她听,她听完之后,表情明显变得沮丧了许多。手术还没开始就遇到了困难,难道她想说话,就真的这么难吗?

告别了麦特教授,回盖瑞太太家的路上,陆辰问周小鹿:"要不要给 BOSS 打电话？"

周小鹿摇摇头："BOSS 给我这次机会，我已经很感激了，他那么忙，我实在不想让他再为我费心了。"

陆辰皱着眉："BOSS 安排懂手语懂医学相关术语的人过来，其实也不是难事。"

周小鹿这才意识到，陆辰刚才说给元暮时打电话，她条件反射地觉得元暮时会亲自过来，完全没想过其实可以派其他人来的。一直以来，她的事情，他都是亲力亲为，她真的是被惯坏了，才会觉得他什么事情都会以她为先。

周小鹿苦笑一下，朝陆辰点了点头。

挂掉电话，陆辰向周小鹿传达元暮时的意思："BOSS 让你不要担心，安心养好身体，准备手术，他会派人过来。"

周小鹿微微有些失落，派别人来，也就是说他确实不会过来了。但是再失落也要打起精神来，她必须让自己的身体和精神保持最佳状态，才不辜负元暮时为她做的种种细心安排。

等待翻译过来的时间，陆辰去见了几个老朋友，周小鹿一个人人生地不熟，语言还不通，无处可去，便待在家里，跟盖瑞太太学着做了一道地道的美式苹果派，剩下的时间就一直待在房间里背单词。天快黑时，接到陆辰的电话，他在电话那头十分着急："对不起，小鹿，我表姐刚才在家中昏倒了，她怀孕八个月了，姐夫又不在家，我现在要送她去医院，暂时不能陪你了，你自己不要乱跑。不过，放心，我跟 BOSS 说过了，翻译明天就能到。"

周小鹿也为陆辰的表姐着急，但是她不能说话，只能听着，等陆辰挂了电话，她连忙发短信过去："你先照顾表姐，我没事的。"

信息发过去了，周小鹿将手机放在一边，心中被巨大的失落和恐惧感占据。身处异乡，唯一一个能够帮她的人要去忙别的了，一切都要靠自己。不过，失落归失落，她还是强迫自己镇定下来，更加努力地开始恶补英语，就算暂时不能说话，能够听懂别人说什么，也比什么都不懂，靠别人要好。

最终,她就在海量又陌生的单词中睡着了,梦中,她看到了元暮时,像从天而降的神兵,就站在她的窗边,跟她打招呼,她看着他温暖的脸,连做梦都变得安心起来。

一觉醒来,天还未亮,她觉得有些气闷,就拉开窗户,站在窗边透气。她的房间在二楼,整栋房子的最右边,透过窗户看过去,能够看到邻居家的阳台。

她刚来的时候,盖瑞太太跟她说过,邻居家那栋房子最近在挂牌出售,应该是没人的,可这大半夜的怎么灯是亮着的?难道新邻居这么快就搬来了?她揉了揉眼睛,迷迷糊糊地想着,又倒回床上睡着了。

第二天一大早,她起床洗漱过,打开窗户给窗台上的植物浇水,一盆三色堇刚浇完,就听对面邻居家的窗台上,有人跟她打招呼:"早啊,小鹿。"

这个柔和的声音,不就是梦里听到的那个吗?周小鹿手一抖,水洒了一窗台。她抬起头,看到对面阳台上,一个黑发黑眸的东方男子在跟他招手,那人一副居家打扮,面容秀雅,不是元暮时还会是谁?

她其实从小就不是运气很好的人,梦想成真,这种事从来不会发生在她身上,可是昨天晚上才梦到的人,今天早上就出现在自己对面的阳台上,这种概率能有多大?她只觉得心怦怦直跳,脑袋发晕,一时间竟忘了跟他打招呼。

"怎么了?"隔着一段距离元暮时的声音听起来既遥远又不真实。

周小鹿眼圈发红,放下水壶,冲下了楼。按响邻居家门铃,是秘书开的门,秘书将她让进门来,元暮时正悠闲地走下楼梯。她看着他,胸口暖洋洋的,有些手足无措地手语:"你怎么亲自来了?"

元暮时走到她身边,拍拍她的头,带她到沙发上坐下:"陆辰有事不能陪你,你身边没有可以信赖的人了,我怎么放心?"

是因为担心她?周小鹿不知道是开心,还是受宠若惊,一时间竟不知道该如何接话。元暮时见她那副无措的样子,弯唇笑起来:"反正这几天公司也没事,就当休假了。"

如果公司没事,如果没有耽误到他,那么他来陪她,她当然更加开心,并能欣然接受这份殊荣。

她欣喜得直点头。

这个时候秘书倒茶回来了,听元暮时这么说,有些不满地小声嘀咕:"直接把办公室挪到这边了,昨天熬夜加班,也能叫没事?"

秘书毕竟是元申留下的老人,虽然不满元暮时为了公司的一个新人,做出这么不理智的举动,但也不敢太忤逆他,因此声音很小,略表达不满,就适可而止闪人了。周小鹿的全部心思都在元暮时身上,没听清他说什么,而面对着满面笑容的某人,则侧头在周小鹿看不到的角度,投给秘书一个警告的眼神。

因为昨天熬夜,元暮时的精神显得不太好,周小鹿也察觉出来了,就问:"你不舒服吗?"

元暮时身子靠在沙发靠背上,揉了揉太阳穴,疲惫地笑道:"有点累,我们跟麦特教授约了下午三点,在这之前我能先睡一会儿吗?"

周小鹿看他疲惫的样子,瞬间紧张起来:"当然当然,你累了就快点去睡。"

元暮时起身上楼,周小鹿目送着他,直到他的身影消失在楼梯拐角,脑袋里还有些昏昏然,不敢相信,这一切是真的。等待元暮时起床的这段时间,她一直在背单词,而且前所未有的高效率,心情也好到似乎能飞扬起来,她明白,这种好心情源自心安,源自元暮时此时就睡在她的隔壁。

下午两点,她早早梳洗打扮好,去隔壁等他起床,却发现他早已经起来了,正喝着咖啡看着一份全英文的资料。他今天没穿正装,也换掉了家居服,穿的是偏休闲风格的浅蓝色衬衣和长裤,看起来清爽温润,周小鹿看到他站起来朝自己走来,突然想起一句古话:谦谦君子,温润如玉。

周小鹿看他看得有些呆，元暮时走到她身边，扬起唇角，伸手弹了下她的额头："发什么呆？走了。"

秘书还有事情要处理，因此是元暮时亲自来开车，周小鹿坐在副驾上，有点惶恐。

"我其实也能开车的。"她手语着。

元暮时扬唇笑笑，发动车子："怎么能让女生开车？"

想起元暮时一贯的好修养，周小鹿不说话了，她怕自己坚持下去，让他为难。

路上，元暮时将两篇翻译成中文的论文拿给她看："我刚翻译好的，有点粗糙，不过已经比较浅显了，你先看看。"

周小鹿接过来，翻开看了看，是麦特教授的论文，内容正是关于这个手术的。整整三张纸，全部手写，字迹清晰整齐，他的字就如他的人一样，看起来温和秀美，实际上是暗藏着锋芒。论文除了翻译成中文之外，还对一些生僻的医学用词做了注解，细致而耐心，一看就是为了给一个完全没医学相关知识的人看的，她看了一页，突然觉得鼻子发酸，这世上除他之外，大概真没人肯为她翻译一篇论文，详细、体贴到这个地步。

"你不是很累吗？干吗还浪费时间做这个？"周小鹿手语，眼眶有点发红。

元暮时无所谓地摇头笑笑："也没浪费多少时间，我翻译速度一向很快，你快点看完，对你等会儿的谈话很有帮助。"

周小鹿不说话了，低下头，认真看论文，她不能浪费元暮时对她的好意。

今天的会面非常顺利，麦特教授以及团队为周小鹿制订了详细的手术和术后恢复计划，手术定在三天后，要做的准备事项很多，元暮时逐一为她解释，走出麦特教授办公室时，终于大大松了一口气。她要做的这个手术，标准的说法应该叫作喉移植手术，手术过程十分复杂，要将喉咙切开，新喉入体，要将喉咙处所有帮助呼吸、吞咽、说话的神经和肌肉缝合，而且需要终身服用抗排斥的药物。

这些她早就知道，也知道风险有多大，但是她一定要做，她太渴望用自己的声音说话了。元暮时也知道这个手术风险有多大，但是他从未劝她放弃过，因为知道，她的渴望，也知道她有多担心，实在不忍心说出任何劝慰的话。

"今天谢谢你了。"她在车上对他说，用的当然是手语。

"不客气，你好了，我也会受益。"元暮时微笑，双手放在方向盘上，侧着头看她，神情专注，"小鹿，你能说话后，第一句话会说什么？"

周小鹿一愣，没想到他会好奇这个。

"号啕大哭。"她回答他，大概是觉得"号啕大哭"的感觉一定很爽，手语完，自己还笑了起来。

元暮时却没笑，他将手放在她的头顶，轻轻拍了拍，无比伤感地说："不要哭。如果可能的话，我希望你能叫我的名字，我想听你叫我的名字。"

也许是他的眼神太专注了，周小鹿恍惚间有种被宠爱着的错觉，心又开始不受控制地怦怦直跳，手脚也开始慌乱得无处摆，整个人看起来无措极了。幸好这个时候，元暮时抬起手腕看了看手表，说："晚饭时间到了，不如一起去吃个晚饭。"

这才算拯救了周小鹿，不至于当场尴尬致死。元暮时将她带到一家装修十分雅致的餐厅，餐厅在公园旁的一个大人工湖边上，露天的用餐区就在湖边上，头顶上撑着白色的大伞，桌子上的复古装饰十分别致。

元暮时跟这家店的老板似乎很熟，老板亲自出来招呼他们，跟他热情拥抱过后，又要来抱周小鹿，周小鹿实在不习惯外国人这种过分热情的习惯，条件反射想躲，却见对方已经被元暮时拦住："她不习惯的。"

他说的英语，她却听懂了，脸有些发烧。

"暮，你真是个骑士。"年轻有型的老板摊手一笑，又问，"吃什么我决定，一定让你和你的……姑娘满意，喝什么，你自己选。"

"就喝存在你这里的那瓶酒。"元暮时说。

"我没听错吧？要喝那一瓶，今天并不是什么节日。"老板说着看了周小鹿一眼，然后笑了，"这姑娘看来真是你的宝贝。"

周小鹿听他们说话,半懂不懂的,只隐约听他们说什么酒啊、宝贝的。过一会儿,老板走了,服务生送来了杯子和餐盘,她坐在桌前,觉得无聊,就随手从背包里拿出自制的单词本读。

元暮时看着她读单词,忍不住笑起来:"你在外国人眼里,本来就显得小,像个高中生,现在又在读单词,被别人看到了,真的以为我拐骗未成年小学生呢。"

周小鹿抬起头来,手语:"我一米六呢,哪里像小学生了。"

一米六,虽然不算高,但在国内,也算中等水平了吧,怎么看也不像小学生。

"好好好。"元暮时举双手投降,"你用功吧,我不打扰你了,一米六。"

周小鹿瞪他一眼,低下头继续看单词本,不理他了。过了一会儿,前菜上来了,她才将本子收起来,专心吃东西,服务生将醒好的酒拿出来,给他们一人倒一杯,说了"慢用",便退下。

元暮时举杯看着周小鹿:"为你即将复得的声音干杯。"

周小鹿举起了杯子,与他碰了一下,喝了一口杯中暗红的酒,只觉得这酒真不错,入口柔,回味甘甜,气息馨香绵长,即便她这种不会品酒的人也觉得好喝,不自觉中就多喝了几口。

喝完了杯中酒,元暮时又给她倒了一杯,她却不喝了,手语说:"在外面少喝酒,特别是跟男人在一起时。"

元暮时看她一本正经的脸就想笑,指了指自己:"我们并不是第一次一起喝酒,算老酒友了。"

最终元暮时并没勉强她,自己一杯接着一杯地喝,明明笑容满面,却似乎又满腹心事,喝到最后他的眼神都有些迷茫了。

周小鹿看懂了他的眼神。

那是秋天薄雾下的水潭,漆黑幽深,看似冰凉,却柔软得似乎连一片树叶的重量都承载不了。

他想起了谁吗?

她看着他的脸,突然心痛到无以复加。

## 第八章

## 不自觉的宠溺

喝了酒自然不能开车,不过,这里离盖瑞太太家也不远了,元暮时提议走着回去,周小鹿当然没什么意见。事实上,她根本就不想跟他说再见。

"如果可以跟自己喜欢的人,永远待在这里,开心悠闲地过完一生,未尝不是一种幸福。"他走在前面,回头看她一眼,突然这么说了一句。

也许是酒精的原因,他今天晚上真是要命的多愁善感,眼神柔得真是要人命了。周小鹿只看了一眼,就要沦陷了,低下头去,一句话都说不出来。

元暮时轻笑一声,就在她身前,慢悠悠地走。周小鹿边走,边看路标,遇到不认识的单词会停下来,翻翻随身带的英语字典,那认真学习的劲头,真像个准备高考的高中生。

元暮时似乎喝得有点多,脚步有些发飘,看着她停下来看路牌,就走过去。

"查到了吗?"他低头看她手里的字典。

他身上有着淡淡的香气,闻不出是什么香水味,此时混合了红酒的香甜气息和酒精的味道，竟有些撩人，周小鹿微微抬头，他的脸就在咫尺处，她毫无征兆地心跳加速，脸也跟着红了。

"查到了。"她退后一步，收起字典手语。

"小鹿，我以前有没有说过，你的资质其实并不好，甚至有些笨拙。"他望着她局促的脸发笑，身子不知不觉朝她面前靠了靠，"但是你比谁都努力，做每一件事都十分努力，那样子真的很迷人。就像路边的野花，没花园里那些人工栽培的美，花期却是最长的。我很喜欢看你努力的样子。"

他这一番话，听起来似乎是BOSS对艺人的勉励，但是他的眼神却十分温柔，两个人靠得又近，她被他的眼神他的气味包围着，简直无处可逃，再一次不受控制地心跳如雷。

第二天，元暮时来告别，说公司有点事，必须赶回国内，周小鹿正在收拾屋子，闻言抬起头，朝他挥了挥手，眼神恋恋不舍。他倾身上前，在秘书惊讶的眼神中，极快地亲了亲她的额头，然后趁着她呆滞的时刻，转身走了。

周小鹿站在阳台上，看着已经换了西装的元暮时走上那辆黑色的轿车，消失在她的视线中。她的目光一直追随着那辆车，直到车子消失在街角，她才将目光收回来，转头拿水壶准备浇花时，落地窗上映出她的脸，那张脸上的失落，连她自己都吓了一跳。

手术当天，周小鹿起了个大早，习惯性地来到阳台上，往隔壁阳台上看了一眼，落地窗还是关着的，元暮时还没回来，看来他是真的不能陪她做手术了。来接周小鹿去医疗中心的是陆辰，周小鹿问他表姐的情况，他说："我姐夫昨天赶回来了，我不陪她也没问题了。我姐夫是战地记者，要联系上他真的不容易，这么多天没陪着你，真是抱歉。"

周小鹿使劲摇头。

陆辰又问："听说BOSS亲自来了是吗？"

周小鹿点头。

陆辰一向冷酷的脸上露出几分异样的神色，看着她说："BOSS对你真的不一般。"

周小鹿低下头，其实她自己也会忍不住这么想，可是又很怕自己这么想，因为那种欣喜太过强大、狂妄，她怕自己有一天会失望。将自己的情绪寄托在一个男人身上，这并非她离开陈嘉铮的本意，她实在不想再掉进另一个漩涡中。

她一直这么告诫自己，可是……元暮时，他真的太……好了，她真的很怕自己控制不住自己的心。

一路无话到了医疗中心，麦特教授已经等在那里了，他的团队一共二十个人，开始进行术前准备。周小鹿原本是不紧张的，可是看着麦特教授带着他的团队进进出出，表情严肃，手就不自觉地抖了起来。

陆辰拍拍她的肩，安慰她："别怕，会没事的，我在这里等着你。"

周小鹿浑身发抖、脸色苍白，咬着牙点了点头。这时候，护士过来，叫周小鹿进去换衣服做术前准备，周小鹿只觉得自己的腿都有些软了，一步三回头地跟着护士往里走。她不停地回头看着走廊的方向，她不知道自己在期盼什么，可是她就是控制不住自己不去看。

这个时候，走廊尽头的门突然打开了，有人走了进来，她停住脚步，不受控制地往那边看，那人逆着光，她首先听到了他的声音，低沉的柔软的，带着欣喜：

"小鹿，你还没进去，真是太好了，我真怕自己赶不上。"

是元暮时。

周小鹿的眼泪猝不及防地滴落下来，她上前紧紧抓住他的手。他一身正装，风尘仆仆，像从某个会议中偷跑过来的，后面跟过来的秘书，手里提着公文袋，一脸苦相，气喘吁吁。

他拥抱了她，然后拍拍她的头，宽慰道："别怕，我在这里等你出来。"

明明是一样的话，不知道为什么从他口中说出来，特别让人心安，周小鹿含泪点了点头，跟着护士进去了。

时间一分一秒似乎从未如此难熬,陆辰按捺不住地在走廊上暴走过数次,元暮时则坐在长凳上,保持着一个姿势一动不动,直到手术中的灯灭掉,医生走出来说:"手术很成功。"

他才终于支撑不住,倒了下去。

秘书和陆辰慌乱起来,朝他冲过来,连声叫着:"BOSS。"

可是元暮时听不见,他已经陷入了沉睡。

周小鹿从一片白茫茫的迷雾中清醒过来,第一感觉就是好痛,喉咙的地方刀切一样疼,不过疼就代表她还活着,这么一想,她就释怀地笑了。眼睛朝旁边看了看,第一眼就看到陆辰撑着额头在一旁打着瞌睡,除了他之外没有别人了,不见元暮时的影子。她艰难地抬起手,碰了陆辰一下,陆辰立刻惊醒,惊喜地看着她,问:"你还好吗?有没有哪里不舒服的?"

周小鹿摆摆手,艰难地抬手手语:"BOSS呢?"

陆辰眼神暗了一下,如实回答:"住院了,高烧。听秘书说,他为了赶过来陪你做手术,最近几天一直很拼命加班,没怎么吃也没怎么睡。"

周小鹿一愣,心不可抑制地乱了起来,可偏偏又不能动,眼神看起来十分可怜。陆辰看到她的眼神,语气软了下来:"医生说他没事,休息几天就好了,只不过现在还没醒,不能来看你。"

听他这么说,她这才放心下来,但是被拨乱的心,到底要怎么才能抚平?

元暮时醒来后,第一时间去看周小鹿,他脸色依然很苍白,周小鹿很是担心。

"我没事,有点累而已,你别担心。"元暮时安慰她,嗓音有些沙哑,他拨了拨她额前有点乱的刘海,微微地笑,"你要放松心情,心情好了,恢复才会好。"

周小鹿点了点头,放心了一些,闭上眼睛睡觉。

麦特教授并没有因为手术结束而降低对周小鹿的关注,相反,他反而比手术前更加紧张了，要知道，术后的排斥现象才是最要命的，所以他每天都来病房好几次，做各种检查，表情严肃而认真。但随着时间的推移，他脸上的表情越来越轻松，周小鹿心里一松，这代表着一切还不错。

在拆除脖子上包裹的重重纱布那天，周小鹿心情有些紧张，纱布一层一层的打开，露出她颈部的皮肤，刀口已经愈合，疤痕却十分明显，麦特教授遗憾地说："抱歉，这道疤可能要永远跟随你了。"

周小鹿摇头笑了笑，伸手抱了麦特教授一下，麦特教授拍了拍她的背，鼓励她："你试着用自己的声音说话。"

周小鹿紧张地张了张嘴，她能感觉气流穿过喉咙震动着两片膜，那就是声带，这种感觉让她觉得好陌生，她试着发声，可是却只发出一些破碎沙哑的音节，连词语都算不上。

见她的表情有些沮丧，麦特教授说："周，你跟其他原本可以说话，后来喉咙受伤不能说话的病人不同，你从未说过话，所以要从头开始，慢慢练习，别灰心，会好起来的。"

周小鹿点了点头，但是表情依旧有些失望。

元暮时来接她出院，周小鹿收拾好东西，跟医护人员还有麦特教授一一拥抱告别，并与麦特教授约好，如果她能说话了，一定第一时间打电话给他，还要在电话里唱歌给他听。

"她觉得她是有音乐细胞的。"元暮时笑着用英语翻译着周小鹿的手语，然后低头用中文糗她，"我很期待给你出唱片的那一天。"

周小鹿傻笑，她也很期待那一天。

那之后的很长一段时间，周小鹿都在做发声练习，估计是因为从出生就没说过话的原因，她的进步很慢，好多天了，依旧只能发出些单音节，像个牙牙学语的孩子，不过这足以让元暮时开心不已了。他每天除了处理邮箱里的邮件之外，全部时间都用在了帮她练习说话这件事上。

"暮——时。"他故意放慢速度，一个字一个字念，"m——u，暮……"

周小鹿之前觉得说话不难，她只要有了声带，分分钟都能说话，可是现在才知道，其实还是挺难的，她舌头僵硬，嘴唇也没那么灵活，每一个发音都要反复练习才行。

"暮……"她正确地发出了暮这个音,虽然声音还是有些沙哑,但是足以让元暮时开心不已。

"进步真大。"他拍了拍她的头,剥了颗葡萄放进她的嘴巴里。

周小鹿虽然不喜欢他用这种哄孩子的方式对待她,但是能得到他的夸奖,还是很开心,于是更加努力地练习。中文英文,所有有利发声的训练,都在做,从不偷懒。看着她一天一天进步,元暮时也有些兴奋,毕竟一个女孩在他手中,从普普通通到初绽光华,未来还可能光华万丈。

从完全发不出声音,到现在用自己的声音说出一个一个的音节,这是一件十分有成就感的事,他突然有些理解,元平时对陈嘉铮的那种迷恋了。

当她完整地念出他的名字时,元暮时甚至控制不住上前将她抱起,原地转了几圈。她人生中说的第一句话就是他的名字,这种承包了她整个人生的错觉,让人眩晕。元暮时从小渴望的东西并不多,此时竟有些无法放开自己的手。

元暮时带着周小鹿回国,正赶上《饲主》的开机仪式。这原本也是他计划好的,他的姑娘蜕变了,当然需要一个更完美的亮相。第一次用自己的声音面对媒体,周小鹿有些紧张,但是元暮时承诺会全程陪着她,她才感觉好一点。

在这个开机仪式上,周小鹿见到了陈嘉铮。时隔半年,他似乎瘦了许多,精致的五官更加立体,简单的白衣黑裤穿出国际大牌范儿,面无表情地在保镖的护卫中,在热情的粉丝中穿行,白色套装的元平时跟在他身后,一如既往的高姿态。

周小鹿是新人,这一次又是她头一次出席这种场合,虽然有大BOSS陪着,但还是要表现得谦虚谨慎一些,她跟现场的台前幕后的前辈们打招呼,刚刚恢复的声音虽然称不上甜美,但是一个不能说话的哑女,现在可以说话了,这足以成为一件新鲜事,前辈们纷纷围过来,询问关于手术的事，赞扬她的勇气。

周小鹿笑容甜美，态度谦和，一一作答，人气竟然也十分旺。陈嘉铮进场的时候，周小鹿正被元暮时带着跟孙思茹说话，孙思茹是国内正当红的女明星，这次演的是女主角的大姐，戏份不多，算是友情客串。最重要的是，她是周小鹿学生时期的偶像，曾在作业本上贴满了她的大头贴，这一回不但能亲眼看到偶像，还能跟偶像说话、握手甚至拍照，周小鹿兴奋得不行，少女一般雀跃着，整张脸上都是明媚的笑。

也许是她兴奋过头了，元暮时开着玩笑提醒她："小姐，我知道你看到偶像很开心，但是孙小姐还有事，还要接受采访，不要一直缠着她。"说着转头跟孙思茹道歉，"孙小姐，很抱歉，我家新人，太不懂事了。"

周小鹿意识到自己的失态，吐着舌头，鞠躬退到一边，元暮时无奈地轻笑，眼神中的宠溺估计连他自己都没发现。

能在这个圈子里混的人，都是极聪明的，更何况孙思茹这样的前辈，早在元暮时带着周小鹿走过来的那一刻就看出来了，这个小姑娘是特别的，至少在 Perfect wold 这位新任总裁眼里是特别的。这样周到体贴的照顾，早已超出了 BOSS 对下属的提携和关心，简直就是对自己小宠物般的宠爱。

总裁的小宠物，她自然乐意卖这个面子，于是涵养很好地笑着说自己不在意，夸奖周小鹿可爱讨喜，自己很喜欢，又跟元暮时寒暄几句，表示自己的工作室也有意跟 Perfect wold 合作，不知有没有这个荣幸，两个人又聊了些工作上的事，就礼貌地分开了。

周小鹿拿着手机向元暮时献宝："看，我拍到跟偶像的合影了。"

元暮时探头看了一眼，照片是她自己拍的，她嘟起嘴巴在孙思茹旁边卖萌，孙思茹微笑挥手，一个搞怪，一个优雅，倒是有趣得很。

"你说我能发微博上吗？"周小鹿又问，满脸的兴奋和期待已经收不住了。

"我想孙小姐应该不介意。"元暮时不忍心扫她的兴，揉了下她的头发，嘱咐，"不过要等开机仪式结束之后再发。"

陈嘉铮就站在不远处，静静地看着这一幕，看着光彩照人的周小鹿，与元暮时站在一起，俨然一对璧人，该死的登对，心中一阵窒息地疼，拳头握了握，半天都没往前走一步。

元平时就在他身后，见他的表情越来越阴霾，眼神更是不加掩饰全在周小鹿身上，怕媒体拍到，被有心人利用炒作，带来不必要的麻烦，就走过来，扯了扯他的袖子，职业化地微笑着提醒他："嘉铮，导演还在等你，还有很多记者等着访问，我们走吧。"

陈嘉铮这才从几乎将他淹没的嫉妒中回过神来，深吸了一口气，才勉强控制住情绪，跟着元平时朝前走。

陈嘉铮入场，媒体一阵喧哗，周小鹿也注意到他来了，眼神一黯，下意识地低下头，手指下意识地搅在了一起。

"Lawrence来了。"元暮时握起周小鹿的手，周小鹿抬头，他朝她微笑，眼神清明，带着鼓励，"要去跟前辈打招呼，这是礼貌。"

周小鹿自接了这个角色起，就做好了跟陈嘉铮在公众场合见面的心理准备，但是当这一刻真的来临时，她还是止不住地紧张，手指都在微微颤抖，但是所有人都在看着，她的一举一动都可能成为新闻，她不能逃，不能抖，甚至连一丝异样都不能露出来。

她看了元暮时一眼，看到他鼓励的眼神，心中稍安，鼓足了勇气，抬头露出一个自认还算自然的微笑，跟着元暮时走到陈嘉铮和元平时面前，微微鞠躬，打着招呼，像从来都没碰过面一样："前辈，您好，我叫周小鹿，这次出演邱天这个角色，以后在一个剧组，有什么做得不对的地方，请多指教。"

陈嘉铮没说话，表情冷得能掉出冰碴子了，视线落在周小鹿脸上。他第一次听到周小鹿的声音，跟她在一起那么多年，头一回听到，心中的波动已经不是"波涛汹涌"能够形容的了。

周小鹿今天化了精致的妆容，是安雅使出了浑身解数的结果，几近完美，自然清新中透着几分妩媚，礼服款式简单，胸口处做了镂空，清纯着带着若隐若现的性感，加上略有些沙哑的特殊音质，美得完美无缺。

可就是这种美,刺痛了陈嘉铮,他冷冷地盯着她,在众人诧异的目光中,冒出一句莫名其妙的话,是对元暮时说的:"不用摸手吧?她只是你的艺人,不是别的什么。"

刚才元暮时为了鼓励周小鹿握了下她的手,他竟然看到了,他这话的意思是在指责元暮时占自己家艺人便宜吗?

现场气氛尴尬到了极点,一个是大牌到能够横行演艺圈的大明星,一个是Perfect wold新上任的总裁,两个站在这个圈子顶点上的人,呈对立的姿态,面对面站着,火药味十足,所有人都不敢插话,怕被无辜波及。

现场媒体记者们纷纷举起相机,又在Perfect wold以及世纪美的工作人员的制止下,不舍地放下。元平时在陈嘉铮看到周小鹿的那一刻已经觉察到他的不对劲了,她一直紧绷着神经,怕他做出什么出格的事情来,却没想到,他没对周小鹿做什么,却一上来就跟元暮时呛上了。

元暮时的性情,她是最了解的,他不是个会默默吃亏的人,惹上他,比惹上十个周小鹿还麻烦。太阳穴上的神经在"突突"地跳动,每跳一下就是尖锐地疼,元平时觉得从没有哪一刻像现在这样难熬的。她想出来打圆场,然而元暮时却根本不给她这个机会,她甚至看得清清楚楚,她才刚一打算张口,他就抢过了话头,语气是一贯的温和,说出来的话却一点都不温和。

"不知道你听没听说过苏东坡与佛印法师的故事?故事中的道理大家也都懂,同样是牵手的动作,有人觉得是绅士,而有人却觉得是在占便宜。"

苏东坡与佛印法师的故事谁没听过?

再直接不过的打脸,不只是陈嘉铮,连元平时的脸都跟着绿了。

别人不知道为什么陈嘉铮会挑衅元暮时,周小鹿却清楚得很,陈嘉铮就是占有欲旺盛的一个人,他们还没分手的时候,她有时跟送外卖的小哥多说几句话,他都会不高兴,更何况此时看到她跟元暮时这样亲密,而他只是个"前辈"。

就算明白陈嘉铮,了解他的脾气,她也不会站在他那边,毕竟是他挑衅在先，元暮时若不反击不维护自己的威严，以后还怎么在这个所有人都专拣软柿子捏的圈子里混？

她闷声不响，拉了拉元暮时的衣袖，算是求饶。她此时只想离开。

元暮时不动声色地躲开她的手，反而轻轻揽住她的肩膀，他姿态一派从容，笑容坦荡优雅，做出一个揽肩的动作，让人觉得无比自然，没有半点占便宜的意思。

他就这样揽着她的肩膀，看着陈嘉铮越来越黑的漂亮面孔，笑着说："小鹿是我的艺人，她有跟大家不一样的特别地方，这个特别会让她不安，所以我自然要对她更加爱护，这是身为经纪人最起码的职业操守，关于这一点元小姐一定很清楚，毕竟她是那么优秀的经纪人。"

Perfect wold 刚起步的时候就是一个小小的经纪公司，元暮时的爷爷也是经纪人出身，所以元暮时说自己是个经纪人而不是高高在上的总裁，反倒让人觉得谦卑，莫名给人好感。而他抛出元平时，所有圈内人都知道元平时有多维护陈嘉铮，这是准备把她拉下水，暗指按照陈嘉铮的逻辑，元平时对他的心思一定也不纯洁。虽然，是对的，元平时确实对陈嘉铮心存幻想，但是这些都是不能揭穿的秘密。

元平时看着元暮时，毫不意外地从他温和的眼神中看到了挑衅，自上回她盛怒之下泼了他一身的咖啡之后，两个人还是头一次碰面。

头一次在公开场合碰面，他就给了她这样当头一棒，很好。

她握了握拳头，强迫自己压下心头的痛恨，露出一个完美无缺的笑容："元总裁这么说真是让我惶恐，我怎么能跟您比呢？Perfect wold 的经纪人职业操守是毋庸置疑的，这点大家有目共睹。不过，我想 Lawrence 的意思并不是指责您的职业操守，而是单纯的关心晚辈，您也知道，我们 Lawrence 心思单纯，说话一向比较直接，想到什么就说什么，要是冒犯了元总裁，我在这里替他向您道歉。"说着她就真的低下头，对元暮时鞠躬，干脆、利索、完美的九十度。

她这一番话，先是示弱，又是替陈嘉铮开脱，最后暗指元暮时心机太深。果然是女王风格，一点亏都不肯吃的。

- 133 -

"玩笑而已,谈不上冒犯。"元暮时的笑容完美无缺,似乎听不懂她的暗讽,但是周小鹿却清楚地感觉到他放在她肩膀上的手紧了紧。

遇上元平时,他永远都没有表面上那么游刃有余。

好在这个时候白川进场了,所有人的注意力都转移到了他的身上,众人纷纷过去招呼寒暄,现场的气氛才稍微缓和了一些。元平时不打算再跟元暮时多说一句话,拉着陈嘉铮走,陈嘉铮不动,他看着周小鹿,说:"你……"声音干涩,似乎缺水许久的人,他是歌手出身,声音美妙一向是他横行这个圈子的资本,而此时,他却似乎失去了所有的资本,看着他,用这种声音说了好多个"你",最终也什么都没说出来,转身走了。

周小鹿看着那样的陈嘉铮,心里似有刀割,疼得无法呼吸,她默默站着,费了很大的力气才将在眼眶里打转半天的眼泪忍了回去。

她多了解他,她知道他想说什么。

你干吗穿成这样?快去换掉。

你别在外面乱跑,快点回去。

你化妆干什么?勾引谁啊,去洗去洗。

还有,小鹿,你千万别出现在我工作的地方,我会分心到什么事情都干不了。小鹿,我要把你藏起来。

而他什么都没说,是不是他终于意识到了,她已经不再是当初那个随他呼来喝去,随他霸道任性的周小鹿了?

她觉得伤感,觉得欣慰,因为她确实已经不是他的周小鹿了。

元暮时在陈嘉铮离开后,放开周小鹿的肩膀,带着她去见导演,继续跟前辈寒暄周旋,但是明显没有刚开始那般游刃有余了,语气中总带着一丝倦意。

仪式进行得很顺利,周小鹿第一次被闪烁的镁光灯包围照耀,她只要略一抬头就能看到旁边的陈嘉铮,这么近的距离,她却突然不再害怕、不再局促,自认识他以来,第一次觉得可以挺胸抬头。心中的伤感慢慢跟着消退,她自分手以来第一次清清楚楚地感觉到,她可以放下陈嘉铮,成为自己的主人，因为她也可以变得十分强大。

仪式结束后是拍照和媒体的单独采访，之后所有人慢慢散去，元暮时去了洗手间，周小鹿被粉丝团包围，忙着合影签名。这是她的第一个粉丝团，团名叫"鹿男"，全团百分之八十的人都不能说话，年轻朝气的他们围着她用手语交流，兴奋地描述自己因为残疾放弃生活，后来被她激励的过程。

周小鹿听得心潮澎湃，有生以来第一次觉得自己真的很了不起。

合影结束，周小鹿捧着粉丝们送的花，去找元暮时。她从没这么热切地希望看到他，去跟他分享自己此时的快乐，感谢他当初将她从那个小花店里拉出来，也将她从一段糟糕的恋情中拯救出来，让她知道自己其实有很大能量，可以影响鼓励到跟她同样有缺憾的人。

她好感谢好感谢他，急切地想要拥抱他，傻笑着找了一会儿，终于在无人的化妆间看到了元暮时，还有元平时。他们面对面站着，气氛似乎有些不太对劲，元平时怒不可遏的样子，完全没了平日里经营的优雅，压低声音嘶吼："元暮时！我已经躲你躲到了这个地步，你为什么还要逼我？我们那段荒唐的过去，已经结束了，我们完全可以当作两个陌生人活着，你为什么还要死抓着过去不放？"

周小鹿条件反射停住脚步，退到了门边。这时站在阴影里的元暮时说话了，一字一句，冷如刀锋："结束？晨时近年来一直入我梦来，她说，哥哥，我冷，我疼，平时姐姐为什么要掐我？为什么要将我推到这下边来？我不想死，我想活着……"

元平时的表情慢慢变得惊恐，捂着耳朵，慢慢滑落在地："别说了，求你别说了。"

元暮时蹲下身，摸摸元平时的头，笑了起来："我夜夜不得好眠，怎能容你带着小狼狗，风光无限，逍遥快活。平时，你欠我的，永远也别想摆脱。"

"你到底想怎么样？！"元平时看着他，表情有些狰狞，"我做到那一步都是被逼的,在元家的那些年是我这一辈子的噩梦。现在我有嘉铮，是世纪美的总监，一人之下万人之上，你想把我怎么样？你能把我怎么样？"

"只要小鹿在我手上，陈嘉铮就不会一直是你的盾牌。"元暮时微笑，"你知道会有那么一天的。"

"那个哑巴，就凭那个哑巴？"元平时压低声音，嗤笑一声，"那个哑巴就算如今会说话了，又能怎么样？"

"失去的才是最好的。"元暮时的笑容中带着一丝邪气，"自从他们分手之后，你的小狼狗有多反常，有多不听话，你自己心里最清楚。"

元平时不知道是不是想到了这段时间的焦虑难熬，开始觉得害怕，身子剧烈地颤抖了起来，恶狠狠地掐住了元暮时的脖子："嘉铮不会离开我的，你敢把他从我身边带走，我就杀了你！反正我也不是第一次杀人！"

周小鹿躲在暗处，屏住呼吸，一点声音也不敢发出来，生怕被他们发现，但是她听到的事情实在太惊世骇俗了，紧张得她手指都在颤抖，控制不住倒退一步，撞到身后的墙，发出"嘭"的一声响。

元暮时和元平时听到了动静，同时高声质问："谁？"

周小鹿惊恐地颤抖着，跌跌撞撞地跑走了。

周小鹿几乎是逃着上了陆辰的车，陆辰和安雅看她一副惊慌失措的样子，都很奇怪。安雅从副驾驶座上伸出头来，半是埋怨半是担忧地问："怎么了？慌成这样？小心被媒体拍到，你想丑照上报吗？"

周小鹿埋着头，什么都听不到，什么都不想想，脑子里全是刚才听到的话。"晨时"这个名字，她听元暮时提过，是他的妹妹，他提起她满脸温柔的伤感，他说他的小妹妹，七岁时出了意外过世了。

那个意外……跟元平时有关？

所以元暮时对元平时只剩下了恨，根本没有爱？就因为恨她，所以才利用陈嘉铮来打击她……

他们之间原来只有利用。

回想起跟他相遇以来发生的一切,她就算再单纯,也慢慢想清楚了一些事,只觉得这个男人的心机深得让人恐惧,握着花的手心里全是汗。

安雅得不到答复,担忧地又问她是不是身体不舒服,她强打起精神摇摇头,这时,元暮时打开车门,坐进车里,就坐在她边。

周小鹿浑身的汗毛都竖起来了,戒备地朝旁边挪了挪。元暮时已经换了张面孔,笑容温和儒雅,无懈可击,抬手给周小鹿理了理额前凌乱的发:"刚才果然是你。"

好看洁白的手就在眼前,带着点凉意,碰触到她的额头,男性香水味钻进鼻孔,她被吓到一样,朝后躲了一下,虽然没回答,但是表情和动作已经明明白白给了他答案。

他收回手,没再继续追问,语气淡淡地吩咐陆辰开车,然后靠在靠背上闭目养神。后座气氛诡异,前座的两个人也不敢说什么,陆辰沉默地开车,安雅也识趣地闭上嘴,手里习惯性地玩着腮红刷子。

一路沉默。周小鹿偶尔侧头看元暮时的脸,他的脸年轻而姣好,不似陈嘉铮的那种亮眼的漂亮,却也自有让人移不开视线的俊美。她一直觉得,能遇见他,是她此生的幸运,然而到了此时,她才发觉,这个平日里对她温柔体贴的男人,她或许根本就不认识。

车晃晃悠悠地开到公司楼下,车子刚刚停稳,周小鹿就飞快地去开车门,然而此时似乎睡了一路的元暮时突然抓住了她的手。

"陆辰、安雅,你们回去吧。我有事跟小鹿说。"他一向温和,此时面无表情地说话,竟让人产生一种无由来的敬畏感。陆辰、安雅互看了一眼,也没多说什么,下车走了。

周小鹿却无论如何也不想和元暮时单独待在同一空间里,她看见陆辰、安雅下车,也打开车门,逃了出去。元暮时也开了车门,长腿迈开,很快赶上逃跑中的周小鹿,将她拦腰抱起,塞进副驾,锁上车门,自己坐进驾驶座,并且飞快地发动起车子。他做这些事的时候,一直沉默,面无表情,动作麻利,像个老练的猎手。

副驾的空间不如后座宽敞，车速太快，再加上心里的不安和害怕，周小鹿紧张得全身是汗，心脏都快跳出嗓子眼了，却又不敢大声喊，她怕引来狗仔，只能用手使劲地捶打、拉扯元暮时的胳膊。

开车的时候这样拉拉扯扯，实在是太危险了，元暮时侧头看她，皱起眉头警告："周小鹿，你安静一点。"

周小鹿哪里肯听，依旧对着他又捶又打，并且拍打车门："我要下车，你让我下车。"。

元暮时停下了车，扯下领带，双手抓过她的两只手，用领带捆了起来，又用安全带将她固定在车座上，最后指着她自由的双腿问："腿还要捆吗？我还有皮带。"

他做着这么歇斯底里的事，表情却无比平静，姿态甚至并不难看，就算将她抓起来捆住的动作，竟也十分从容。

这到底是个什么样的人？

周小鹿看着他，再也不敢动了。

她怕他做出更可怕的事。

元暮时面对着她，平静而温柔地拍了拍她的头，就像平时的每一天一样："安静一点，我今天过得非常糟糕，真的没有太多耐心。放心，我不会伤害你。"

说着，他重新发动车子，将车开去了尹府，元平时的旧宅。

天已经很黑了，这片半废弃状态的住宅区，路灯久无人维修，昏黄哑暗，一闪一闪，风吹过，路两旁的树影挥舞起来，像恐怖片里张牙爪的怪物。周小鹿看着外面，心里一片冰凉，被捆着的手腕有些疼，手心里滑腻腻的全是汗，她不擅长与人对峙，但是此时却不自觉地满是警戒地瞪着他。

元暮时似乎看不到，自己先下车，然后打开副驾的门，解了她的安全带，解了她手上的领带，转身去开尹府那扇斑驳的大门。重新获得自由，周小鹿第一反应就是快跑，元暮时却早她一步，回身，拦腰将她抱了起来。

突如其来的身体接触，让周小鹿的惊恐爆发到了极点，她对他又踢又打，歇斯底里，要他放开，见他不理，心一横，趴在他的肩膀上，狠狠咬了下去。

腥咸的味道透过薄薄的衬衣透了出来，她在他的肩膀上咬出一道血痕。他皱着眉头，默默将疼痛忍了，然后抱着她往里面走，一直到酒窖里，才将她放下，并且打开酒窖的灯。

酒窖似乎重新翻新过，星光一般的灯围绕着酒窖次第亮起来，酒架上面有莹莹的红色在闪，长长的樱桃木吧台后面加了酒柜，里面摆满了各式各样的水晶杯和各种酒，旁边是个大冰箱，打开是各种水果和可以速食的下酒菜。

似乎是某个新开的家庭式酒吧，纯粹为了放松买醉而存在的地方。周小鹿被眼前的景象惊住了，一瞬间的愣神之后，元暮时已经飞快地调好了两杯酒，放在樱桃木的桌子上，自己坐在高脚凳上拿起一杯喝了，然后拍拍旁边的座位，示意她坐过来。她脸上的抗拒和厌恶如此明显，他也不气馁，起身端了酒杯走到她跟前，塞在她的手上。

"我知道你想问什么，但是抱歉，我并不想聊这些。"他说着折回座位，又给自己倒了杯酒，对着她做一个碰杯的动作，然后一饮而尽，"骂我自私也好，骂我浑蛋也好，我都认了，今天晚上，我就只想让你陪我喝酒，一醉方休。"

他说着这么自私的话，用一种伤感的温和语调，像受了伤的诗人，无论如何都让人讨厌不起来。周小鹿突然厌烦了他这种温和，发起脾气来，将酒杯摔在了地上。

昂贵的水晶碎片带着一地炫彩的光，跳跃在酒窖里，元暮时也不生气，见她摔了，又倒一杯再递过去。她接过来依旧是摔，小鹿般黝黑的双眼瞪着他，像发怒的小动物。

他又递过来一个，这次酒杯是空的，他笑得怅然又宠溺："想摔尽管摔，这里的不够，我再打电话叫人送点进来，酒却不能再糟蹋了，都是难得的好酒，我不睡觉的时候，全靠它们解闷。"

周小鹿气馁了，不接酒杯，蹲在地上，捂着脸哭。他走过来想拥抱她，但是终究还是没抱，只是轻轻拍了拍她的头。她使劲地抚开了他的手，带着怒意嚷："你为什么要这样做？为什么一定要让我和嘉铮分手？"

元暮时唯一一次露出了略有些冷的表情，他说："是你们之间本就出了问题，才让我找到可乘之机，同样的事情，换一对沟通良好的情侣，也许并不算什么事。你们之间的那些问题，恕我直言，并不是我造成的，我也并没有让你们分手。就好像，你的智齿长歪了，去医院拔牙，过程很痛苦，你将所有的责任都算在牙医头上，小鹿，这并不公平。"

这些话，看似推卸责任，但是仔细想来，确实是这样的。

元暮时没出现之前，她和陈嘉铮之间的问题就已经很严重了，再说些凉薄的话，比起跟陈嘉铮在一起时，她觉得走出花店，活在更广阔空间的自己还比较开心一些。

到底是谁的错呢？周小鹿愣住了，那些愤怒被堵在嗓子眼里，不上不下，让她好难受，她发起脾气来，夺过他手里的酒杯，又狠狠摔在地上。

元暮时摇头："明明是只坏脾气的猫儿，当初怎么会以为你是温顺的小鹿呢？"

## 第九章
NVSHEN YANGCHENGJI

## 波涛暗涌

　　那天元暮时喝到半夜，醉倒在酒窖里，痛苦地呻吟，没人再看着她，周小鹿想逃的，但看他趴在樱桃木桌上，难受的样子，又实在是不忍心，站在门口踌躇一会儿，还是走过去半拖半扶，艰难地将他带出酒窖。

　　酒窖位于厨房的地下室里，外面没有灯，她一步一步按照记忆朝外挪，冷不丁被门口的台阶绊了一下，两个人一齐跌出门外。门外是庭院，疏于打理，已经长满了野草，摔出去犹如摔在厚厚的地毯上，而且元暮时在下面，她是以趴着的姿势，摔在他的怀里，一点都不疼。

　　元暮时半梦半醒，条件反射地搂住她，拍拍她的头，轻声说着什么，但是声音太低太含糊，听不清。周小鹿想从他身上爬起来，可他搂得太紧，竟然挣脱不了。她怄着气，使劲捶他，却没想到，他一个翻身将她压在了身下。他醉得不轻，双眼迷离，看着人的时候，有种迷人的雾气，他压在她的身上，点点她的鼻子，轻声责备："怎么老是想跑？一点都不乖，该罚。"说着竟低头咬住了她的唇。他醉得厉害，没什么力气，就真的只是咬住她的下唇，没用多大力气，咬了一下，许是不太舍得，就停了下来，轻轻将双唇印在她的唇上。

周小鹿被吓了一跳，用了吃奶的力气将他推开，跌跌撞撞地跑了。慌不择路地跑了很久，一直跑出了这条街，她才终于停下，扶着墙壁大口大口喘气。

元暮时刚才竟然吻了她。

她捂着爆红的脸，慢慢蹲下身，巨大的心跳声震动着耳膜，许久都没回过神来。最终，是她打电话给陆辰，陆辰开车将元暮时送去医院，她自己则打车回家。

据安雅说，元暮时饮酒过量，引起胃穿孔，在医院里住了足足一个星期才出院。元暮时出院的第二天，周小鹿跟着安雅去公司开会，这个会议是公司每月一次的例行会议，总监、经纪人以及所有的工作人员共同商讨，接下来的发展方向，制订新的计划，艺人有空也是要来参加的，因为总监偶尔也会对某些表现特别突出的经纪人和艺人提出表扬，这在公司是无上的荣耀。

元暮时全程都在，身上还带着一丝病气，皮肤异常白，浑身上下透着病态的美感，他朝总监做了个手势，表示自己不太舒服，然后整场会议都没再说话。周小鹿在会议室的最角落，最不起眼的位置，抬头朝前看，最前方的元暮时与她之间隔了一片人头，似乎有千山万水，这个距离，她赌他看不到她，就在墨镜下瞪了瞪眼睛，想起他那一晚的恶劣行径，和那个醉酒后的……吻，心里酸酸的不是滋味，于是又恶狠狠地对他磨了磨牙。

她之所以戴墨镜，是因为昨天培森老爷子的课上，跟她搭档表演的演员太投入，一拳抡在了她的眼眶上，导致她的眼周犹如被家暴过一般青紫一片。

散会之后，元暮时的秘书来叫她，说是总裁有请。她心里有疙瘩，不太愿意去，但是这是在公司里，她万万不敢公开挑衅总裁权威，只能不甘不愿地去了。

公司大楼的顶层，三十楼，整层都是元暮时一个人的地盘，除了气派的总裁办公室之外，还有休息室、会客室和茶室。以前，周小鹿每天下午五点固定来这里报到，对这里的每个地方都十分熟悉，所以很快顺着秘书的指引在茶室里找到了元暮时。

元暮时脱了西装外套，穿着衬衣，跪坐在矮桌前泡茶，阳光照过来，将面前的人和景，氤氲得如电影画面般美。秘书远远走开了，并贴心地关了门。他朝她招招手，示意她过来，她低着头站着不动，就听他无奈地叹了一口气，然后站起来，从靠门的小冰箱里，拿出一个冰袋，走过来，摘掉她的大墨镜，将冰袋敷在她青紫的眼上。

"在公司，我是你的BOSS，会议上对我吹胡子瞪眼，这种无礼行为，我只允许这一次。"他这么说着，语气却是耐心而温和的。

自己耍的小把戏竟然被看到了，周小鹿有些囧，但依然不肯认错，态度恶劣地推开他的手，夺过冰袋，自己敷着。

她还在闹情绪，他怎么能不知道呢？

他回到桌边，跪坐下来，从青花的茶壶中倒一杯清香的茶，推到对面："那天我情绪很糟糕，什么都没说清楚，很抱歉。那天，你听到的，你看到的，都是真的，我无意隐瞒。"他开口，意外地坦率，声音还是那般柔和，只是语调有些凉，"我和平时之间，确实不止曾经爱过那么简单。其他的我不能说，你也不必问。"

周小鹿看着他，大而圆的眼睛带着红肿，看起来有些可怜，有些无辜。他站起来，拉着她手将她带到矮桌前跪坐下来，才回到自己的位置，与她面对面，那样看起来更让人觉得平等："一开始找你，我就说了，我们合作，让陈嘉铮可以看见你，让平时可以看见我。我一直在尽力地捧你，尽力为你筹划，我并没有食言。至于之前，我利用与你的绯闻，挑动陈嘉铮的情绪……没错，是不够光明磊落，但做投资之前，我总要知道我要投资的项目是否值得我花那么多精力和金钱。"

她懂了。他确实没有食言，她从一开始默默无闻，到现在微博上有上百万的粉丝，成为著名网红，并且能够接到这样一个重要的角色，到现在哑女开口说话，成为媒体焦点，若是不出意外，前途必是一片光明，全部都是他尽心谋划的结果。

"那去 X 市那次呢？我丢包，跟小园失去联系，都是你安排的吗？"周小鹿还是不太甘心地深吸一口气，问。

"你把我想象得太无所不能了。"元暮时的笑容变得凄凉起来，"那么完全是巧合，我确实要去 X 市开会，在飞机场偶遇的你。那天，是晨时的忌日，我知道平时在 X 市，我想去跟她做个了断。后来就遇到了你，心情缓和了许多，你也许不知道，你身上有能让人平静下来的魔力。下飞机后又无意间'捡'到了你，原谅我用'捡'这个字，你当时看起来确实像只被遗弃的宠物，让人无法放心。我捡到了你，我想这一定是上天赐给我们的缘分，赐给我的机会，于是我改变了计划，只是小小地惩罚了一下平时，并没做其他事。"他说着，看着周小鹿圆圆的眼睛，眼神真诚和柔软，"小鹿，我很感谢你，你在我心里是特别的，这点我没办法骗自己。"

周小鹿噌地站了起来，看着他，眼中隐约有些泪光。

凭什么呢？她那么痛苦，就为了成为他心里特别的存在吗？那么之前的种种温柔呢？昨天的那个吻呢？都是因为那一点点特别吗？

"我很抱歉，但是，小鹿，我们是有合约的。"他的表情严肃起来，"私下里你怎么闹我都无所谓，但是在公司，你是我的艺人，该有的专业素养一样都不能少。"

她愣了一下，才惊觉，她到底犯了什么错误。对他来说，她是一场生意，她却为此付诸了真心，抱有不切实际的妄想。他是她的 BOSS，在她身上投资，为她谋划，做了这么多，自然是因为她有些利用价值，不然还能因为什么呢？

如果还想继续得到这些投资，就必须遵循他的游戏规则。

她垂下眼睑，自嘲地笑了笑，伸手端起面前的茶杯，一饮而尽。只是她姿势太僵硬，表情太凄然，不像在喝茶，倒像是喝了一杯毒酒。

元暮时终究还是不忍心，语气又软了下去："我许诺给你绝对的尊重和自由，以前有，以后也会有。"说着他隔着矮桌摸摸她的头，安抚似的温声说，"你要乖，好好演戏。"

从头到尾都没提过那个吻,也许他当时真的醉糊涂了,根本不记得。周小鹿望着他,也不挣扎,无法挣扎,她想到被他吻后自己的心跳,想到自己因为陈嘉铮绝望害怕的那个夜晚,他隔着电话为她弹的那首《月光》,想到大维斯市,他与她一起度过的日日夜夜……她心底越来越凉,竟比跟陈嘉铮刚刚分手时,还要难受。

开机仪式后,《饲主》正式开拍,前半部分的取景地就在本市,周小鹿和一众在本地有住所的演员,都是白天演戏,晚上收工回家,一些香港或者台湾请来的演员,则被安排在离拍摄地很近的一家酒店里。她没有助理,一切都是安雅亲力亲为,陆辰会开车接送她们来去,也防止有过激的粉丝骚扰,而元暮时却已经很久没来看她了。

听安雅说,他近来很忙,公司有了新的项目,新签的小鲜肉组合正大红大紫,受邀去法国演出,才刚到就闹出了乱子,跟本地人发生冲突,上了中法两国的报纸,闹得沸沸扬扬。负责跟进这组小鲜肉的经纪人总监都束手无策,他不得不亲自去处理,飞去了法国,归期不定。

周小鹿听着,说不出是失望,还是松了一口气。戏刚开拍的几天,拍的都是男女主角的戏,作为新人的周小鹿就在旁边边看边揣摩,小学生蹭课一样,学得无比认真。当然,这种蹭课的行为,一开始还是有些别扭的,因为她从未这么近距离地看过陈嘉铮演戏,但是几场之后,她就习惯了,甚至能够客观地评价陈嘉铮的演技。

每个行业都存在天才,不得不说,就演艺圈来说,陈嘉铮真的是个让人妒忌的天才,没上过音乐学院,就因为声线完美,以歌手的身份出道,红透了天,演戏也非科班,但是依然驾轻就熟,演什么是什么。一开始,周小鹿都是躲在暗处偷偷看的,陈嘉铮大概没发现她,一直都非常顺畅,今天她鼓起勇气,站在了明处,陈嘉铮就连连NG,也不知道是不是她多心,她老觉得陈嘉铮的眼睛有意无意往她身上瞟。

这一出男女主角闹别扭的戏,并不难演,只是台词长了点,男主角要一口气说出女主角身上的N个缺点,女主生气,再一口气说出N个优点，女主软化，他道歉，然后两人拥抱亲吻。

说缺点的时候他还算顺畅，后半段优点部分，要慢慢地放低姿态，语气神态要充满了爱意，他就一直卡壳。导演跟他沟通了几次，还是不行，最终他朝周小鹿一指，对导演说："她，对，就是她，让她站在那个位置。"

现在所有人的目光都集中到了周小鹿身上，周小鹿自己也是一愣，条件反射往后缩了缩。

他指的位置是女主角的正后方，这到底什么意思？是要看着她才能演出感情戏吗？现场所有人的目光暧昧了起来。

一直在旁边看陈嘉铮演戏的元平时冲出来打圆场："我们家Lawrence有秩序敏感症，周围杂乱的时候，他就很难集中精神，我明白他让周小姐换位置的意思，我来处理。"

说着她快步跑过来，拍着手赔着笑，将周围围观的演员、群众围成一个规则的圈，最后才将周小鹿推到陈嘉铮指定的位置上，女主角的正后方。

"看，是不是舒服多了？"元平时笑着看陈嘉铮，眼神里却充满了警告。

陈嘉铮抬抬头，目光闪到一边，慢慢点了点头，元平时这才松了一口气。

秩序敏感是她编的，大牌总有些怪癖，怪癖也比一些桃色的猜测好。不能让陈嘉铮跟周小鹿待在同一个空间里。

她暗暗咬牙，捏着周小鹿胳膊的手不自觉紧了紧。

周小鹿只觉得胳膊一阵刺痛，抬头就看到元平时对她投来一个怨毒的眼神。要是以前，她必定立刻低头，再不敢看元平时，但是现在，她已经不是那个微不足道的卖花女，位置不同，让她自信坚强了许多，她也回看着元平时，不躲不闪，目光清明，不卑不亢，最终倒是元平时败下阵来，匆忙走了。

戏接着拍，灯光暗下，陈嘉铮漂亮的面孔晕染在一片昏黄中，他垂下的眼睛慢慢抬起来，看着女主角，说："其实我一直都不太明白我们之间出了什么问题,我没经历过这样的事,爸妈没有教过我这些,老师也没教过……我自己想了很久……一开始是生气的,可是想来想去全是你的好,你笑起来太好看了,吃东西的样子可爱得我想把这个世界都煮了送你嘴里,手又小又软,捏起来像猫爪,我甚至买了一个女孩子才会用的猫爪钥匙链,想你的时候就捏一捏,特别像变态……"

他用漂亮又哀伤的面孔说出这么一大段,情感和语气流畅而自然,没人觉得不对劲,直到导演喊了"卡",问他为什么乱改台词,大家才惊觉,原来,剧本里根本没有这一段。元平时慌忙过去圆场道歉,陈嘉铮还站在原处,看着女主角,大家都以为他入戏很深,只有女主角本人知道,陈嘉铮此时根本没看她,他看的是她身后的人。

一阵纷乱之后,再次重拍,周小鹿则转身跑了。

她跑回化妆间,坐在椅子上许久都没有回过神来。镜子里的女孩脸庞清秀,扎着简单省事的包头,大而圆的眼睛里满是泪光,陈嘉铮刚才那些话从未当面对她说过,可能是从未想过有一天他们会分手。她也是正式进入这一行才知道,陈嘉铮有多身不由己,他们之间,也许谁都没有错处,只是世事弄人,终究有缘无分罢了。

她设想了一下,如果没有元暮时,他们现在会是什么局面。

继续隐秘地相处,东躲西藏,一个月甚至几个月见不到一次面……当然这不是最可怕的,可怕的是,她心底因为这段感情的无望而滋生出来的黑洞会越来越大,最后将她吞噬,她会做出什么事呢?她看到自己哭了,但是心里并不难受,甚至庆幸自己成为率先走出这个恶循环的人,她现在很好,他们两个都需要再长大一些。

晚饭时,元平时去那家有名的蛋挞店里买了许多蛋挞和一些饭后小点心,拿到剧组分给大家,连说,陈嘉铮给大家添了麻烦,希望大家不要计较。

整个剧组就数陈嘉铮最大牌,他任性一点,谁敢说什么?元平时此举只是为了堵大家的嘴,别让一些对他不好的言论流出剧组而已。

演艺圈里都是一群人精,大家吃着喝着,该闭嘴时自然知道闭嘴。

周小鹿没出去吃蛋挞，因为没人叫她，元平时要演大家相亲相爱的戏码，却唯独不带上她，明摆着排斥，大家都看得懂是什么意思，自然不会去触这个霉头。

小时候因为不能说话，时常遭排挤，长大了自己开花店，早早自立，除了客人和会去她店里打工的学生妹，她也没什么朋友，所以别人对她的这点小排斥，她一点也不放在心上。一个人在化妆间里吃着盒饭，听着外面谈笑风生，竟也吃得津津有味，吃完了，她想自己反正闲着没事，就顺便把化妆间收拾了一遍。

化妆间几人共享，虽然大家都是女艺人，出门都挺光鲜，但是邋遢起来也绝不含糊，周小鹿足足收拾出两大袋垃圾，提着艰难地往后面的垃圾收集站走。刚走到垃圾站门口，后面突然闪过一个人，抢过她手里的垃圾丢进绿色大桶，又递过来一个盒子。

盒子里面香气四溢，是蛋挞。

周小鹿抬头，意外地看到陈嘉铮，手里举着蛋挞盒，脸却冷着，侧向一边。她伸手想接，他却想起什么似的又缩了手，从衣袋里掏出张湿纸巾给她："擦擦手，刚弄完垃圾，脏死了。"

她这才想起来，这位大明星有点洁癖，没办法，早早成名，万千宠爱，大家都愿意惯着他，他哪里碰过脏东西。于是擦了手，接过蛋挞，拿出一个吃着，跟他说："谢谢。"

他转身走了。

那个样子似乎是很生气。

他应该生气的。

不管是求复合被拒绝，还是酒吧被利用，都是他所无法容忍的。只是，她不太明白，既然生气，为什么还要在拍戏的时候利用角色之口对她说出那样的话来。

交往那么久，他们曾经亲密无间，但直到这一刻，她才发觉，自己真的一点都不了解陈嘉铮，或者说，他根本没给她了解他的机会。

第二天，周小鹿和陈嘉铮第一次演对手戏，这场戏她准备了很久，也对着镜子练习了无数遍，只希望自己的脸不要僵掉。但是练习终究是练习，第一次真正面对镜头，对戏的又是陈嘉铮，她还是紧张得手指尖发麻。

这一出戏在酒吧借景，女二邱天在酒吧打工，被人调戏，险些被扒了衣服，男主角看不下去，一拳将为首的流氓下巴打脱臼了。冲击力很强的一出戏，扮演邱天的周小鹿不但要克服第一次演戏的紧张，还要控制好面对陈嘉铮时的焦虑，最主要的是，一向保守的她要被扒到露出胸衣，挑战真的太大了。

演员到位、灯光到位，他们原地试了一遍，周小鹿没想到的是，她虽然紧张，但至少能顺利完成表演，陈嘉铮这个比她经验丰富不知道多少倍的人，竟然频频被导演批评。

扮演流氓的演员是个老龙套，已经演了流氓不下百次，演起来得心应手，就因为这样，他"调戏"起周小鹿来特别传神，陈嘉铮总是忍不住出手太重，彩排的时候明明可以借位，他却真的将人家打得爬不起来。

"Lawrence，你现在与邱天并不认识，愤怒也只是基于内心的善良，并不用演出痛恨的情绪来，这一场我觉得你的表现有点太过，希望你能收敛一点。"白川苦口婆心，他选演员时很龟毛，但一旦被他选定就会得到他的充分尊重和耐心，所以，尽管他刚开始的时候龟毛异常，还是会有大批演员想要跟他合作。

周小鹿衣衫不整地从地上爬起来，那个演流氓的演员捂着脸，表示不干了，龙套一天才多少钱？不带这么摧残人的。

陈嘉铮看着周小鹿，脱了衣服把她裹上，跟导演说："对不起，我有话跟她说。"然后，拉着周小鹿往外走。

元平时接完电话从外面走进来，看到这一幕，脸色瞬间变了，拦住陈嘉铮，压低声音问："这么多人看着，你想干什么？"

陈嘉铮瞥她一眼，表情冷冷的："有件事要跟她说一下，不说演不下去。"

元平时咬牙："什么事情不能私下里说？或者传短信？这要是被人

拍到了，你要我怎么跟大家解释？"

"那是你的事。"陈嘉铮挑了挑眉，说出来的话异常呛人，"平姐，那不该由我来考虑。"

元平时被噎在那里，一句话都说不出来，只能脸色发青地目送着陈嘉铮拽着周小鹿离开。即便是这样，转过身去，她依旧硬是挤出了笑容，去跟导演和工作人员解释："Lawrence 说那个女演员的演出方式总是干扰到他，想跟她沟通好，又怕当众说出来，伤到那个女演员的面子，所以才私下去说。我们 Lawrence 就是这么提携后辈。"

工作人员都做出了然的表情，各忙各的去了，白川却有些生气，皱着眉头叫元平时："平时，你过来，我有话要问你。"

陈嘉铮一直将周小鹿拉进酒吧的男洗手间里，确认无人，然后转身锁上了门。周小鹿也没挣扎，她知道陈嘉铮的性格，他说有话要说，就一定要说，无论在什么场合，私下里，也总比他不顾周围环境，在公开场合说出来要好。

锁上门，他放开周小鹿的手，将她逼近门边，表情不悦地问："你是真心喜欢演戏吗？"

周小鹿被他问得一愣，没有回答。

陈嘉铮继续说，表情有点愤慨："你不是个只喜欢跟花花草草打交道的人吗？怎么会喜欢演戏，你借着元暮时的手出道，这么奋力想要挤进演戏圈，到现在能跟我演同一出戏，不就是为了报复我吗？报复我当初没有公开我们的关系，没有尽到男朋友的义务。你想让我后悔没有好好珍惜你是不是？好，你目的达到了，我后悔了，我承认后悔了，你是不是就能不演戏，好好回去只做我一个人的周小鹿？"

刚开始，确实是有这么想过，但是后来……或者说现在，她是真的很享受演戏的过程，想让他后悔的报复心，早就没了，她现在努力的每一天都是为了自己而已。

周小鹿抬起头来，看着他的眼睛，认真地说："嘉铮，刚开始我确实有点怨恨,但是现在我是真心想演戏,跟你没有任何关系,我只是为了自己,现在是,以后也是。"

陈嘉铮听到这里突然眼圈就红了,仿佛不太相信,反复问:"跟我没有任何关系?跟我没有任何关系?你要跟我没有任何关系?我们在一起八年了,你凭什么说跟我没有任何关系?"

周小鹿有点恼火,推开了他:"我并不是你的私有物。"

"你就是我的私有物!无论怎么闹,最终你也要回来我这里来。"陈嘉铮无理取闹起来,"我们之前也吵过架,有时候几个月都不联系,最后还不是和好了?你这次干吗闹这么大?出来演戏让别人脱衣服,真有那么爽吗?"

周小鹿转过头不看他不理他,任凭他说什么都不做反应,在一起这么长时间,她唯一学会的就是在他无理取闹的时候,该如何自处。

这个时候门外传来了敲门声,有男人在外面着急地喊:"谁在里面,快开门,要憋不住了,快开门快开门。"

周小鹿看陈嘉铮一眼,去开门,外面的男人听到开门声,松了一口气,对身后的人说:"平姐,门开了,我去忙了啊。"

元平时走过来,绕过周小鹿冲进男厕,压抑着怒火,对陈嘉铮说:"嘉铮,现在是在拍戏,你不要再任性了好不好?你不嫌老拿音乐的奖项没意思吗?出演白川的电影,拿影视方面的奖项的可能性最大,有别的领域的奖项,不是正合你的心意吗?很多人都盯着这部戏呢,不要亲手将这个机会砸了好不好?算我求你了。"

陈嘉铮不说话,转身去洗手台,捧了一捧水,泼到自己脸上,一副很烦躁的样子。

元平时看他那副样子,突然就受不了了,抓着他的胳膊,压低声音怒吼了起来:"陈嘉铮,你搞清楚!我们是有合约的!"

陈嘉铮依旧不理不听,周小鹿突然觉得他任性起来,实在是太可笑了,忍不住在门口轻笑一声:"别幼稚了,这个世界上,并没有什么是永远属于谁的,毕竟,你连自己都不属于自己。"

陈嘉铮似乎是被刺激到了，突然推开元平时，冲出了男厕。

那一天，陈嘉铮都没回片场，白川跳拍了别的戏，周小鹿也有几场，一刻不敢怠慢地在片场等着，背背台词，看看剧本，观摩观摩别的演员演戏，一天很快就过去了。

大家都说，白川会对陈嘉铮这么宽容，都是元平时的公关手段太高明，将他的喜好脾气摸得一清二楚，白大导演为人清高，但是就吃元平时那一套。周小鹿听了深以为然，元平时若是没有点本事，怎么可能当上世纪美的总监，并能将陈嘉铮牢牢抓在手上呢？

事实证明，元平时确实厉害，第二天，陈嘉铮已经乖乖回来拍戏了，而且再没闹出过什么事，按照导演要求，高水平地拍完一场又一场戏。只是下了戏之后，依旧冷冷的，不跟任何人多交流，偶尔看到周小鹿，也是快速移开视线。

戏在本市拍了一个多月，然后转去了A市，一行人浩浩荡荡，住进剧组安排的酒店，安雅全程陪着周小鹿，而元平时这次并没有陪着陈嘉铮一起来。

陈嘉铮住在酒店顶层，豪华的套间，而周小鹿和其他演员一样，都住在十三楼，标准间，条件还不错。出行也是，世纪美给陈嘉铮配了保姆车和司机，自然不会像周小鹿一样挤剧组的车去片场，两个人一天一地，除了在片场，几乎没有什么见面的机会。

元暮时倒是在这个时候来探了一次班。他似乎刚下飞机，一身疲惫，风尘仆仆，跟白川聊得正欢，周小鹿穿着戏里的服装被叫了过去，他听说她过来了，抬起头冲她笑了一下："白大导演对你评价不错，好好干。"

那样温柔的笑，那样鼓励的语气，似乎她与他之间从没有芥蒂，她有一瞬间心似被揪紧了，慌忙撇开头，再不敢看他。晚上，元暮时请白川吃饭，安雅和周小鹿也被一齐叫了去，席间气氛还算热烈，周小鹿却一直闷闷的，元暮时夹了一筷子鱼，细心剔了刺，送到她的碗里。

她抬头，他对她笑一笑，温声道："你多吃点，最近似乎瘦了。"

一瞬间，她听到了自己如雷一般的心跳，慌忙低下头去。

饭后，白川另有活动，元暮时开车送安雅和周小鹿回酒店。路上遇见了一起车祸，前面堵车堵得一塌糊涂，安雅困得东倒西歪，周小鹿也有些睁不开眼睛，元暮时开了导航，将车拐进小路，准备绕路回酒店。这条小路很窄，人不多，车就更少，周围都是老旧的房子，在昏暗的路灯下沉默伫立，竟有些恐怖片的味道，周小鹿脑补了一下，曾经看过的恐怖情节，瞬间吓精神了，再也睡不着。

前面是个红灯，车停了下来，周小鹿紧张地握着安全带，呼吸声变得凌乱，元暮时似乎发现了她的异样，侧头问她："怎么了？"

周小鹿摇摇头，看向窗外，窗外的湖边是一栋摇摇欲坠的老房子，漆黑的窗户，就像黑洞，安着黑色的防盗窗，玻璃也不知道破了多久，用塑料袋糊着，外墙的水泥有些脱落，看起来有些岁月了。

她看着看着，只觉得这个场景似曾相识，她老家有个花圃在山下，小时候去花圃，都要经过这样一栋破旧的房子，那栋房子一直没人住，有阵子听说关了一个傻子，妈妈还曾嘱咐她不要靠近，因为傻子会伤人。

她想着想着，忍不住嘟囔一句："也不知道那个傻子后来怎么样了。"

"什么傻子？"元暮时好奇地问。

周小鹿回头看他，指着那个用塑料袋糊着的窗户，表情有点淡，回答得有些敷衍："我给一个傻子送过花，说送也不贴切，我只是把花放在他的窗边，那扇窗户跟这扇很像。"

元暮时看着她，如果她没看错的话，那一瞬间，他脸上的表情变得十分古怪，但随即又恢复正常，看着那个窗户若有所思地点了点头。

绿灯亮了，他继续开车，没人说话，他也一直皱着眉，安静地开车，连车里的音乐都关了。

快到酒店的时候，他突然停了车，表情严肃地看着她："你给那个傻子送的是什么花？"

周小鹿愣了一下，但还是认真思考起来。那是她小时候的事，年代太过久远，她也只是依稀记得："出太阳的时候就送向日葵，阴天的时候会送天竺葵，有时候也会送几朵玫瑰，还有百合，或者路边采的月见花。还送过一次蓝色妖姬，是我家花店卖的，那一朵被压过了，品相不好，爸爸让我拿去玩，我就放傻子家的窗台上了。"

也不知为什么，元暮时的呼吸似乎急促了起来，抓着周小鹿的手腕，捏得她有些疼，她试着挣扎了好几次，都没挣脱。似乎过了一个世纪那么久，发呆的他回过神来又问："你老家在什么地方？"

"就在S市郊区，我们那里每家每户都种花，村子就叫花圃。"周小鹿回答完，为了避免手腕再被他抓住，默默将手藏到了背后。

这次元暮时却没抓住她，而是靠坐在驾驶座上，灰白着一张脸，不知道在想些什么，过了许久，他又毫无征兆地发动起车子，将她送回酒店。

第二天，元暮时要飞回法国，飞机起飞时，在剧组正在化妆的周小鹿收到了一束花，还沾着露水的蓝色妖姬。

花束中有一张卡片，上面写着："傻子也爱花，我替傻子谢谢你的那些花。"

周小鹿一愣，心想，难道元暮时认识那个傻子？不对不对，那个傻子被关在那样的破房子里，一看就是穷苦人家的孩子。元暮时出身那么好，怎么会认识那样的孩子呢？

可如果不认识，他为什么替傻子道谢呢？

是同情傻子？

周小鹿实在想不通。

晚上，她抱着那捧蓝色妖姬回酒店，遇见陈嘉铮，陈嘉铮盯着她怀里的花看了许久，虽然没说话，但是眼神却并不友善。

她跟他点了点头，抱着花进了酒店。

这一天，周小鹿一下午都没戏，闲来无事又收拾起了临时化妆间，提着垃圾去扔的时候，又撞见了陈嘉铮。

四下无人，他伸手提过她手里的垃圾，大长腿几步走到垃圾桶前，将垃圾袋扔了。折身回来，双手抄进口袋里，冷着一张脸，酷酷的模样，周小鹿以为他依然不会跟她说话时，他却停住了脚步："你说得没错，我自己都不是自己的，怎么配拥有你？"

声音沙哑，透着隐忍的伤感，周小鹿突然有点后悔这样刺激陈嘉铮，身在娱乐圈泡进名利场，谁又能保证自己能够完全拥有自己呢？

　　她又想起了元暮时。

　　他是站在这个名利场顶端的人，操控着很多人的命运，翻手为云覆手为雨，自己到底有什么资格，要求他对自己诚心以待？

　　有利用价值，才是她站在这里的筹码不是吗？会跟自己的BOSS生气，说到底是她太天真，还没看懂这个世界。

## 第十章

## 给小鹿姑娘

这一出戏备受关注,关注度有了,投资方更是不差钱,于是一路顺风顺水,拍到了结尾。

邱天这个角色终于杀青了,安雅也很有眼力见儿地请全剧组的工作人员吃了很贵的牛肉丸,剧组的工作人员给她送了花,周小鹿接过花,竟然有点恋恋不舍,眼眶都红了。但是人生无不散的筵席,她今后还有很多场杀青,很多场离别,这只是开始,她应该坚强。想到这里,她也就释怀了,跟着安雅去收拾东西。

邱天杀青后,男女主角还有几天的戏份,因此剧组的杀青酒定在一个星期后,这一个星期就是周小鹿的假期,她可以好好放松放松。一般演员休假,大多数都会选择去国外,拍点美照发在微博上,还能馋死一堆上班族,周小鹿这个假期却休的一点明星范儿都没有,她一整个星期都在自己的小花店里窝着。

店长大姐打理花店十分用心,营业额一直稳定上升,除了小园这个周末工之外,她还招聘了一个女生,周一到周五上班,要不然大姐一个人还真忙不过来。

大姐的儿子甯宁,九月份光荣地成了一名幼儿园小朋友,择校费是周小鹿借给大姐的,说好了分期从工资里扣,没有利息。大姐每天看着儿子穿着漂亮整齐的幼儿园制服,跟同龄的小伙伴打打闹闹,开心得嘴巴都合不拢了,也念周小鹿的恩,打理起花店来更是卖力。

周小鹿来花店的这一个星期,除了坐在收银台后面算账,其他事情大姐都不让她干,她简直成了十指不沾阳春水的真正老板娘。

小园来的时候,不免凑过来打趣。

"小鹿姐当了明星就是不一样,别说气场了,就是皮肤也比之前好了,整个人透亮水灵,美得冒泡。"

周小鹿拍她的头:"不要以为拍我马屁就能少干点活。"

"哎呀,小鹿姐的声音真好听。"小园抱着头笑嘻嘻贫嘴,"活肯定不少干,不少干。只要下班的时候,小鹿姐能发发善心给我多签几张明信片,我回去送同学,让我在同学中间长长脸,就算让我为花店'鞠躬尽瘁,死而后已'我都愿意。"

周小鹿一仰脸,傲娇道:"看你表现。"

小园赶紧跑去忙活去了。中午吃饭的时候,小园捧着饭盒又凑到周小鹿身边,不太甘心地问:"小鹿姐,我八卦我知道,但是有个问题不问我吃不下也睡不着。你跟嘉铮哥真的分了吗?"

周小鹿没回答,低头吃着自己碗里的饭。

小园戳了戳自己碗里的食物说:"有一次甯宁生病,我替大姐代了一天班,晚上关门的时候,在路对面看到了嘉铮哥,他就站那里看着店里发呆,我过去叫他,他却转头走了。他一定还很喜欢你,你现在也有名气了也是明星了,身份悬殊在缩小,你们可以在一起了呀?干吗还要分?"

周小鹿听着小园的话,抬头看了眼店门外,隐约能想象得到当时的画面。陈嘉铮就是这个样子,冷战的时候,绝对不会沟通,面上对你冷淡高傲,背地里却总做些让人心疼辛酸的事,让你忍不了心中的自责,主动跑去道歉求和。

以往她每次都会上当,现在却万万不会了。

见周小鹿还是沉默,小园只觉得无趣,蹭到一边逗甯宁去了。

晚上八点,周小鹿让大姐下班了,她一个人看着店,见没有什么客人,就找了些新木板准备给店里做一块新的店牌。旧的店牌看起来很新,是大姐每天擦拭的成果,上面写着:小鹿花房知道你的心事,温暖你的情事。

正和她那时的心境,沉迷于一段糟糕的恋爱中,小女孩一样彷徨,期待有人能够理解她、温暖她,被爱情的惯性所束缚,不知道出路在哪里,也看不到将来,矫情而不自知。

幸好有人拉了她一把,将她从那团乱麻中拉了出来,虽然做法并不是那么光明磊落,但是她现在真的很好,比那个时候坚强许久,也自信许多。

她喜欢现在的自己。

以前她喜欢蓝色,现在她将店牌涂成了玫瑰色,油漆干了之后,用白色的荧光笔一笔一画地写:"小鹿花房,和我爱的人一同闪耀。"

写完端详了一会儿,又画了一些心形的装饰上去,然后蹲在地上,叮叮当当钉木架。她做得专注,似乎没有意识到天黑之后,会有多冷,等到连打了几个喷嚏,才发觉胳膊上的鸡皮疙瘩都冻出来了,鼻子也有些塞住了。

就在这时,有人在她的肩膀上披了一块披肩。披肩是驼色的,细密的羊绒织就完美的柔软触感,十分温暖。她诧异地转身,看到许久不见的元暮时正站在她的身后对她微笑。

天气转冷,他穿了一件灰色的羊绒大衣,里面是黑色的衬衣,领口上有暗色的刺绣纹路,透着神秘的清贵。

"没想到,你还会做木工。"他轻笑,嗓音一如往日的清润温柔,似冬日里的红茶。

周小鹿错愕地盯着他,然后低头看了看自己肩上的羊绒披肩,披肩实在太暖和了,她有点不想拿下来,但是她又赌了一口气,不想收他的礼物。他似乎看出了她的心思,在她伸手拽披肩的前一刻,抓住了她的手。

"看在它跟着我漂洋过海,辛苦来到你身边的份上,就赏脸让它待在你的肩膀上吧。"

几个月不见,她猛地看到他,心竟然不自觉地软了一下,发现自己并没有之前那么生气了,对于他的温柔和宠溺竟还有一丝怀念,就那么一愣神的工夫,元暮时已放开了她的手,捧着她的外卖在吃。看她在盯着他看,他抬头,笑得很无辜:"我可是在这个设计师的工作坊盯了八个小时,才拿到披肩,然后马不停蹄搭飞机飞回来,一下飞机,就来了你这里,以确保你是这个世界上第一个得到这个披肩的人。完全没时间吃饭,飞机餐也不好吃,现在快饿死了。"

周小鹿低头看自己肩膀上的披肩,果然在披肩不显然的边缘看到了设计师的签名,并且是 TO 签,写着:"给小鹿姑娘。"

心似被什么东西撞了一下,软得不像话。

可是,之前他说那句"小鹿,我们是有合同的"时的表情还历历在目,她又实在不敢有什么非分之想,夺过他手里的盒饭,放到一边,僵着脸手语:"凉了,我去给你买点热的。"

元暮时也站了起来,跟在她后面:"我跟你一起去,你再陪我吃点。"

周小鹿原本想带元暮时去自己常去的那家餐厅,但想到元暮时的身份,就忍痛去了一家相对比较贵的餐厅,点了两人份的餐,元暮时胃口非常好,甚至吃掉了周小鹿没吃下的半份。

吃完饭,回到花店,本以为元暮时会走,却没想到,他熟门熟路,找出了她放在店里的红茶,给自己泡了一杯,捧在手里,窝在她的小躺椅上,拿着平板电脑在看。一副闲适姿态,像是在自己家里一样,周小鹿觉得不太自在,想赶他走,可一想到肩膀上还有人家送的礼物,又实在开不了口,就将披肩换下,换上了自己的大衣,才推推他,说:"时间不早了,你回去吧。还有,谢谢你的礼物。"

元暮时从平板电脑中抬起头,看了看周小鹿认真的小脸,又看了看时间,扬唇笑:"我有时差,现在睡觉还早得很,你忙你的不用管我,你这里我很熟。"

周小鹿被他的脸皮厚度惊呆了，一时竟无言以对，只能默默回去继续做她的小店牌。叮叮当当敲敲打打了一会儿，新店牌初具模样，但是总觉得空荡荡的，缺少点装饰，正一筹莫展的时候，就见扬言要倒时差的某人站起来，在她的花架旁转了一圈，依次抽出一些花编在一起，用胶带在店牌上沾成一圈。

完成之后，某人似乎很满意，周小鹿却黑了脸。

"谢谢你给我做了一个花圈。"她咬牙切齿。

元暮时一向镇定的眼中闪过一丝诧异，然后努力端详了一会儿自己的作品，才不得不承认，圆形的花环确实不能乱用，看着实在不吉利，他略有尴尬，清咳了一声："我确实不太擅长手工。"

周小鹿皱着眉把花环扯掉了，准备将元暮时糟蹋的花晒成干花，明天再做装饰。这个时候，一位刚下班的男士路过花店，犹豫了一会儿，走了进来。

元暮时见有人光顾，立刻前去应客，客人选了一束玫瑰，他接过来后，努力地用彩纸包好看一点，但是手脚实在笨拙，还屡次被玫瑰扎到手。周小鹿实在看不下去了，接过花束，三下两下包好，递给那个客人，并对他翻了个白眼。

客人笑了起来，不无羡慕地打趣："真羡慕你们这样夫妻一起开店的，能够朝夕相处多幸福，不像我每天加班到这么晚，回家老婆孩子都睡了，话都说不上一句。昨天老婆还说，看我像看见陌生人，唉……"

周小鹿不太擅长安慰人，元暮时已走过来，随手拿了一束百合递给客人，真诚而友善地说："先生不如请几天假，陪陪家里人，工作再重要，也不及家里人重要，您说是吗？这束百合送给您，祝您与夫人百年好合。"

这话说得十分吉祥得体，再加上还有花送，客人十分开心，满意而归。元暮时觉得自己做了一件好事，但是周小鹿却怒了！做好事为什么要用她的花？

她拉着元暮时算起账来："你知道那一束稀有百合多少钱吗？卖十束玫瑰，也抵不上我那束百合的进价。"

元暮时摆出无辜脸："我不知道，你没告诉我，而且那位先生说得很对不是吗？"

周小鹿还在肉疼那束白送出去的百合，愤愤不平："天天加班不回家陪老婆孩子，哪里对了？"

"不不不，并不是这句。"元暮时摆手，认真重复，"他说，真羡慕你们这样夫妻一起开店的，能够朝夕相处多幸福。我也觉得如果夫妻两个一起开个花店，平凡富足，与世无争，真的很幸福。"他目光温润，带着一丝灼热，看得周小鹿的脸腾一下就红了，转头躲进收银台去了。

晚上十点多了，再没有客人上门，两个人都不说话，空气似乎都凝滞了，周小鹿沉默地忙忙碌碌，将小花店收拾得干干净净，时间一分一秒似乎过得也很快。当她忙完所有的事情，一回头，就见元暮时不知道什么时候已经放下了平板电脑，正专心地看着她，那样子似乎已经看了很久了。

她被看得浑身不自在，手脚都跟着僵硬了起来："看什么？"

元暮时靠在小矮桌上，单手支着额头，笑容中带着满足："没什么，就是觉得你忙忙碌碌的样子，有种人间烟火的味道，让人觉得很踏实。总觉得你忙完了，应该会扑过来，让我摸摸你的头，抱抱你，你开心了，会让我握着你的爪子睡觉。"

周小鹿的脸涨红了，红到一半又觉得不对，爪子？为什么是爪子？说来说去还是把她当宠物了。她气得要死，把手里的花全部丢到他身上："你才是狗。"

元暮时好脾气地将那些花全部捡了起来放在桌上，他知道，周小鹿这个小抠门是不会浪费一朵花的，掉下来的花瓣多半会被她用来泡澡，或者是DIY面膜用。他收拾好了花，依旧坐回躺椅，周小鹿终于忍不住了，问他："你到底什么时候走？我要关门回家睡觉了。"

"睡这么早？"元暮时抬起手腕，看了下手表，才发现，原来已经十二点了，他站起来，朝她抱歉地笑了笑，"要不要一起去吃个夜宵？"

周小鹿从来没有吃夜宵的习惯,而且元暮时也从来不是这么黏人的人,他赖着不走到底想干什么?

她站在那里,静静地看着他,满脸困惑。

被她圆溜溜的眼睛这么看着,元暮时只坚持了三秒就举手投降了:"好吧,我说实话,我不想走,我不想回家,我想多看你一会儿。小鹿,几个月没见,我很想你。"

周小鹿愣了一下,心里不是没有动容的,但是经过上次那样的摊牌,她不得不提醒自己理智一些:"很想我,是因为我在你心里是特别的吗?"她问,语速有点慢,但是表情出卖了她的情绪,说真的,她有点生气,"我并不喜欢随意跟女生示好的人,让人觉得有点轻佻。"

元暮时没料到周小鹿会这么说,他静了一会儿,摊手笑了起来:"抱歉,是我的错。身处国外,毫无联系,让我有点着急了。"

虽然身处国外,但是安雅还是会每天报告她的行程,事无巨细。着急?着急什么呢?她不还是好好地在他的掌控之中吗?

周小鹿突然有些烦躁,抛开手上的花,躲到后面小仓库去了。

周小鹿一直没有再出来的意思,元暮时等了一会儿,没再逼她,就收拾东西开车走了。听到外面引擎发动声,她才走出小仓库,看着远去的车尾灯发了一会儿呆,这才回身将披肩仔细叠好,放进原装的包装盒里。

几个月不见,说一点点都不想念,那是骗人的。可是,她面对的人是元暮时,她不敢做任何幻想,不敢纵容自己,因为她实在不知道,他口中的"我想你",到底真有几分,假有几分,到底是单纯的想念,还是有别的目的。

她心情十分糟糕,有那么一瞬间,想把手中的披肩也丢掉,可是走到门口的垃圾桶,又犹豫了。

那么美的披肩,也确实给了她温暖的,况且披肩又没有错,她收回手,摸索着披肩上的字——给小鹿姑娘。

不是谁的小鹿姑娘。

是小鹿姑娘。

她是独立的,这是属于她的。

她将披肩放回桌子上,在心里轻轻叹气。元暮时这个人啊,无论做多么糟糕的事,都让人讨厌不起来,真真是可恨极了。

假期结束之后,周小鹿去公司,安雅给她安排了别的电视剧的试镜。她有了白川新作女二这块敲门砖,试镜格外顺利,试了几个角色,她自己不太满意,一直没点头,这个时候倒意外接到了化妆品的代言的邀请。

化妆品代言价格不菲,但这些厂商一般比较青睐一线二线的女星,会找上周小鹿这种刚出道,还没什么代表作的新人,简直就像做梦一样。安雅兴奋地在办公室里直跳,周小鹿心里却有些发虚,怕自己名气不够,砸了人家的招牌。

安雅安慰她:"他们敢找你,说明你有潜力,他们都不怕赔钱,你怕什么?反正化妆品厂商都是大肥羊,你不上,千百个小明星等着上呢。"

周小鹿这才点头答应。签合约的时候,是安雅带着周小鹿去的,元暮时并没出席。这家化妆品是国内比较知名的老品牌,她代言的是他们新推出的品牌,叫作绿妖,主打少女市场,关键字就是"绿色、天然、水分",跟周小鹿平日里的形象十分吻合。

接待周小鹿和安雅的是绿妖的总经理,还有绿妖团队的几个骨干,细节之处让周小鹿觉得十分贴心。周小鹿和绿妖总经理聊了好一阵子,绿妖方面对她非常满意,很快就签订了合同。

签完合同,又聊了些细节。合同条款有规定,绿妖方面会给周小鹿制订一个全面的保养计划,确保发布会的时候哪个角度的摄像机都拍不到瑕疵。所以从明天开始周小鹿要天天来绿妖总部报到,每天两个小时的例行保养。

这项条款对每个女星来说都是一项福利,对周小鹿却是一个负担,她是个连敷面膜都觉得麻烦的人,让她每天老老实实躺两个小时,身上糊满各种东西,想想都觉得难受。

周小鹿在路边等车时,碰到公司的司机。司机打开车门,过来请周小鹿，并说："是 BOSS 让我来接你们的。"

安雅为不用等出租车开心不已，笑嘻嘻碰了下周小鹿："像咱们 BOSS 这么体贴的老板，也没第二个了。今天早上，听总裁秘书办的那些人八卦，说，这次代言本来也轮不到你，是咱们 BOSS 跟厂商力荐的。"

周小鹿苦笑。他说过，会竭尽全力地捧她，他说到做到。谈什么体贴呢？不过为了她工作上的便利而已。毕竟，公私分明，是他给她上得最严厉的一课。

回程路上，安雅坐在后座补觉，周小鹿已经很久没见到陆辰了，忍不住问道："陆辰最近在忙什么？"

"他呀，大概有 BOSS 的秘密任务吧。"安雅闭着眼睛嘟囔，"你以为 BOSS 挖他来，就只是为了当司机和摄影师的？太天真了。他早年可是私家侦探出身，又干过狗仔，挖消息方面他是天才，BOSS 指不定又派他去跟拍谁去了。"

她知道元暮时并非善类，但是也不会轻易出手，他若出手，必是这个圈子里要发生什么了不得的大事。但这些都跟她没什么关系，她一个新人，认认真真做好手中的工作，安守本分就是了。

于是，她沉默地在座位上玩着手机，不经意间翻到了陈嘉铮的号码，她想发短信过去问问他最近怎么样？有没有什么事。短信编辑好，她想了想，又觉得实在没这个必要，还是将短信删掉了。

周小鹿最近过得很充实，白天接拍平面、试镜，下午去绿妖例行保养，晚上继续上培森老爷子的表演课，忙忙碌碌，竟也非常开心。偶尔在上课之前，会在公司碰到元暮时，他在急速地走，身后总是围绕着很多人，在快速地跟他报告着什么事。他听着有时候皱眉头，有时候会回几句，但是脚步不停，似乎非常忙碌。

她知道他在忙什么。公司新签的偶像组合 ONE，继上次巴黎的风波之后，又爆出了滥交的丑闻，公司在这个组合身上下了重本，还有个为他们量身打造的偶像剧正要播出，危机公关若是做不好，对公司绝对是个沉重的打击。ONE 的经纪人此时又突然倒戈,到处爆 ONE 的料,公司门前每天都有狗仔和记者在埋伏,元暮时和公司几个高层,都被这件事弄得焦头烂额。

周小鹿看着他走过去,只觉得他最近瘦得厉害,柔和的五官,都有了凌厉的线条,谈起公事来,表情冷得不似她认识的那个人。心里隐约有种叫作"心疼"的情绪闪过,她一个慌神,身后的门关了,她的手还未抽出,就被狠狠夹了一下。她闷哼一声,捂着手指,蹲在地上半天没起来。

这么一个小小的动静,惊动了元暮时,他在走廊那头朝这边看,脚步停了一下,似乎想往这边走。而周小鹿却在与他眼神接触的那一刻,捏着被夹疼的手指,起身跑了。

安雅刚收拾好东西从楼上下来,看到她被夹手的一幕,慌忙跟在后面追:"小鹿,你手没事吧?跑什么呀?赶紧跟我去医院。"

结果还是被她抓去了医院拍了 X 光,好在没骨折,只是夹出大片的瘀青,手指肿得合不拢。去上课的时候,遇见夏铭,夏铭看到她的手,"喊"了一声,眉毛一挑:"受伤了?受伤不会在家躺着?"

她笑笑没说话,专心听讲。过了一会儿夏铭举手说要去厕所,回来给她带了一瓶热咖啡。

"不是让你喝的,捧手上焐着。"他面上冷冷的,甚至有些嫌弃,"最烦你们这些新人,什么都不懂,随便拍个什么都能把自己搞受伤,自己做不来的别硬撑,硬撑只会连累别人懂吗?"

他以为她是拍戏受伤的。周小鹿笑笑也没解释,将咖啡焐在手上,热热的咖啡焐在红肿的地方,果然舒服多了,她弯着眉眼,在纸上写了"谢谢"两个字,旁边画了个小女孩做鬼脸,然后递到他手上。

他瞄了一眼,一脸嫌弃:"小学生吗?还传字条?"嘴上这么说着,却还是接过了字条,看完冷笑一声,然后小心翼翼将字条夹进了课本里。

第二天去公司,周小鹿看到有工人在进进出出,就问安雅:"这是在干什么?"

安雅笑眯眯的:"安门闩啊,整栋楼都安了,BOSS 亲自下旨,总务的那些人勤快得很。哎呀，要说我们BOSS，对某人真是宠得没边了，夹次手，整栋楼都换了安门闩，下次要是走路不小心滑倒了，是不是我们整栋楼都得铺上地毯？"

周小鹿脸一红，抛下安雅走了，安雅在她身后喊："走什么呀？还要去我办公室拿东西呢，该去绿妖了。"

去绿妖的路上，周小鹿表面上安静，心里并不平静，被宠爱的感觉太好了，好到她有些熏熏然，看到路边光秃秃的树都觉得是可爱的。心里好像有个红泥小火炉，炉上煮着香茗，水开了，茶香了，暖暖热热的，满屋子都是香气。

唉，她这样好哄的人，怎么是他的对手？你看，只这么短短的时日，小小的举措，她就已经想要举手投降了。

周小鹿的底子原本就好，再加上一段时间的保养，溜光水滑得连同为女人的安雅都忍不住感叹："我的妈呀，你脱了衣服，简直不给别的女人活路。"

周小鹿本就不是特别豪放的性格，每次做保养脱衣服总是有些拘谨，被安雅这么一说，更是觉得羞涩，拉好衣服，就冲去洗澡换衣服了。

今天绿妖的例行保养还包括了私处，当真是光溜溜地躺在美容床上任人宰割，周小鹿浑身不自在，身体僵硬到不行，美容师点了熏香，按摩师给她按了半天，好不容易才让她放松，闭上眼睛，迷迷糊糊地睡着了。

睡着的时候，她感觉到美容师似乎将她胳膊抬了起来，她挣扎了一下，美容师轻声说："周小姐，腋下也要保养哦。"她放松下来，迷迷糊糊又睡着了。

绿妖新品发布会当天，周小鹿穿了一袭湖水绿的长裙，胸口和肩膀处如花枝缠绕，缀着点点的殷红，后背更是大面积镂空，凝脂般柔滑的皮肤，轮廓分明的姣好身材在闪烁的镁光灯下一览无遗。她不善言辞，主持人也十分贴心，玩起了"你演我猜"的游戏，她负责表演，现场的粉丝猜她说的是什么词语。

场面空前热烈,热潮一波接一波,下午发布会结束之后,周小鹿被众粉丝团团包围,几乎出不去。偏偏这个时候,安雅又被人群挤散了,她一个人在人群中进退两难,正着急的时候,就看见元暮时拨开人群朝她这边挤过来,然后有保镖隔开人墙,她就被他牵着冲出人群,顺利钻进车里。

车是元暮时的车,没有司机,他亲自开,周小鹿坐在副驾,隐约又想起《饲主》开机仪式后,她想逃跑,他将她捆在座椅上的那一幕。

车起初开得很慢,等驶出了这条路,看不到追车的粉丝了,元暮时这才慢慢加速。这个过程中,车里一直很静,谁也没有说话,广播也没开,周小鹿还穿着活动时的礼服,薄薄的礼服抵御不了寒风,她抱着肩膀,瑟瑟地抖着。

元暮时看她一眼,将车停在路边,打开了车里的空调,暖风开到了最大,又将身上的大衣脱下来给她披上,两只手抓着她冻得通红的手,反复搓着,低声问她:"有没有好一点?"

周小鹿不自在地抽出自己的手,点了点头。

"发布会非常成功,祝贺你。"他又说,脸上带着一贯的微笑,只是脸色苍白得有些吓人,不知道是身体不舒服,还是太累了。

她想到他最近的辛苦,实在不忍心让他送自己,便说:"我自己可以打车回去的,你回去休息吧。"她说到这里犹豫了一下,"你的脸色看起来很不好。"

元暮时摇摇头,笑了起来:"我没事。"说着发动了车子。

他虽然是笑着的,但是笑容看起来十分勉强,加上脸色苍白,看起来有种冰冷的脆弱感,实在无法让人放心。周小鹿皱着眉,在一旁小心翼翼地看着他,他一边开车一边咳嗽,有好几次差点撞到了路边的防护栏。她胆战心惊的,在一次红灯越线被交警处理之后,小心翼翼地提议:"不如我来开吧,送你回家休息,你看起来真的不太好。"

元暮时趴在方向盘上,手撑着额头,似乎是真的不舒服,也不再强撑,下车将驾驶座让给了周小鹿。周小鹿只开过小货车,对于高级的车子不太熟悉，坐在驾驶座上好一阵摸索，原本靠坐在副驾闭目养神的某人见车子半天都没动，睁开眼睛看了看，就看见她低着头，正极认真地研究驾驶座那一堆按钮。他轻笑一声，伸过头来一一解说，周小鹿认真地点了点头，以一种极虔诚、僵硬的姿态慢悠悠地开起车子。

车子虽然慢，但是胜在非常稳，开到最后，由于注意力特别集中，她甚至还出了一层细细的汗，再看一旁的元暮时，不知道什么时候，已经睡着了。他最近似乎真的是太忙太累，即便是睡着了也依旧一副眉头紧锁的样子，她已经极力开得平稳了，生怕吵醒他，但经过一个红绿灯，她停车再发动，只那么轻微的震动，他就已然醒了。

"我睡着了？"他坐直身子，表情有一丝迷糊，竟比睡着时的眉头紧锁看着生动。

周小鹿在专心开车，只是轻轻点了点头。

"呵……"他呵出一口气，捏了捏自己的眉心，抬起头时，笑容变得轻松了许多，"睡一觉觉得好多了，在你身边我总能轻易入睡，真是神奇。"

才不过短短的十几分钟，那也能叫作睡一觉？

周小鹿侧头看他一眼，眼中有困惑。

"我失眠一直都很严重，能在白天打个盹，已经是种享受了。"他笑着解释，但刚说完，又立刻弯下身剧烈咳嗽起来。

"要不要送你去医院？"

元暮时边咳嗽边摆手："最近事多，去医院怕被媒体拍到，还是回家吧，我家有经常联系的医生。"

周小鹿无奈，只好继续开车。元暮时不与家里人同住，他的住宅是位于市中心某高档社区的一套复式楼中楼，平时只有他一个人住，家务请的是家政，平时鲜有人来。

周小鹿停好车，将车钥匙还给元暮时，就见他摆摆手说："谢谢……"刚说了两个字，就又咳嗽了起来，咳了一会儿好不容易平静，他苍白着脸勾起唇，"本来是想送你回家的，现在反倒是你送我回家。"说完，又咳嗽了起来,苍白的脸上带着一抹不自然的潮红,看起来实在不太好。

周小鹿不太放心地说:"你一个人没事吧?"

元暮时连连摆手:"没事,我自己会打电话叫医生,肚子饿了叫外卖,总不至于病死家中。"

他这么一说,周小鹿更加不放心了,一个病人,独自在家,吃着调料过多毫无营养的外卖,那画面实在太凄惨。她想了又想,咬咬牙,决定留下来照顾他,只当还了他在公司那么照顾她的人情。

乘电梯上楼,元暮时偶尔还有咳嗽,周小鹿看着他身上的衬衣,想把他的大衣脱下来还他,却被他坚决拒绝了,然后伸手替她裹紧了大衣。

皮肤接触间,她感觉到他的手似乎很烫,条件反射地抬手放在他额头上,试试温度,果然,他发烧了。她也顾不上再推推让让,坚决地将大衣脱下来给他裹上。元暮时咳嗽着苦笑,拉了她一把,将她揽在怀里,将她也裹在大衣里。

"这是唯一我们两个都暖和的办法。"

两个人裹同一件大衣,她几乎是被他抱在怀里的,抬头的时候,他的唇会不经意间擦到她的额头,这是恋人间才会有的亲密,但是他说得坦荡无辜,她若执意出去受冻,倒显得太矫情,只能任他抱着,走出电梯,穿过不长的走廊,来到他家门前。

打开那扇精致的防盗门,室内的景象展现在眼前,低调奢华,完美的样品房,但就是毫无人气。元暮时先走进去,换了拖鞋,找了半天才找了另外一双男款拖鞋给周小鹿。

"抱歉,我家里没有女客,没准备女式拖鞋。"他说。

周小鹿不介意这些,走进去第一件事就是在发出一声感叹。好暖和,而且空气中弥漫着淡淡的馨香,这一点倒一点都不像是久未有主人归来的家。

元暮时看她享受的表情,笑了起来:"暖气和加湿器都是遥控的,我在路上已经设定好了温度。"

高科技啊。周小鹿点着头，走进去，他想去给她倒水，但还没走到厨房，就又开始咳嗽起来，脚步也跟着有些虚浮。周小鹿走过去，拉住他，看着他的眼睛，认真地说："你是病人应该去休息，我也并不是来做客的，不用招待。"

元暮时也许是真的很难受，也没勉强，说声："抱歉。"就去卧室躺下，顺便给医生打电话。医生很快就来了，给他做了些基本的检查，感冒诱发了肺炎，外加疲劳过度，倒没有其他的大问题。

"暮时，你长期失眠，已经损害到了免疫系统，非常容易生病，你自己要小心点，别太操劳，多注意休息。"这位有些年纪的老医生，据说是元暮时母亲的旧友，元暮时生病一直都是他来看的，非常尽心，说到这里，忍不住露出些担忧的神色，"有些事过去了就过去了，你再忧思多虑也是无益，放宽心好好生活，才能告慰死者不是吗？"

元暮时没有笑，也没接话，屋里的气氛似乎凝滞了一般沉重，周小鹿站在一旁实在尴尬，就借口，水烧开了，出去给医生泡茶。等她端着茶杯进来时，医生刚给元暮时输上液，却见他始终沉默不语的模样，就说："你自己也念过医科，拔针对你来说是小事，输完液自己拔吧，我走了，有事再给我打电话。"

周小鹿送医生到门口，医生转过头来问她："你是暮时的女朋友？"

她慌忙摆手，解释道："不是不是，我只是公司的艺人，他是我BOSS。"

那医生笑着看她，将她的解释自动理解为害羞："害羞什么？年轻人未婚未嫁的，谈恋爱多正常，就算你傍老板我也不会歧视你的。你呀，在这里好好照顾暮时，让他多睡觉，这两天不要吃那么油腻，饮食清淡些。"

周小鹿还想解释，那医生却一瞪眼："行了行了，我走了，他要是有什么不对劲给我打电话。"

说完，医生自己开门出去了，留下周小鹿一个人站在门口，欲哭无泪。她真的不是他的女朋友，能不能回来听她解释一下啊！

她折回卧室时，元暮时正靠在床头接电话，应该是公司的高层打来的，也不知道是什么紧急的事,他的语气也有些急:"我说过,近来不要让他们参加任何活动,全员在家休息……什么叫作管不了?一个艺人你也收服不了?再闹出什么风波,你就准备辞职信吧!我这几天不会去公司,有事找副总,就这样。"

他说完挂了电话,又咳嗽了起来,脸色非常难看。她小心翼翼地推开门,递了一杯水给他,他愣了一下,似乎是忘了家里还有个人,看到是她,神情陡然放松了许多,笑着对她说:"谢谢。"

"不用不用。"周小鹿摆摆手,退出房间熬粥去了。

他的厨房很大,一应厨具十分齐全,冰箱里蔬果肉类满满当当,米油也有储备,但就是没有任何开火的迹象。她四处看了一下,在心里想好了食谱,准备开工时,才想到自己还穿着发布会时的礼服,长长的礼服美则美,在厨房里却显得累赘,而她的替换衣服又都在家里。

踌躇了一会儿,她只好将主意打在元暮时的衣帽间上。衣帽间不算大,但整理得非常整齐,一排是手工定制的各种正装,一排是衬衣,另一排是休闲装,连袜子都各有各的位置。她看了一圈,拿了他一件休闲款的白衬衣换上。

白衬衣穿在她身上,松松垮垮,一直遮到大腿,倒也舒服自在。她就这样穿着,挽起袖子,长发在头顶绑成一个丸子,清清爽爽去厨房做饭。

一个米粥,三个小菜,很快做好,她想去问问元暮时是在厨房吃,还是给他端到卧室里来,结果一推门就看见他已经靠在大抱枕上睡着了。

针已经拔了,也许是药物的作用,他睡得很香,她走过去,趴在那里盯着他看了一会儿,他都没醒。他睡熟时,没有皱眉头,反而有种孩童般的恬静,这段时日的操劳,加上生病,整个人透着苍白病弱的美感。她看了一会儿,只觉得心头暖暖的,有种夙愿达成的满足感。

以前跟陈嘉铮在一起的时候,他总是匆匆忙忙来,又匆匆忙忙走,偶尔几天的休息,又要东躲西藏,想要安静地享受恋情,根本不可能。即便他躺在她的腿上睡觉的时候,她也总是提心吊胆,担心他的电话会响,因为只要他的电话响起,他就必须要离开了。

那个时候,她就一直幻想着,能有一天,家里就他们两个,什么都不做,窝在床上睡到自然醒,她穿着他的大衬衣,光着脚在家里乱转,或做早饭,或收拾东西,或只是捧着咖啡在床上发呆,漫无目的,虚度光阴,却满心甜蜜。她想着想着,笑了起来,笑完了又觉得自己特别傻,将脸埋进他的被子里,半天没好意思抬头。

元暮时醒的时候,已经是半夜了,周小鹿抱着毯子,在沙发上睡着了,他站在一旁看了她一会儿,低头在她额头上印下一吻,然后弯身想把她抱起来去客房睡,但是人太虚弱,没什么力气,刚抱起,就又将她摔在沙发上。

周小鹿睡得正香,被这么猛地一抱一摔,一下子就醒了,看到元暮时的脸,才回过神来,想到自己现在是在他家。

"抱歉,摔到你了……想抱你去客房睡的,但我没什么力气。"他的脸色看起来还是苍白,嗓子带着沙哑,完全看不出好一点了还是更加糟糕了。

周小鹿从沙发上跳下来,整了整身上乱七八糟的白衬衣,问他:"你好点了吗?饿不饿?厨房里有粥有菜,我去给你热。"

病中的人其实没什么胃口,元暮时想说"不用了",但还没说出口,周小鹿已经一溜烟跑进厨房了。她的背影很纤细,穿着他的白衬衣,光着两条腿,说不出的性感,他在背后看着竟有些喉头发紧。

周小鹿快速地热好了粥菜,在餐桌上摆好,元暮时刚刚冲好澡,换了衣服出来。不知是不是故意的,他穿的也是休闲的白衬衣,米色长裤,跟她站在一起,嫣然一对甜蜜的情侣。

她扯了扯身上的白衬衣,不好意思地说:"我没带替换的衣服,穿着礼服做饭又实在不方便……"

元暮时打断她,苍白着面孔温柔地笑:"我从没想过白衬衣也能这么好看,能被你选中,是它的荣幸。"

生着病也能说出这种满分的情话,周小鹿的小心脏扑通扑通跳着,拉开餐椅,埋头喝粥。

元暮时吃得很少，一小碗粥吃完，就放下了筷子，担心对方误会自己嫌她做饭不好吃，就说："味道很好，但是实在吃不下，抱歉。"

周小鹿也跟着放下了筷子，担忧地问："要不要叫医生过来？"

他摆了摆手，站起身来："这么晚了，不要折腾他了，我进去睡一会儿。"

周小鹿过来扶他，接触到他皮肤她着实被他皮肤的温度吓了一跳。才刚退烧没多久，竟然又发了这么高的烧，真的没问题吗？她将他扶上床，给他盖好被子，不放心地又问了一遍："真的不用叫医生吗？"

"不用。"他虚弱地笑，然后抓住了她的手，"我想握着你的手，你能陪陪我吗？"

他看起来苍白又虚弱，她怎能拒绝，就点点头，坐在他床边上，手任由他握着。也许真的是太累了，他没过多大会儿，就睡着了，周小鹿慢慢抽出自己的手，到洗手间，打了冷水，找条新毛巾濡湿，拧干，然后放在他的额头上，等毛巾变热，她就再去湿一遍，如此不知道反复了多少次，最后累得蜷缩在他床边上睡着了。

第二天，周小鹿醒来，第一件事就是去摸他的额头，还好，烧已经退了，就是出了许多汗，有点黏腻。她这才放心地起身，去做早饭，喷香小米粥之外，还烤了容易消化的小餐包。小餐包的香味从厨房里飘出来，卧室那边就有了动静，周小鹿伸头看一眼，看到元暮时正进浴室，她抓紧时间将最后的收尾工作做好。

早餐摆上桌，她折回厨房拿勺子，一回身就撞在某人怀里。元暮时洗过了澡，换了衣服，清清爽爽地站在她面前，张开手臂将她抱起来，放在身后的操作台上。她不知道他要干什么，只知道被他完全圈住的感觉实在太亲密，太让人窒息了，但她手上抓着餐具，支支吾吾问："干什么？"边问边往后躲。

这个时候元暮时的手从后面托住她的后脑勺，不让她再往后躲，直视着她的眼睛，极认真地一字一句地说："周小鹿，怎么办？我好像爱

- 173 -

上你了。"

他还在滴水的发,极认真的眼,手心的温度,都带着极大的冲击力,周小鹿几乎不能呼吸了,心脏似乎也跟着漏跳了好几拍,然后便是咚咚咚,几乎冲出胸膛的大力跳动。

她手里还抓着餐具,完全不知道此时该如何反应,就只是傻愣愣地盯着他看。以前跟陈嘉铮在一起的时候,根本没有什么正式的告白,陈嘉铮总来找她,她一向不会拒绝人,就稀里糊涂地被他牵着鼻子走,一直到今天这个地步,想来都是她在这方面实在太糊涂了。

她大脑一团糨糊,想要表现得精明果敢一点,但是情商实在不够,想了半天,也不知道脑子抽了什么风,张了张嘴说:"粥要凉了。"

元暮时有些气闷地盯着她,俯身吻住了她的唇。他刚退了烧,唇上还残留着热度,那热度并不灼人,却烧得周小鹿手足无措,一动不敢动,快不能呼吸了。

他吻了她一会儿,见她一副痴呆的表情,不满地拍了拍她的脸:"你是木头吗?那是什么表情?"

周小鹿这才如梦初醒,慌张地一脚踹开他,跳下操作台,狂奔着跑进客房不出来了。她在客房里躲着,门也反锁了,元暮时试着敲了几次门,她都没开,最终只能放弃,隔着门,低声跟她说声:"抱歉。"

周小鹿隔着门,捂着狂跳的心,有好长时间,脑子里都是空白的,等她好不容易清醒过来,意识到发生了什么事,纠结地抱着头摔倒在柔软的床上。

她被BOSS表白了,还被BOSS吻了,然后,她踹了BOSS一脚。

真是糟糕透了!

她将头埋进被子里,无声地滚了数圈,坐起来时,一头乱发扑在脸上,犹如她凌乱的心。

说真的,她对元暮时的感觉很复杂。如果将陈嘉铮比作一个叛逆的坏小子,那么她就是迷恋过坏小子,又逃不出坏小子手掌心的叛逆少女,元暮时就是将她从坏小子手中救出的老师。

他带她入行,替她规划一切,体贴入微,教她、扶持她成为更好的人,等她对他产生懵懂爱意,他却用最残酷的方式告诉她,他救她是另有所图,他救她是为了利用她。她伤心难过,却也不得不重新收拾心情,好好地生活工作,将他的温柔视若毒药,小心翼翼地收藏着对他的感觉,而这个时候,他却告诉她,他可能爱上她了。

现在,请计算一下她此时心理的阴影面积。

周小鹿很纠结,她不知道该怎么面对这个乱糟糟的局面,索性三十六计走为上计,做了好几个深呼吸,鼓足勇气打开门,准备逃跑。

元暮时正坐在餐桌前吃早饭,见她出来,立刻放下碗筷站起来,想说什么,她根本就不听,直接就往门外跑。门一打开,一阵冷风扑面而来,她颤抖一下,迅速缩了回来,苦着脸,对他说:"太冷了,借件衣服。"

元暮时什么都没说,起身去衣帽间拿了一件羽绒服给她,她完全不敢抬头看他,低着头将羽绒服裹上,换了鞋,拉开门迅速地跑了。

/ 第十一章 /
NVSHEN YANGCHENGJI

## 把你宠上天

周小鹿从来没试过,将自己的日子过得如此小鹿乱撞。

那么突然地被表白之后,她逃回家,一头扎进被子里,埋了许久,还是无法抑制住自己的心跳。那一天她索性什么都没干,就在家躺着,安雅打电话找她,她想着反正今天没有重要安排,索性关机装死。

浑浑噩噩睡了一天,起床之后似乎好了一些,心跳没那么快了,她起身给自己做了晚饭,端到客厅,窝在茶几上,边吃边看电视。电视上正在播一个访谈节目,节目主持人是这个圈里的名嘴,采访的对象竟然是几个商业新贵,其中就有元暮时。

元暮时穿的是白衬衣黑西裤,大长腿交叠着,靠坐在黑色真皮沙发上,闲适自然,浅笑疏离,言谈沉稳而得体,偶尔会冒出一两句金句逗得主持人哈哈大笑。周小鹿看了两眼,又抑制不住地心跳加速,甚至想到了今天早上的那个吻,他身上的潮湿,沐浴露的香味,柔软灼热的唇……

浑身上下都在躁动,她受不了地抓起遥控器换了台。

手足无措的感觉实在太糟糕了,她真想上网发个帖子,名字叫作《BOSS对我表白了,怎么办?急,在线等》。可又怕被扒出真实身份,平白惹出一场风波，只能自己默默忍了。

第二天，她有个试镜，是早就安排好了的，为了躲着元暮时，她甚至没去公司，直接让安雅来她家接她，可谁知，到了约定好跟制片方碰头的摄影棚，元暮时也在里面，正跟制片人说话，两人似乎交谈得很愉快。他的脸上还带着微微的病容，但是依然笑容和煦，让人觉得跟他说话，是世界上最温暖的事。

他似乎也看到了周小鹿，就跟制片人说了声什么，朝她走过来。周小鹿的脸顿时发起烧来，连连后退了好几步，还撞到了后面进来的安雅身上，安雅被踩到了脚，疼得"哎哟"了一声，她却顾不得安慰安雅，转身就想跑，被元暮时一把拉住。

"过来，介绍制片人给你认识。"他拉着她的手腕，面带微笑，语气温和，一切都是那么自然，似乎昨天的事，根本不曾发生过。

周小鹿有那么一瞬间以为，昨天的事都是自己的一场梦，就见元暮时的唇已贴近她的耳边，用一种极温存的口吻跟她说："昨天我话没说完你就跑了，我很想你，忍不住跑来看你试镜。试镜结束记得等我，我还有话要说。"

他的气息吹拂着她的耳朵，酥酥麻麻的，心跳再一次飙升至无法承受的速度，她窘迫地站着一动不敢动，任凭他拉着往里面走。她回头看安雅一眼，希望她能来解救她，可是跟在后面的安雅，眼观鼻鼻观心，一副"我什么都没看见，我什么都不知道"的表情。她忍不住叹了口气，有种无处可逃的危机感。

制片人卖元暮时的面子，对周小鹿十分客气，试镜非常顺利，制片导演都对她十分满意，甚至谈了片酬的问题，提出的条件很优厚，安雅当时就替周小鹿答应了下来。

周小鹿有些踌躇。她并不是不喜欢这个角色，相反的，这部叫作《哑后传》的古装剧非常适合她。一个哑婢历经磨难，成为后宫之主的故事。年龄跨度大，考验演技，但也非常吸引人，而且故事的女主也是刚开始哑，后来医治好了，找回了自己的声音，跟她的经历很相似，这是个极好的噱头。唯一让她不自在的是元暮时，元暮时替她打点好了一切，让她产生一种，她完全是靠他得到的角色，而不是因为自己的实力。

试镜结束，制片人、导演跟元暮时相约吃午饭，周小鹿与安雅自然也要一同去。导演和制片人都是善谈的人，元暮时对电影电视也有独特的见解，几个人相谈甚欢，气氛十分热烈，让不善应酬的周小鹿着实松了一口气，放松地吃完了一顿饭。饭后，送走了导演和制片人，她就找了借口下午要拍平面，拉着安雅就走，却被某人堵住了去路。

"你的行程我难道还不了解？"元暮时好笑地看她，然后朝安雅看了一眼，"她下午可以放假，对吧？安雅。"

安雅忙不迭地点头："当然当然，BOSS说放就放。"

"你肯定很忙对吧？"他又问，依然是对着安雅。

安雅再傻也会意过来BOSS是嫌她这枚灯泡太亮，让她闪人，只能哈哈笑着继续点头："好忙，我忙死了，小鹿再见哦。"说着迅速消失了。

偌大的一个包厢里只剩下他们两个，周小鹿看着元暮时放在自己手腕上的手，又有了那种无法逃脱的无力感。

"口渴吗？"元暮时见周小鹿全身僵硬，就放开她的手腕，给她倒了杯清茶。

周小鹿机械地捧着清茶喝了两口，然后放下，元暮时伸手过来握住了她的手："喝完了，能听我说话了吗？"

刚才饭局上，他喝了不少酒，现在身上手上都有淡淡的酒气，那种味道并不难闻，钻入鼻孔时，反倒有种醉人的悠长余韵。

周小鹿大脑眩晕了一下，木然地点了点头。

"昨天早上，是我太冒昧，对不起。"他说得十分诚恳，"如果你还没准备好开始新的感情，我可以等，只要你告诉我，我有没有那个机会。"

没想到他会这么直接地将她所窘迫的问题说出来，周小鹿脸红到了脖子根，猛地将自己的手抽回来，视线转到了别的方向。她一直都不是一个很有魄力的人，特别是在感情方面，做不到潇洒决断，就算是一个自己并没有那么喜欢的人，如果一直强势地纠缠自己，自己也可能不自觉地被对方牵着鼻子走，谈一段并不如意的恋爱。

当然，陈嘉铮不一样，刚开始跟陈嘉铮在一起的时候，她是喜欢的，只是后来出了问题，而她又不知道怎么解决，所以才纠缠那么久。她清楚地意识到了自己的问题，想要变成更好的人，想要掌握自己的人生，所以她就必须面对她之前所害怕的局面。

比如现在，她明明心跳如雷，窘迫得不行，脑袋无法思考，却依然做了深呼吸了，强迫自己面对问题，回答问题。

"我也不知道，给我点时间考虑一下。"她说，速度很慢，手指有微微的颤抖。

元暮时却笑了，抓住她颤抖的手指放在唇边轻轻啄了一下："你能回答我，没有跑掉，我很开心，我会给你时间。"

他的笑容那么温柔，带着满溢的宠溺，看在眼里，心就像要融化了一样，周小鹿看着他的笑，觉得也没那么害怕面对自己和别人的感情了。

那天下午，元暮时也给自己放了假，带着周小鹿去了郊外看雪。S市前两天下了雪，厚厚一层铺了一地，景色自然是美的，不过城市里的雪消融得快，天还没亮就有环卫工将雪铲走，现在看出去，除了树上、房顶和一些商店的挡雨棚上的雪之外，基本看不到雪的影子。

郊外则不同，特别是一些无人踏足的草地湖边，还是厚厚积雪，白茫茫一片，美不胜收。周小鹿从小就喜欢雪，只不过她有残疾，周围的小朋友都不愿意跟她玩，所以每年下雪，她都只能孤零零地自己堆雪人，打雪仗这种游戏，从来都没玩过。

元暮时带她去郊外看雪，而且似乎早有预谋，临下车前，从后座拿出一个纸袋，里面大围巾、帽子、手套一应俱全，两个人武装了一番，即便走在雪地上也不觉得冷。而某人看见那白茫茫的雪十分兴奋，早已忘记了之前的窘迫，在雪地上小跑，不时团一个雪球，在手上抛着玩。

雪地上有好多人，小情侣们在拍照片，学生模样的少年们追逐打闹，还有一家老小拿着铲子热火朝天地堆着雪人。元暮时跟在她身后，面上是柔软的笑，她跑到了少年们的雪仗区域，受到波及，成了被攻击的对象，元暮时冲过来护着她，弯腰团雪球，一本正经地指挥她："还击，给他们点颜色看看。"

这场雪仗持续了约莫一个小时，每个人都筋疲力尽且意犹未尽，周小鹿更是有种童年缺憾得到弥补的满足感。回到车上，元暮时变魔法一样，从后座拿出大保温杯，冲了杯热奶茶给她，她很意外，问："你出门怎么带这么多东西？"

元暮时笑："出来约会，不准备充足点，怎么讨你欢心？"

一句话说得周小鹿面红耳赤，两手捧着白瓷的杯子，低头喝奶茶，只当没听见。

"我只带了一个杯子，我们一起喝吧。"元暮时说着，头伸过来，就着她的手，喝了口奶茶，然后抬头，在极近的距离看着她。他的目光起先就如这杯奶茶，柔软的、温暖的，慢慢就变得灼热起来，在他的注视下，周小鹿的脸又慢慢变红了，连耳根都泛着粉红，呼吸有些困难，一动不敢动。

"小鹿，你现在的样子，似乎在邀请我吻你。"他勾了勾唇，笑容里带了一丝邪气，"那么，我能接受邀请吗？"

周小鹿手里捧着奶茶，嗓子眼像被什么堵住了，拒绝的话，却迟迟没说出口。

"你不说话，我就当你同意了。"他笑，唇已贴了上来。

太犯规了。周小鹿忍不住叹气，情不自禁地闭上眼睛。

这个吻是柔软的、灼热的，透着奶茶的香气，她无法抗拒，甚至觉得，这一刻真的很美妙。但这种美妙感觉并没持续多久，回程的时候，元暮时就开始咳嗽，起初只是清咳，后来越来越严重，等他将车开到她家楼下，她又在他脸上看到了那种不自然的潮红。

她将手探到他的额头试了下温度，果然又发烧了。

"你病还没完全好，不该去雪地里跑的。"周小鹿有些自责，"是我不好，我得意忘形，忘了你还在生病。"

元暮时抓住她的手,他的手跟额头一样,都带着异常的灼热:"是我要带你出去的,怎么能怪你?放心,我没事,回去睡一觉就好了。"

他家里只有自己,若病得厉害,连帮他打电话叫医生的人都没有,周小鹿看着他难受的样子,怎么都无法放心,不太放心地问:"你看起来不太好,有事不要硬撑。"

元暮时看她那副紧张的样子笑了笑,半开玩笑说:"我确实没力气开车回去了,我能在你家睡一晚吗?"

周小鹿现在住的地方是安雅新近帮她租的,小两室,装修得非常小女生,她还挺喜欢的,而且这个新居除了安雅,还没人去过,元暮时突然提出要过一夜,她真的有些犹豫。倒不是不愿意,而是她想起房间粉粉的墙纸、碎花的沙发,还有紫色的地毯,就觉得不好意思,有点怕被元暮时看到,笑话她小孩子气。

见她犹豫了一下,元暮时扬了扬唇,揉了揉她的发,说:"我开玩笑的。"

说着,他下车给她打开了车门:"你回去吧,我在车里休息一下就走。"

他的脸上带着不自然的潮红,说话多了就会弯身剧烈咳嗽,看起来并不像是休息一下就能缓过来的样子。

而且他会变成这个样子,都是因为陪她玩雪。

周小鹿哪里受得了这种良心的谴责,只能说:"在我家过一晚是没有问题,不过我觉得你应该去医院。"

元暮时笑着,关上车门:"休息一晚就会没事的。"

周小鹿见他坚持,只能做到尽量不让他烦心,于是两人一起来到了某人的小窝,果然一进门,就被里面满满的小女生情怀笑喷了,而后拍拍她的头说:"布置得很温馨。"

周小鹿知道他在安慰自己,不过事已至此,她再装出高品位也来不及了,只能强装镇定地拿了拖鞋给他换上,邀请他进门。那双粉紫色的带着巨大的兔子头的拖鞋,穿在元暮时脚上满满的违和感,而且只能穿大半个脚掌,他的脚后跟还悬在外面。

周小鹿觉得实在太好笑了，忍了又忍，才没真的笑出来。元暮时对这一切倒不在意，拖着那只能穿半个脚掌的兔头拖鞋，在小碎花沙发上坐下，然后问她："介不介意，我在这里躺一下，实在有点累了，坐不住。"

周小鹿这才将注意力从拖鞋上转移到他的脸上，他的脸色看起来似乎比刚才还差，慌忙打手势让他快躺下，然后冲去厨房倒了杯热水给他。他已经躺在了沙发上，头下垫着抱枕，长腿搭在沙发扶手上，小腿完全悬空。

她躺着正合适的沙发，对他来说果然太小了。

元暮时接过热水喝了几口，说声谢谢，然后就闭上了眼睛，周小鹿又跑去拿了支体温计，拍拍他的肩膀，示意他量量体温，他睁开眼睛，顺从地将体温计夹在了腋下。等待的五分钟，进房间换了套家居服，顺便给他拿了一床毯子。

元暮时将体温计取出来看，她凑过去看了一眼，立刻被上面的温度惊到了。40度，烧这么厉害，只是休息一下，不去医院真的可以吗？她担忧不已，元暮时却一副见怪不怪的样子，笑了起来："没什么大不了的，我经常烧这么高，经验丰富，睡一觉就好。"

虽然他这么说，但周小鹿还是觉得心惊，问他："要不要打电话给那位医生？"

元暮时摇头："他要是知道我去玩雪一定气死，说不定会直接给我打一针镇静剂，让我睡上三天。"

周小鹿苦着脸不说话了。他见她那副样子，伸手过来抓住她的手，放在自己的脸颊上，疲惫地笑："不要瞎操心了，让我睡一下，睡眠对我来说是奢侈品，最近也只有在你身边才睡得着，你什么都不用做，在旁边陪着我，就是一剂良药。"

他这话说得有几分可怜，周小鹿只觉得自己的心似乎被什么东西揉了一下，酸酸涩涩的，偏又柔软得要命，不太舍得抽走自己的手，就这么任由他握着。元暮时很快就睡着了，即便是睡着了，也还是紧紧握着她的手，她尝试着抽出来，可是她一动，他就会皱眉，吓得她立刻安静，再不敢动了。

不知不觉，她也趴在沙发上睡着了，醒来时，天已经黑了。元暮时还没醒，暖气很足，但也远没到热的地步，但是他却出了一身的汗，手掌里滑腻腻的，她有些难受，就使劲将手抽了出来。他似乎被她的力道惊到了，猛地拽住她的手腕，然后翻身将她压在沙发上，手掐住她的脖子，掐得她喘不过气来。她被吓了一跳，却喊不出来，只能使劲踢打他，好在他很快清醒了过来，松开手，盯着她看了半天，似乎在确定面前的人是谁，等看清是周小鹿，苍白紧张的脸，立刻舒缓了，松一口似的，坐了起来，大口喘着气。

周小鹿也坐了起来，晃了晃他的胳膊，问他："你没事吧？"

元暮时摇摇头，脸上的笑苍白而脆弱，像个惊吓过度的孩子："我没事，做了个噩梦，梦到了以前的一些事。对不起，我……有没有弄疼你？"说着，他撩开她的头发，检查她的脖子，只见她白皙的脖子上面留了五个清晰的指印。他摸着那些指印，声音有点抖，"疼吗？对不起，我有点失控，对不起。"

周小鹿点了点头，又摇了摇头。说真的，被掐着的时候，确实很疼，她几乎以为他要杀了她，但看到他现在内疚又脆弱的样子，又觉得一点都不疼了，反而非常心疼他。他是她的BOSS，商业新贵，掌握着很多人的命运，翻手为云覆手为雨，对外从来都是从容优雅的形象，什么时候露出过这样崩溃的表情？

他到底经历过什么，才会一直无法入眠，半夜惊醒，带着崩溃狠绝的表情，掐住一个人的脖子？跟他死去的妹妹有关吗？跟元平时有关吗？

周小鹿觉得沮丧，关于他的事，她什么都不知道。她想着，伸手抱住他的头，靠在她的胸前，然后摸摸了他的头发。那个动作的意思是——别怕，一切都过去了。

元暮时被这个动作刺激到了，伸手抱住她的腰，将她抱起来，粗鲁地放平在地毯上，欺身压了上去，唇咬住她的唇，激烈而蛮横地吻，然后顺着她的脖颈一路啃噬。再接下会发生什么，周小鹿十分清楚，她突然害怕起来,对他又踢又打,甚至张嘴咬在了他的肩膀上。她用的力道不小,几乎尝到了他的血腥味,他终于停住,从她身上离开,坐起身来,红着眼睛,低低说声:"对不起。"然后抓起放在沙发扶手上的大衣,冲出客厅。

很快,周小鹿就听到了关门的声音,她躺着没有动,嘴里还残留着鲜血的味道,不知道为什么,他做了这么浑蛋的事,她却一点也不生气,只是觉得难过,她似乎看到了蛰伏在他心底的空洞,那个空洞跟她无关,她无能为力。

元暮时一周都没去公司,对外说是出差了,周小鹿却有点担心,那天,他半夜跑出她家时,发着高烧,状态又那么糟糕,会不会出什么事了?她试着跟安雅打听,安雅耸了耸肩,边给她上妆边说:"你也太瞧得起我了,BOSS 的行踪怎么可能跟我汇报?"

周小鹿觉得也对,她真的是有点病急乱投医了。今天《哑后传》试装,本来是打算打车去的,到了公司门口,却发现陆辰在门口正等着她们。安雅看到陆辰很是惊喜,一边拉着她爬上他的车,一边嚷嚷着问:"陆辰,你的特殊任务终于结束了?哎呀,太好了,以后再赶通告,就不怕打不到车了。"

周小鹿许久没见陆辰,也有点惊喜,笑着问他的近况。

陆辰一贯的冷脸,只含糊地答:"还好。"说着,他沉默了一会儿,又抬头看小鹿说,"你最近小心点,除了工作尽量不要出门,非要出门的话就叫我和安雅陪着。"

他一向是个没什么表情的人,但此时周小鹿却在他毫无表情的脸上看到了一抹异样,她有些担忧地问:"出什么事了吗?"

陆辰没答话,上了驾驶座,发动车子。

安雅拽了周小鹿一把,笑嘻嘻地说:"哎呀,他让我们注意点,我们就注意点呗,娱乐圈一向乱得很,有些事不知道了反而好。"

听她这么说,周小鹿反而不好再问了。

试完装已经下午了，周小鹿直接回家，安雅还有事，就坐陆辰的车回公司。

　　拍古装真的很辛苦，这大半天，周小鹿试了至少五套服装，发型也换了五款，就连妆也是反复地试，不过，古装的好处就是包得严实，立领的设计将她脖子上的疤痕遮得很严实，效果还不错。

　　她就像个木偶一样，一动不动任人摆弄，且兴高采烈，时不时跟化妆师聊天开开玩笑，回到家才发觉，脖子和腰酸疼得厉害，就洗了个澡，换了家居服，在沙发上趴着休息。

　　碎花的沙发，完全是她的尺寸，趴在里面，头上垫着抱枕，长度刚好够，不像某人，躺在这里，小腿和脚都是悬空的。

　　某人……

　　周小鹿心里一惊，完全不知道自己为什么会下意识地想到了他。他身上灼热的温度，他睡到半夜浑身是汗，手心里黏腻的潮湿，他被惊醒时眼中冰冷的杀意。

　　元暮时他现在到底在哪儿？在干什么？身体好点了没有？能不能安稳地一觉睡到天亮？

　　思绪一旦飘到他的身上，就有些不受控制，她甚至想到了刚认识他的时候，他给她拔牙的时候，他冷着脸夺走她的巧克力的时候……

　　温柔的，宠爱的，甜蜜的……记忆，后来都变成了蛮横的掠夺。

　　她将脸埋进沙发里，那里是他躺过的地方，甚至还残留着他的男式香水味，那味道就跟他的人一样，温和清淡，却也非常霸道，钻进她的鼻孔，侵入她的大脑，控制了她的记忆，让她猛然想起被他压在身下的那一刻。

　　她猛地从沙发上爬了起来，愤怒地将抱枕丢在地上！她觉得自己很不争气，明明自己是被欺负的那一个，为什么偏还要这么想他？

　　她沉默地跟自己生了一会儿气，拿起外套出了门。她要去花店，她告诉自己，她有很多事情要忙，她没有时间胡思乱想。

　　花店被大姐打理得井井有条，她在一边站着倒显得多余，晃悠了半天，实在没事做就去后面小仓库，整理刚进的货。仓库很小，因此手机短信提示音显得非常突兀,她被吓了一跳,愣了半天才放下手里的花,摘了手套,划开手机。

是安雅发来的,内容有点骇人,周小鹿几乎拿不稳手机。

"小鹿,你去BOSS家被人拍到了,微博上已经有人发出来了。"

周小鹿知道自己和元暮时一直有绯闻,是处于那种大众猜测状态下的暧昧,谁也没公开承认过,一旦他们断了互动,自然会被大家淡忘。她去元暮时家被拍到,若是解释为大家一起去的,刚巧只拍到了她,也是说得通吧。

微博打开,自动登录,立刻跳出数万条@,她点开,第一眼就看到了她和元暮时在亲吻的照片。

那是透过窗户拍的,她记得那一幕。

在厨房里,她被元暮时抱到操作台上,元暮时说:"周小鹿,我好像爱上你了。"然后吻了她。

偏偏被拍到了这一幕……

这下子,无论怎么解释都只是狡辩了。

她坐在昏暗的仓库里,周围全是花,她却犹如身处荆棘丛中,被那些刺和藤蔓缠得透不过气来。

这件事迅速发酵,传播的速度超乎所有人的想象,当天晚上,公司召开紧急会议,周小鹿家门口被记者堵住了,没法出门,安雅却在公司里待到了半夜,等着高层决策,要如何做公关。由于这关系到元暮时的私事,高层们联系不上元暮时,又不敢私自做决定,不得已只能去请示老总裁,退休在家的元申。

元申接了电话之后,直接杀去了元暮时的住宅,空无一人,这位精神矍铄的老人思索了一会儿,让秘书拨通了元家私人医生的电话,果然元暮时病了多日,正在他的私人诊所里养病。

"暮时,你与那个小明星到底是怎么回事?"

"就是你看到的那么回事,爷爷。"元暮时的声音听起来虚弱,但是却依旧镇定而从容,似一切成竹在胸。

元申沉默了一会儿，说："我们元家不能有丑闻。"

元暮时答："我一定会如你所愿的，爷爷。"

元申松了一口气，他的孙子只要不跟尹家的女儿在一起，就是可靠的孝顺的，从不会让他失望。

静了一会儿，他又郑重地说："暮时，我不管你接下来在计划什么，记住，别让元家声誉受损，别跟尹润园扯上任何关系。我此时最后悔的一件事，就是将'元平时'的名字给了她。"

"我明白的。爷爷，你该回家睡觉了，明天一早我会处理好一切。"

当红新人、卖花妹周小鹿与 perfect wold 总裁秘密同居，迅速爬上各大网站热门排行榜第一名，所有认识周小鹿的人都发短信来问了这件事，包括小园，还有陈嘉铮。

陈嘉铮发来的短信，周小鹿反复看了好几遍，每看一遍都是锥心之痛。

他说："你就这么迫不及待需要一个男人吗？"

竟然不问她这件事是不是真的，就像还没分手那次一样，看到她和元暮时在一起，也不问清楚是怎么回事，这其中有没有什么误会，张口就是直刺她心的指责。

周小鹿看着短信，只觉得憋闷，一个都没回，默默把手机关了。半夜十二点，外面有人按门铃，她怕是记者，不敢直接开门，就透过猫眼往外看，看到是个穿着麦当劳制服的年轻小哥。

小哥戴着帽子，帽檐压得很低，看不清长相。她并没有叫过外卖，迟疑着不敢开门，这个时候小哥抬起头，推了推帽檐，朝她龇牙笑了笑，周小鹿这才看清，来的人原来是安雅。

她打开门，安雅挤进门来，顺上将身后的门关上，然后急匆匆地开始脱外卖制服，边脱边说："没时间跟你解释了，现在穿上这个，下楼去找陆辰，陆辰会带你去 BOSS 那里。"

周小鹿一瞬间明白了，是元暮时安排她来的。她来不及多想，穿上安雅脱下的制服，将头发绾起来，全部塞进宽檐帽里，压低帽檐，提着

- 187 -

外卖盒出去了。她从小就是个乖巧的孩子，从没做过这样鬼祟的事，提着外卖盒的手甚至有点发抖，经过拿着长枪短炮的记者群时，她的心抑制不住地狂跳着，每走一步都小心翼翼。

好在大家的目光都盯着楼上，没人注意一个送外卖的，她顺利走出楼道，来到外面，就见陆辰穿着跟她一样的制服，骑着贴有麦当劳标志的摩托车在那里等她，她三步两步奔过去，跨上车后座，陆辰一声不响，发动车子，朝外飞驰。

陆辰将她带到一个私人诊所里，那是位于郊区的一栋别墅，后面有树林，前面是人工湖，周围全是碧绿的草坪，环境十分幽美。元暮时穿着灰色长大衣，坐在路灯下的长凳上，见摩托车开过来，就站起来，微笑着朝她招招手。

周小鹿下车，脚步有些不稳，他还上前扶了她一把，然后对陆辰说："辛苦你了，陆辰。"

陆辰一言不发，看了周小鹿一眼，沉默地掉转车头将车开走了。周小鹿的身上穿着外卖小哥的制服，头上戴着鸭舌帽，像个纤细、慌乱的大男孩，站在元暮时身边总觉得有些局促。他现在看起来从容而优雅，一点也不像被绯闻所扰的人，跟那夜那个崩溃地将她压在地毯上的男人更是判若两人，她有点看不懂他，只能低着头，扯了扯身上的制服。

"小鹿，我们公开吧？"元暮时握住她的手，声音温柔而美好。

周小鹿一惊，甩开她的手，诧异地问："公开什么？"

元暮时被她这么一问，脸上的表情似乎有些受伤："公开我们在交往的事啊。"

周小鹿一愣，有些跟不上他的节奏："我们没有在交往啊。"想了一下，又补充一句，"虽然你有提出，但是我还没有考虑好，还没有答应你。"

元暮时笑了，唇角眉梢尽是宠溺："那你现在考虑，就在这里考虑，我给你三分钟的时间，到时间没有答案，我就当你同意了。"

跟他面对面地在这里考虑？周小鹿皱眉，为难地看着他，这要怎么考虑？元暮时却不给她任何逃避的机会，就静静地紧紧地看着她，看得她心脏怦怦直跳,完全没意识到时间在流逝,等她从他的眼神中回过神来时,他已经开始倒数了:"三……二……一,你答应了,真好。小鹿,我爱你。"

说着他紧紧拥抱了她。他的身上有淡淡的清香味,跟那天夜晚他残留在她家沙发上的味道一样,她仿佛听到心里最后一道防线轰塌的声音,她无能为力,默默闭上了眼睛。

第二天清晨,周小鹿和元暮时的微博上发了同一张合照,他们坐在清晨的草地上,他轻轻吻上她的额头,她觉得有些痒,缩在他怀里,愉快地笑。

只有一张照片,和一个逗趣的猪头表情,但这就足够了。

第三天,网上所有的猜疑全部消失,一边倒的全是祝福,还有很多人大呼"虐狗",毕竟这一对情侣,女的清纯美好,男的俊美无双,看起来实在养眼,又是单身男女,自由恋爱,谁能说什么闲话呢?而之前网上散播出的那些,"窗帘没拉""情不自禁"的亲密照,都成了人家小两口的情趣,人家郎情妾意,又在自己家里,爱咋亲咋亲,偷拍的人反倒显得特别没品位。

无论是元暮时的总裁粉,还是周小鹿的鹿男们,都开始谴责狗仔的偷拍行为,呼吁大家给明星们留一些私人空间。

明星被偷拍并不是什么稀奇事,周小鹿一直以为是她和元暮时运气不好,直到那一天清晨。周小鹿是那种没决定恋爱之前非常纠结,非要人狠狠推一把,但是一旦决定开始,就非常投入的人。她开始在意他的一举一动,在一起时,竭尽所能地为他好,不在一起时,盼望他的信息,像所有恋爱中的女孩一样,患得患失,忧伤惆怅,又惊喜连连。

那天清晨,她提着豆浆和水晶包去投喂元暮时,元暮时头一天有应酬,喝了不少酒,还在宿醉,迷迷糊糊将前来叫他起床的她拖到床上,好一阵蹂躏。她本就怕痒,一边左躲右闪,一边使劲推他,咯咯的笑声,灿烂了这个清晨。

她好不容易从床上逃下来，去餐厅将豆浆水晶包换了餐盘摆好，等着元暮时洗过澡之后来吃，等待的过程有些无聊，她晃到客厅去，打开了电视。电视上正播放着插播的娱乐新闻，女主持人用惊悚的高音量在嚷："继 perfect wold 最年轻的总裁大人被卖花妹拐走之后，年度又一重大新闻，我看到这条简直要疯了，我男神 lawrence 提出跟世纪美解约，我的天哪，违约费上亿啊，男神你在想什么？"

周小鹿晃了一下神，遥控器掉在了地上，这声音让她一惊，慌忙弯腰将遥控器捡了起来。如果没记错的话，陈嘉铮跟世纪美的合约还有两年就到期了，不过两年而已，到时候再解约一分钱都不用付，他为什么非要现在解约？

陈嘉铮成名已久，确实很有钱，可是上亿的违约费，还是会让他元气大伤。

到底因为什么？

周小鹿静静盯着电视，想得出神，连元暮时洗好澡走到她身边都不知道。元暮时从后面环抱住她，将下巴放在她的头顶，用温和含笑的声音轻轻说："哦，已经开始了啊。"

周小鹿抬起头来看他，不解地抬头问："什么开始了？"

"没什么。"他放开她的腰，揉揉她的头发，拉着她往餐厅走，"饿了，该吃早饭了。"

他的表情没有一丝讶异，就是太自然了，才让周小鹿觉得不自然。陈嘉铮解约，就算不是娱乐圈的人看到也会觉得惊讶，他怎么能用这么自然的表情看待这件事，除非……

周小鹿的脚步顿了一下，他回头看她，她松开他的手，满心疑惑地问："他解约这件事，你早就知道？"

元暮时笑了，似乎并没什么异常，他说："我什么都不知道，只知道我的女朋友看到前男友的新闻就走不动路，我在吃醋。"

是这样吗？周小鹿笑了起来，撒娇地摇了摇他的胳膊，拉着他的手去吃早饭了。

/ 第十二章 /
NVSHEN YANGCHENGJI

## 忙到没时间吵架的情侣

陈嘉铮解约的新闻迅速发酵,热度无人能及,很快就没人再关心周小鹿和元暮时了。

没有媒体的过度关注,就意味着可以行动起来更加自由,出门再也不用遮遮掩掩,但是周小鹿无论如何也高兴不起来。

她有点担心陈嘉铮,虽然之前跟他闹得有些不愉快,她甚至偷偷盘算了下自己的银行余额。她出道的这一年里,虽然拍了不少平面,不过她真的没挣到什么钱,好在绿妖方面刚付了她百分之八十的代言费,有五十几万,再加上拍《饲主》的片酬,还有花店的收入,她也有了八十几万的存款。

她将这些钱分成两份,一部分做花店的周转资金,另一部分放到一张卡里,准备拿给陈嘉铮。虽然跟他交往的那些年里,她有过不愉快,但是陈嘉铮是非常乐意为她花钱的,给过她副卡,给过支票,现金只要他有,她想拿多少就能拿多少,只是她没怎么用过他的钱,不是清高,只因为他们的身份本就不对等,他也总是将她家当旅馆,若真大把大把花着他的钱,她会觉得自己像是卖的。

他在金钱上对她慷慨，她觉得自己也应该在金钱上帮帮他。

如果他需要的话。

她给陈嘉铮发了一整天的信息，都没有得到回复，实在有些忍不住就拨了他的电话，他听到电话铃声通常不会接，都是直接挂断，然后回她信息，这是他们交往时候商量好的暗号。

不过，现在她可以说话了，自然不用这么麻烦，可是她还是习惯性地按照这套流程，拨了他的电话。他用来与她联系的手机是私人的，里面只有些亲戚朋友的电话，工作上用的手机在元平时手上，他从来不过问那个手机的用途。这样做的好处就是，工作上出了问题，他私人的手机依然可以照常使用，不用关机避祸，因为没多少人知道这个号码。

手机接通，然后挂断，陈嘉铮回消息并不快，语气也不太好："干什么？总裁夫人。"

满满都是别扭和讽刺，周小鹿要不是了解他的脾气，此时已经摔手机了。

她强忍着心中不快，问他："你还好吗？"

"不好，很不好，我这么说你能立刻甩了你家总裁，来我身边吗？虽然我已经快要破产了。"他还是这种闹别扭的口气。

幸好不是直接通话，要不然，这么闹脾气，她难保自己不会直接挂电话。周小鹿在心里叹了一口气，犹豫着打了一行字发了过去："我这里有几十万，你要是需要的话可以先拿去用。"

这句话刚发出去，突然手机就响了，而且是陈嘉铮的号码，她深吸一口气接起电话，果然电话那头在发火："周小鹿，我再落魄也不用你来接济！"

她知道他在无理取闹，就沉默着，等着他发完火。吵架是两个人的互动，一个人永远都吵不起来，陈嘉铮发了一会儿火，电话那头始终静悄悄的，他的声音也慢慢小了起来，最后也归于寂静，周小鹿听了一会儿，几乎怀疑他是不是已经气得把电话丢了时，那头突然传来一声哽咽。

"周小鹿，你是不是很瞧不起我？你明明都已经把话说得那么明白了,为什么还是犹犹豫豫不敢下决心改变现状,让自己完全属于自己。直到你成了别人的女朋友,我才意识到自己错过了什么,才下定决心,但是已经晚了是吗?小鹿……"

后面再说什么,周小鹿不知道,因为她已经把电话挂了。拿着手机的手还在颤抖,她的脑海中不停地回忆着她跟他说过的话:"这个世界上,没有什么是永远属于谁的,毕竟,你连自己都不属于自己。"

她当初说这话只不过是想让他成熟一些,不要再胡搅蛮缠了,没想到他竟将这话一直装在心里,默默发酵,直到今天,他终于下定决心跟束缚他的世纪美,跟元平解约了。想到了这些,她脑袋里突然有一些片段闪过,这些片段分开来看,并没有什么不好,甚至还是甜蜜的,但如果组合在一起,就觉得非常不对劲……想着想着,就出了一身的冷汗。

可是哪里不对劲呢?她怎么都抓不住这关键的一个点。

关注度下降,周小鹿晚上终于能轻松去上培森老爷子的课了,上课的时候再遇见往日的同学,明显感觉到大家对她客气了许多。她当然知道,这一切都是因为元暮时,她笑着回应每个人,即便是平日里对她冷眼的人。不是装圣母,而是那些人她根本不在意,冷眼不在意,笑脸也不在意,她微笑是为了自己,不是为了别人。

今天上课,她意外地碰到了夏铭。夏铭刚接拍了一部偶像剧,每周只会来三天,而她因为前段时间的绯闻,怕给培森老爷子带来麻烦,也总是请假,两个人已经很久没碰过面了。

"竟然能把自己的 BOSS 收服了,你也真是不简单。"他难得八卦地跟周小鹿在走廊上聊天,语气不咸不淡,听不出是真心还是讽刺。

周小鹿皱眉不理他,夏铭挑了挑眉,冷哼一声:"算我说错话了,你别生气。"样子虽然拽,但毕竟是道歉了。

周小鹿有些意外,抬头看他:"跟自己 BOSS 交往可不是一件容易的事,一直甜甜蜜蜜的还好,若是哪一天他腻了,你在公司就尴尬了。"他低头看她,脸上没什么表情,语气里竟然带了一丝担忧。

周小鹿一直都知道夏铭是个外冷内热的人，此时听他这么说，只觉得好窝心，笑了笑说："若是他腻了，我就跟公司解约，不见面总会好一些。"

"笨蛋。"夏铭怒其不争，"要是他先提出分手，你躲什么？先让他付一大笔青春损失费，不付就爆他的料，我就不信一个站在那个位置上的男人会没什么黑料。"

他说得很认真，周小鹿笑起来："好，要一个亿，然后我就成富婆了。"

夏铭看着她那副没心机的样子，忍不住皱起眉："周小鹿，你再这样没心没肺，早晚会被人吃得骨头渣子都不剩。"

周小鹿还是笑，其实她也并不是没心没肺，就是比较护短，自己爱上的人怎么都觉得好，不想任何人说他坏话。当初跟陈嘉铮在一起的时候，她简直像个地下战士一样躲躲藏藏，被元平时蔑视甚至被打，也甘之如饴了好几年，从不觉得是陈嘉铮的问题，直到再也忍受不了，才发现他们之间的问题。

她这个人啊，就是爱起来比较昏庸，放古代也绝对是"烽火戏诸侯"的昏君。

她笑着不解释，之后，他们聊了聊关于陈嘉铮解约的事，周小鹿说出自己的担忧，夏铭用看傻瓜的眼神瞪着她，手指直点她的额头："你太天真了，陈嘉铮会破产？开什么玩笑？他解约的消息一出，不知道多少公司老总急着联络他，想替他付违约金呢。他可是个摇钱树，就算帮他付了上亿违约费，没几年就连本带利全部赚回来了。我姐也想过要挖陈嘉铮，不过我不认为陈嘉铮会理她，毕竟已经闹出这么大的动静来了，干吗不借此机会独立？"

周小鹿是前阵子才知道夏铭是夏天集团的二少爷，现在他所在的经纪公司就是夏天集团旗下的一家子公司，由他的大姐夏朵掌舵。夏铭并不知道她跟陈嘉铮的关系，完全是站在旁观者的角度，谈论陌生人的口气。

不过这样也好，至少十分客观。他这么一分析，周小鹿也觉得，陈嘉铮如果借此机会真的独立了，倒也不是一件坏事。

周小鹿和陈嘉铮连续爆出重量级的绯闻，白川也不是傻子，借着这两股东风，火速将《饲主》推上了荧屏，热度空前绝后。白川也是个工作狂，决定带着主创们全国巡回宣传新戏，周小鹿是女二，又是新人，当然要勤快些，到哪儿都得跟着，什么节目都要积极参加，而且要表现出绝对的敬业精神，就算节目组让她吃蝎子，她也毫不犹豫地放进嘴巴里。

这种不娇气不做作的女汉子作风，倒将看见什么都要尖叫一番的女主角给比了下去，博得工作人员的一致好评。工作量激增，全国各地跑，她跟元暮时一个月见不上一面，成了常态。

好在元暮时也忙，有时候周小鹿给他发信息，问他在干什么，他要过好久才回，通常的回答是："在开会呢。"还让她好好照顾自己。

周小鹿一边上妆，一边生气，觉得他这个人真是不爱惜身体，明知道自己免疫力低，还要喝酒。气了一会儿，那边工作人员在叫了，她急匆匆地将手机塞给安雅，提着裙摆上节目去了。

生气的事自然就忘到了脑后。一天忙完，回酒店已经深夜，周小鹿才想起来白天生的气，可是现在酒怕是早就喝完了，说什么都晚了。想着想着，忍不住在心里叹了口气，唉，他们两个真是忙得连吵架都没时间的情侣。

就这样忙碌着，周小鹿等人跟着白川一共跑了十几个城市，有的时候早上在一个城市吃早饭，晚上却要在相隔千里的地方睡觉。

由于合约的纠纷，还没有完全处理好，前期的宣传陈嘉铮并没参加，只是跟着白川上过几次一线大节目，周小鹿跟他偶尔碰到面，也都是在节目上，或者在后台，周围人来人往，说话不太方便，他们只能当作陌生人一样相处，谁也没提那天的电话。但是偶尔目光碰触，她还是能看到他眼中的疲惫，但是她没法上前安慰，此时的陈嘉铮就像一个禁区，身边飞过的一个苍蝇，都会被媒体写成一个故事，她本就绯闻缠身，还是别人的女朋友，绝不能跟他有什么接触，否则又会成为一个难以解释的麻烦。

他的麻烦已经够多了。他的解约，就像一股飙风，刮开了世纪美的壁垒，里面的所有蝇营狗苟都被有心人爆出来，暴露在大众面前。世纪美鲜在人前露面的总裁开始上节目，试图为公司洗白，也有一些跟世纪美有过良好合作的明星和主持人站出来力挺世纪美，事情似乎有了一些转机。但好景不长，世纪美的一些老艺人策划好了一般，借着这股东风，明里暗里指责东家条件苛刻，还有人爆料总监元平时以权压人，任意雪藏艺人，连她这个总监的位置也不知是用什么肮脏手段得来的。

　　陈嘉铮的粉丝开始认为一定是自己的偶像不堪忍受世纪美的苛待，才孤注一掷，非要解约的。而网上的键盘侠们，更是扒出元平时跟陈嘉铮多年来的恩怨纠葛。从刚开始为了工作，硬要带陈嘉铮陪富婆吃饭，到元平时对陈嘉铮的爱慕，到她对陈嘉铮的控制，竟也意淫得似模似样。

　　因为这样的帖子，陈嘉铮的粉丝们几乎暴乱了，有过激者甚至去世纪美门口示威，要求元平时辞职，要求世纪美给陈嘉铮一个说法。

　　世纪美乱成一团，另几家公司渔翁得利，趁机抢占市场，推出自家的艺人，挤掉了世纪美许多艺人的工作机会。perfect wold 当然也不会白白错过这个机会，暂时撤下了即将上演的偶像剧，将 ONE 组合推向了一个真人秀，几期节目录制播出之后，ONE 里的几只或呆萌，或幽默，或拼命三郎的表现，渐渐掩盖了之前的负面影响。之后偶像剧再随之上档，想必又是一个满堂红。

　　夏天集团也没闲着，没挖来陈嘉铮，就继续推夏铭，夏铭成了继陈嘉铮之后，最红最卖座的歌手兼演员。之前的娱乐圈，perfect wold、世纪美和夏天集团呈鼎足之势，现在 perfect wold 和夏天集团带着一众小公司围剿世纪美，世纪美就算不会覆灭，也是元气大伤，三五年内，不会再成为什么威胁了。

　　周小鹿在全国各地跑，或多或少也知道最近圈里有多热闹，她默默听着，不做评价，只是不断提醒自己一言一行都要多长几个心眼。工作的间缝，她偶尔也会跟元暮时打电话聊天，都是些无关痛痒的话，提醒他按时吃饭，好好睡觉，睡不着也要在床上躺着闭目养神。

也许是最近太忙了，元暮时的失眠又严重了起来，有一天夜里他给周小鹿打电话，周小鹿将电话接起来，那头传来的是他弹钢琴的声音，她就将手机放在枕边听着，不知不觉睡着了。第二天醒来，电话机竟还是通的，她起身的时候，将手机碰到地上，捡起来时，电话那头传来元暮时的声音："你半夜的小呼噜声打得可真响，像小猪一样，不过托你的小呼噜的福，我睡了三个小时。"

她记得他打来电话弹钢琴给她听的时候是半夜十二点，睡三个小时，那不是凌晨三点就醒了吗？凌晨三点就醒了，一直在电话那头等到现在？

周小鹿心中微微发胀，有种前所未有的幸福感，一心只想结束宣传，尽快回到他身边去。

宣传结束，回S市的前一晚，安雅去跟当地的老同学碰面，留周小鹿一个人在酒店收拾行李。她正整理自己买的伴手礼，想着哪一份该给谁时，就听门外传来门铃声，她以为是安雅回来了，也没多想就直接把门打开，却没想到进来的是陈嘉铮。

陈嘉铮戴着鸭舌帽，进来之后飞快地将门关上了。他的脸色看起来很不好，抓着周小鹿的手腕，将她拖到卧房里。她不知道他要做什么，使出了吃奶的劲想挣脱他，都没有成功，只能任由她拖着，最后被丢在床上。之后他却没有进一步动作，就只是弯下身，双手撑着床沿，将她圈在他的双臂间，居高临下地看着她。

"周小鹿，你跟元暮时现在已经发展到什么程度了？有我们之前那么亲密吗？"

周小鹿脸上发烧，撇过头去不看他。

陈嘉铮起身，还她自由，正色说："离开他吧，他并不是个好人。"

周小鹿以为他还在闹脾气，坐起来，静静地看着他，并没反驳。

她的安静让陈嘉铮有些着急，双手抓住她的肩膀，轻轻晃了两下："我和世纪美的纠纷很快就能解决了，我会有自己的团队，有绝对的自由，我会公开我们的关系，回来我身边好不好？"

周小鹿拨开他的手,静静地看着他的眼睛,叹了一口气说:"现在说这些,还有什么意义?"

她都已经有男朋友了。

陈嘉铮双手按着她的肩膀,似乎是用了很大的意志力才让自己平静下来:"你听我说,元暮时并不是真的爱你,他是在利用你,你明白吗?他的目的是平姐……元平时。那是他们两个人的战争,我们两个都只是被利用的棋子。现在我已经离开平姐了,你也就没有利用价值了,你以为他还会留你在身边吗?"

周小鹿一惊,说话有点不顺畅:"暮时利用我挑动你的情绪,扰乱平姐的计划,你都知道?"

陈嘉铮苦笑:"知道啊,我又不是傻子,第一次看不出来,第二次还看不出来吗?"

周小鹿几乎不敢相信自己的耳朵,她觉得陈嘉铮的回答有点匪夷所思:"知道?知道,你还每次都上当?"

"我就是忍不住啊。"陈嘉铮站起来,漂亮的脸上有怒气,"他只要一拿你来挑唆我,我就忍不住上当,我一定是上辈子欠你的!我知道你会觉得我幼稚、冲动,但是我要是不幼稚不冲动,当初会不惜冒着跟平姐撕破脸的风险,也不肯跟你分手?要知道那几年我可是正在上升期,容不得一点差错。"

周小鹿愣愣地看着他,简直不知道该说什么,嘴唇动了动,过了半天,才说:"可你总是让我不要演戏了,让我回花店,我以为你看不起我的梦想,看不起我想做的事……"

"我说你就信?"陈嘉铮怒气冲冲,怒气中还带着落寞,"跟你分手之后,我就后悔了,可你又铁了心不理我。我当时除了说几句发泄的话,还能怎么办呢?我不理智不成熟,我身不由己,我说服不了平姐,带你出道,甚至不能承认你的存在,因为我舍弃不了自己手上的名利。我贪心,我什么都想要,我自负,觉得我喜欢的东西理所应当都是我的……偏又不懂付出,因为没人教我这些……跟你分手后我也一直都找不到原因,每天都过得很煎熬……最后，报应终于来了，你被元暮时那个浑蛋骗到手了。"

也许是因为已经无所顾忌，陈嘉铮说出了自己的真心话，周小鹿静静听着，握了一下陈嘉铮的手："谢谢你跟我说这些，我很感谢你那么爱我维护我。我们可能真的不适合在一起，在一起的时候，两个人的状态都很糟糕，反倒是分开了，你我都成熟了。"

陈嘉铮红了眼眶，但骄傲如他，怎么可能这么轻易放弃，他抓住周小鹿的手，信誓旦旦地说："话别说得那么早，我现在无所顾忌、无拘无束，只要我没放弃，你最终是谁的，还不一定呢。"

刚夸他成熟，又耍起小孩子脾气，周小鹿看着陈嘉铮，无奈地叹气。不过，无拘无束的陈嘉铮一定会有更加广阔的天地，她希望他能永远被大家爱着。骄傲任性的小王子才是真正的陈嘉铮。

周小鹿问他："你今后有没有什么打算？"

陈嘉铮拉过一个椅子，在她对面坐下，谈起自己未来的规划，脸上总有些笑意："宣传也结束了，我最后一点义务履行完毕了，之后我准备去国外待几年，一来避避风头，二来散散心，最重要的是，想多学些电影方面的东西。以前我说我想当导演，拍自己喜欢的电影，平姐不许。现在，她管不着我了，我爱干什么就干什么。现在想来，还要谢谢元暮时，要不是他将你骗到手，刺激到了我，我还下定不了决心跟平姐提解约呢，说真的，我有点怕平姐。不过，小鹿，你放心，我一定会早点回来找你，你千万别跟元暮时结婚，他真的是个大骗子。"

周小鹿知道陈嘉铮对元暮时有敌意，但他老是骗子、骗子地叫他，听着真的很不舒服。陈嘉铮也许是看到了周小鹿脸上一闪而过的不悦，语气重了起来，恨恨地捏了捏她的脸："我跟你说，在这个圈子里，看起来不友善，说话也不中听的人未必是坏人；看起来温和无害的人，也未必是好人。元暮时就是后者，看起来温和无害，其实阴险狡诈，平姐昨天打电话跟我做最后一次谈判，她跟我说，他追求你利用与你的绯闻，就是为了逼我跟世纪美解约。失去我，平姐就像失去了盾牌，而他又联合其他公司'围剿'世纪美，世纪美受重创，也势必无法再成为平姐的容身地，这样一来，平姐就只能回去元家，回到元暮时身边。"

周小鹿不相信，在她看来，元平时才是那个咄咄逼人、做事不与人留余地的人，元暮时虽然恨元平时，但不至于做出什么极端的事来。看她还是一脸的不相信，陈嘉铮露出恨铁不成钢的表情，咬牙说："你真的是被元暮时给洗脑了。平姐说的话，固然没有证据，但你也不用那么相信元暮时，留个心眼总是好的。元暮时总是说我是平姐的小狼狗，他才是平姐的资深小狼狗，平姐说，他为了讨好她，连自己的亲妹妹都下得去手……"

"不要再胡说八道了，他不是你说的那种人。"

陈嘉铮的话还没说完，周小鹿猛地站起来，将他往门外推，脸上有显而易见的凶恶，陈嘉铮被她维护元暮时的模样激怒了，反手抓住了她的手腕，嚷了起来："你干什么？就这么听不得别人说他的过错吗？他能做，别人为什么不能说？而你也是傻透了，到这种时间还维护他……"

周小鹿满心愤怒，不听他说话，只是用尽了全力将他往外推，陈嘉铮还想说出什么，这时候门开了，安雅一脸古怪地站在门口看着他们，他只好作罢，愤愤地丢下一句"你自己多长点心眼吧，笨蛋"，就戴上鸭舌帽快步离开了。

陈嘉铮离开后，周小鹿再也控制不住地瘫软在地上，安雅吓了一跳，慌忙关门过来扶她："小鹿，你怎么了？他对你做了什么？你告诉我，他要是欺负你，就算再大牌我也不怕，一定替你讨回公道。"

周小鹿看着安雅，着急地说："帮我订机票，我要回S市，现在就要。"

也许周小鹿的样子实在太吓人，安雅犹豫了几秒钟，但终究还是一句话没问，转身拿手机打电话订机票。

周小鹿和安雅原本就已经打算回程了，机票是明天中午的，现在退了中午的票，直接买了凌晨的机票飞回S市。

一路上，周小鹿都很安静，一直望着窗外发呆。就在陈嘉铮跟她说完那些话的时候,她脑海中那些连不起来的片段终于连接起来了。

元暮时对她表白的时机……元暮时面对绯闻时的从容……元暮时看到陈嘉铮解约新闻时说的那句话……

"终于要开始了。"

什么开始了?他的计划终于要开始了吗?

下了飞机,周小鹿没让安雅陪,自己一个人径直去公司找元暮时。元暮时说过,他最近一段时间都很忙,起床到天黑都是在公司里度过的,她急着想要找他问清楚,她等不到天黑。

周小鹿乘电梯来到顶楼,秘书们还没上班,长长的走廊空荡荡的,寂静得有些可怕,她很着急,什么心思都没有,飞快往元暮时办公室的方向跑。他的办公室设计得非常开阔,其中一面墙是透明的,里面有窗帘,电动轨道,按下按钮就能关上,但是他常年不关,周小鹿记得他说过,他不喜欢四面墙壁的空间,会让他产生一种被家里人关进小黑屋卖命的错觉。

今天,办公室的窗帘却拉上了,周小鹿走过去试着推了推虚掩的门,门开了,她和里面的人同时愣住。里面有两个人,元暮时和元平时。元暮时坐在他的椅子上,元平时脱得只剩下内衣,跨坐在他的腿上,正在解他的领带,如果周小鹿没看错的话,她的脸上似乎还有泪痕。

三个人同时僵住,下一秒,周小鹿猛地关上门,转身拼命地跑了。她的脑袋里一片空白,一路跌跌撞撞地进电梯,出电梯,跑出公司大楼,跑上马路,穿过红灯,引起身后一片尖锐的车鸣和叫骂声。她浑然不觉,一直跑一直跑,跑到自己没有力气,扶着墙大口大口地喘着气,然后跌坐在冰凉的地上,坐了很久才回过神来,脑海里元平时跨坐在元暮时身上的画面,元暮时错愕的脸,慢慢浮现在眼前,悲愤、屈辱在她心里交织着,最后成为一个巨大的石头,压得她只想大叫。

可是她叫不出来,她什么声音都发不出来,她就算再傻也明白了,这到底是怎么一回事。

这个局大概在她与他相遇时,就已经布好了。

他遇到当时身为陈嘉铮隐秘女友的她，看穿了她的不甘和野心，抛出"能帮助她站到他那样的高度，让他能够看到你"这样甜蜜的诱饵，引她上钩。她与陈嘉铮分手，并且上钩了，成为他手上的棋子，他苦心经营她，让她能够跟陈嘉铮拍同一出戏，撩拨陈嘉铮的情绪，让陈嘉铮萌生解约的想法。

他追求她，让她爱上他，同意与他公开恋情，最终刺激到身不由己的陈嘉铮提出解约，回归自由身。

最后，他利用这个局面，联合其他公司围攻世纪美，元平时无处藏身，无处可去，最终只能回到他身边。

他如愿了，他得到了他的女王。

陈嘉铮说得没错，温和无害的并不一定是好人。

这个世界上就有这么一种男人，他以温柔为武器，看似纯良无害，其实却是杀人不见血的凶徒。

周小鹿跌跌撞撞地从地上爬起来，往马路对面走，对面是红灯，协警看她失魂落魄的样子，上前询问她怎么了，需不需要帮忙。她摇摇头，站在人群中，等着绿灯亮起。

这个时候，她隐约听到有人叫她，回过头，就看到气喘吁吁的元暮时朝她跑过来。即将过年了，春天未来，天正严寒，他只穿了衬衣，头上都是汗，俊逸的脸上满是焦急，他一直从容而优雅，何曾这么狼狈过？

周小鹿看到他，却犹如看到了可怕的怪物，不顾协警的劝阻，推开人群朝马路对面跑，似乎全然没看到马路上飞驰的车，一同等红灯的人大喊尖叫，也有人上前来试图拉住她，可她不知道哪里来的力气，挣脱了所有人的手，径直朝前跑。

她的大脑中一片空白，心里的大石头似乎已经长了刺，刺上全是毒液，挤压得她的心脏已经疼到没了知觉，她不看清前面的路，只想离元暮时远一些。尖锐的车鸣声响起时，她只觉得自己被猛烈地撞了一下，灵魂似乎飞出了体外，她看着刚刚亮起的蓝天，闭上眼睛。

那一瞬间，她真的很想逃离这满是谎言的世界。

"《饲主》开播,红透半边天,颇受喜爱的女二号邱天的扮演者周小鹿却意外出了车祸,住进医院,牵动千万影迷的心。"

　　这是今天一大早,各大网站及报纸的头条,周小鹿躺在床上,木然地扫了一眼,然后将报纸扔进了垃圾桶。她出了车祸没错,但并没有报纸上报道得那么夸张,托路人叫喊的福,开过来的汽车已经看到了她这个不要命的人,早早踩了刹车,因此她虽然被撞了,但也只是小腿骨骨折,额头上有个伤口,缝了四针而已,并没有什么大伤。

　　安雅来医院,看到她额头上的纱布,当时就尖叫了起来,眼中的痛心,好似古玩迷看到康熙年间的瓷器被摔碎了一般,冲过来抱着她的头,几度哽咽:"会不会留疤呀?脖子上手术留的疤,我好不容易给保养得不那么明显了,额头上再留一道,我就要疯了。"

　　周小鹿好不容易抢救回自己的头,对着安雅嘟囔:"刘海遮一遮就是了,用得着这么夸张吗?"

　　"刘海?"安雅继续叫,"你留了刘海都对不起这好看的额头。"

　　周小鹿耸了耸肩,觉得安雅有点小题大做,一道小小的伤疤而已,相对于她心里的伤痕,这根本不算什么。她心中不快,不想跟任何人说话,撤了腰后的靠枕:"我困了,要睡觉了。"

　　"好好好,你睡。"安雅抱着她的头,在纱布上轻轻亲了一下,这才一步三回头地走了,边走还边嘟囔,"多好看的额头啊,就这么留疤了,作孽啊。"

　　周小鹿充耳不闻,侧身躺下,听着关门声响起,便放心地将自己埋进阴暗里。

　　是什么时候睡着的,她并不记得,却清清楚楚记住了睡着时做的那个梦。梦中她与元暮时亲密相拥,他抱着她,微笑着从袖中抽出刀来,一刀插进她的心脏。她在惊恐和疼痛中惊醒,睁开眼睛就看到元暮时坐在床边,正忧心地看着她,见她醒来,忙柔声问:"还很疼吗?你睡着的时候一直在皱眉。"

周小鹿看着他，用一种极端冷漠的表情，她在这一刻几乎忘记了脚上的疼痛，心里满是愤怒。她很好奇，好奇元暮时此时怎么还能用这种若无其事的表情跟她说话？他的温柔，在她看起来，只觉得恶心。

她努力压抑着心里翻涌的怒火，深吸一口气，侧过头去不看他。他伸手轻轻握住她的手，她猛地抽回自己的手，用力甩了他一个耳光。

她的动作太大太猛，牵扯到腿上的伤，那钻心的疼直刺入她的身体，她痛苦地皱着眉，仰面倒在床上。元暮时看着她，眼中有一抹幽暗的光在闪，似有痛苦，又似乎什么都没有，最终起身离开了。

竟一句解释都没有。

是因为目的已经达到，她这枚棋子已经没有用处了，所以懒得解释了吗？她的怒意如大雪天，火炉上煮沸的水，翻涌着蒸腾着，她抓起身下的枕头，砸在关上的门上。

枕头从门上滑下，犹如她凉透又无力的心。

接下来一连几天，元暮时都没有露面，来探望她的人除了公司里几个交往还算不错的艺人之外，就只有安雅和路辰。小园和大姐都打来电话，想来探望，也有热情的粉丝想来看她，可是她住的是顶楼的高级病房，门口站着保安，非公司人员，禁止入内。

周小鹿觉得自己简直就像被监禁了，但她人躺在床上，没法动弹，只好找安雅理论。

"我这是在坐牢吗？凭什么不让大姐她们来看我？"

安雅无奈地小声跟她说："这是BOSS的命令，我有什么办法？BOSS最近也不知道怎么了，表面上看起来跟平时一样，行事风格却变得十分凶残，公司高层都被他开了两个了，现在公司上下谁也不敢大声说话，能夹着尾巴做人，就夹着尾巴做人，出差这种苦力活都抢着干。说起来也奇怪，BOSS挫败了世纪美，应该高兴才对，怎么反而凶残了？"

周小鹿没出声。她比别人更加了解元暮时，元暮时原本也并非表面上看起来那么温和，他的作风一直凶狠，只是隐藏得太好，不为人知而已。此时将她这枚用过的棋子监禁在这里，估计也是怕她出去乱说吧，毕竟大众眼中,他们两个人可是演艺圈的一对爱侣,绝对不能有负面消息传出去。

安雅一个人又念叨了些别的,无非就是公司里的八卦,某某艺人的绯闻,周小鹿安静地听着,不发表任何意见,像是在听,又像是在发呆。不过安雅想八卦的时候,向来不需要任何回应,所以即便像是自己在自言自语,她也说得十分起劲,不知不觉,几个小时就过去了。

临走时,周小鹿憋得难受,就问安雅:"元平时,现在怎么样了?"这个问题,她一直想问,却又不敢问。

安雅很奇怪,她怎么会关心对头公司的总监,不过还是回答:"不怎么样吧,听说从世纪美辞职了,lawrence解约事件闹得太大,她的名声又太差,世纪美为了公司名誉,只能拿她当替罪羊了。"

"那BOSS没把她请到我们公司来?"她又问。

安雅用"你疯了"的眼神看着她:"她那个名声,谁沾谁死,BOSS又不傻。"

周小鹿低下头去。她知道元暮时不傻,但他做的这一切不都是为了他的润园吗?落魄的时候收留她,不正是彻底征服她的好机会吗?

名声算什么?以他的手段,用不了几年,就能帮她彻底洗白。

元暮时到底在想什么,她真的是一点都猜不透。

安雅离开之前,给周小鹿留了一沓时尚杂志,给她打发时间用,她心不在焉,翻了几页就放下了。没人来探望的时候,她就盯着天花板发呆。元暮时没来露面,却每天都会发来短信,一开始是发些问句。

"伤口还疼吗?"

"今天有没有好好吃饭?"

"闷不闷?要不要我安排安雅放下工作专门去陪你。"

之前的信息她都是看一下,直接删掉,没有回过,最后一句回了最简短的两个字:"不用。"

安雅现在也带其他艺人,正由一个不得志的化妆师转型成为一个成功的经纪人,每天朝气蓬勃,何苦拉她来跟她一起"坐牢"?之后,元暮时再发消息，她就不再回了，也许是知道她不回，后来他发来的消息慢慢变成了叙述句，说说他今天都在干什么，哪家餐厅新出的菜品格外好吃，或者就是说说天气。

只是句子的最后，总会加一句："小鹿，我想你了。"

他从来没跟她解释过什么，算作是一种默认，周小鹿每次看到手机上他发来的短信，心里都似被凌迟般折磨，只是这种折磨从一开始的痛不欲生，渐渐变得习惯了。

一开始，她还会拖黑他的号码，甚至把手机摔到墙上，但是摔了之后，总有人给她送来新手机，手机中依然会有他的号码，她被他这样细碎的坚持折磨着，后来竟懒得再摔了。

比起安雅，陆辰来的次数算少的，每次来都带束花，但竟是些向日葵、天竺草之类的古怪的花，有一次竟还带了一束白菊花。周小鹿捧着雪白的菊花环顾四周，病房里还插着他前几日送来的花，黄黄白白，庄严又肃穆，她只觉得头顶吹过一阵阴风，无由来地打了个寒战。

陆辰话很少，两个人经常相对无言，有一次陆辰临走时，欲言又止，对她说："别把这个演艺圈看得太单纯。"

周小鹿不明白他话里的意思，而且她也从来没把这个圈子看得单纯过。看她一脸的莫名其妙，陆辰又补了一句："在这个圈子里混，不想死，就要拿起枪来。"

说完开门出去了。

周小鹿想了很久，都没猜透他这么说的用意，想等下回他再来时好好问清楚，可他一连一个星期都没露面，她想问都没机会。

第二天，天气不错，空气质量良好，安雅来看她的时候，她正由护士推着，在医院的院子里晒太阳，整个人懒洋洋的，安雅冲过来第一句话就问："抹防晒了没？"

周小鹿摇摇头。她在医院里住着，行动也不方便，渐渐变得懒惰，别说防晒了，今天早上起来，她连脸都没洗。

"晒太阳不抹防晒，你想当非洲人啊你。"安雅气急败坏地从随身的化妆包里拿出防晒霜给她涂上，又塞了好多保养品给她，恶声恶气嘱咐，"保养不可怠慢。上天给你好皮肤不是让你糟蹋的。暴殄天物，要遭天谴。"

周小鹿知道安雅职业病改不掉，也不反驳，将那些保养品照单全收。看她乖巧的样子，安雅这才消了气，坐在她旁边的长凳上，跟她聊最近的八卦。聊着聊着，突然看到医院的栅栏墙外有亮光一闪，她往那个方向看了一眼，有人拿着照相机慌慌张张跑了。

她碰了碰安雅的胳膊，往那个方向指了指，小声说："有人偷拍。"

安雅拍了拍她的手，安慰道："狗仔，别理他，拍了也发不了的。"

周小鹿奇怪："为什么？"

安雅笑嘻嘻答："你现在是谁呀？perfect wold总裁大人的女朋友，元家老爷子的未来孙媳妇，谁敢乱发你的新闻？"

周小鹿更加不解了："狗仔还会管这些？有些小报不就是靠这些赚钱的吗？"

"别人当然没那么大的影响力，但是元老爷子可不是一般人。"安雅说着，朝四周看了看，然后凑到她的耳边，神秘兮兮地说，"听说，元家老爷子以前是黑道，后来洗白了才开始做生意的。虽说是洗白了，但是出来混还是要还的，听说咱们BOSS小时候就被元家老爷子的仇家绑架过，后来虽然救回来了，但是人被折磨得不成样子。世纪美的董事长以前也是跟着老爷子一起混的，后来背叛老爷子自己单干了，还跟老爷子成了对头。那人当初为了立威信，洗白自己忘恩负义的臭名声，当着众人面在老爷子面前立过誓，生意场上再怎么竞争，也绝不碰元家的人。刚才那狗仔我见过，是世纪美旗下杂志的人，拍了也不敢发的。"

周小鹿还是头一次听说这些秘密，不过也没发表意见，只是想到了，她偶然偷听到元暮时和元平时的谈话，被元暮时抓进车里，用领带捆起来那次，还有他发烧去她家休息，半夜醒来掐着她脖子时，阴狠绝望的眼神。

她曾经好奇他经历过什么才会有那样复杂的内心，现在想来，大概跟他的成长环境有关。也许利用和欺骗是他从小学习的生存之道，是她傻透了,在第一次认清他的真面目之后,竟还贪恋他的温柔,那么容易就被他迷惑,才造成今天的局面。

她郁郁寡欢,一直垂着头,不出声。安雅见她这副模样,以为她太阳晒多了导致头晕,于是慌忙叫来护士,推她回病房。

## 第十三章
NVSHEN YANGCHENGJI

## 请别靠近我

日子就这样一天一天过，周小鹿的腿伤渐渐愈合，心里的伤却每日都在加深，她也开始有了睡不着的日子，睁着眼睛等天亮，夜晚就变得十分难熬，她忍不住就会想，元暮时长期失眠，是不是因为小时候被绑架过的那段经历留下了阴影？他经历的苦，也许是她无法想象的，这么多年来，他到底有没有从那样的阴影中爬出来过？在这样的煎熬中挺过无数的长夜，那该是种什么样的心境？

她试着去体会他的心情，漫漫长夜，如淬了毒的冷兵器那样冷，那样黑，她裹着被子发抖，竟有些心疼他，但这样的心疼，交织在恨里，变得十分折磨，她睁着眼睛，看着窗外，默默流了一个晚上的眼泪。

第二天，她就去找医生要了安眠药。安眠药对于失眠的人来说，确实是个好东西，她睡得很沉，就像被强行拽入一个香软的棉絮中一样，她在棉絮中掉落，沉沦，最后跌入一个温暖的怀抱中。

那人抱她抱得那么紧，脸还埋在她的脖颈中，胡子也不知道多少天没刮了，胡楂扎得她很痒，她迷迷糊糊地躲了一下，那人似乎被吓到了，慌忙抬起头，僵了那里，半天没敢动。

有了药物的帮助，睡眠变得好了许多，周小鹿的精神在恢复，伤口也好得快，已经可以拄着拐杖到处走了。这一天，太阳实在很好，她不想辜负了那么好的时光，就拄着拐杖提了一壶水，去给楼下花圃中的花浇水。

她是从小在花丛中长大的，再大的烦恼，在面对着花的时候，也能暂时忘记，此时大概也是这样，她忘了一切，专注地给花浇水，侧耳倾听花喝水的声音，听叶子和花瓣舒展的声音，这是这个世界上最美妙的事。

抬起头时，耳边响起一个声音："小鹿。"

她猛地从梦境一样的世界中惊醒，转头就看到元暮时站在她的身后，也不知站了多久，肩膀上有几片未抚去的落叶。

一秒都没停留，她丢下手里的水壶，拄着拐杖，转身就走。

元暮时在身后跟着她，他坚定的脚步声，让她很着急，越走越快，一瘸一拐，绕过花园，他还跟在后面，她不管不顾，用上了还没长好的腿，步子越来越快。

元暮时也急了，在后面叫她："小鹿，你别走那么快，小鹿……你真的那么不愿意见我吗？"

周小鹿脚步不停，仿佛背后有洪水猛兽，慌不择路，一头扎进了医院的人工湖里。

已经快过年了，湖水冰冷刺骨，呛入肺中，更是疼得刀割一样，她扑腾中，听到周围嘈杂的呼喊声，她看到元暮时跳下来，奋力朝她游，下意识里竟还想逃，但湖水泡着冬衣，实在太重，她划不动胳膊，最后还是被他抱起，也没了反抗的力气。

"周小鹿，你宁愿跳湖，也不愿意看见我？"

这是周小鹿晕倒前听到的最后一句话，元暮时苍白如雪的脸，崩溃绝望的声音却深深印在了她的心里。

她恨自己那个时候已经快失去意识了，说不出话来。

如果当时她能说话，她一定恶狠狠地回答他："是的，元暮时，我宁愿死，也不想再靠近你一分一毫。"

再次清醒时，天已经黑了，安雅坐在病床前握着她的手，见她醒了，一脸的欣喜。

"周小鹿，你搞什么？好好走路也能掉到湖里？幸好 BOSS 在，拼了命把你救上来！你昏了一天，BOSS 更惨，高烧不退，到现在还没醒呢。"

周小鹿睁着眼睛看天花板，竟然没什么感觉，心里的那些情感，好的坏的，似乎都被冰冷的湖水一起冻住了。

内心柔软的人是最容易受伤害的，所以要想不再受伤，只有把心彻底冻住。

现在，她似乎慢慢冻住了自己的心，这样真的很好。

她欣慰地吐出一口气，闭上眼睛睡觉。

周小鹿的情绪似乎好了一些，她按时吃药，努力锻炼，休息的时候会顺便保养皮肤加背《哑后》剧本。安雅下一趟来看她时，带了培森老爷子的课堂笔记，上面记录着她拉下的那些课程的每个重点和要领，详细精简，一看就花了不少心思。

"是夏铭让我带给你的，说是尽同学之谊，但我觉得不简单，那夏铭是谁？夏氏的公子爷，为人又不是热心肠，那么多同学，怎么偏偏记得我们小鹿？这只能说明我们小鹿讨人喜欢。"安雅说着眨巴了下眼睛，脸上的笑尽是暧昧。

周小鹿只当没听见，翻看着笔记，露出久未的笑脸来。

安雅将她手中的笔记本抽出来，放到一旁，在她的面前摆好碗筷，喷香的牛肉粥和荤素搭配得当的小菜，都是她最爱的："先吃饭，回头再用功。"她笑着，将精致的筷子塞进她的手中，"BOSS 病中还不忘吩咐我好好照顾你，这些菜都是他亲自点的，说你爱吃。"

周小鹿心里一顿，点着头吃口粥，似乎是无意地问："他现在怎么样？"

"谁？BOSS？"安雅挑眉，"不怎么样？免疫力低下的人泡了冰水简直就是灾难，而且也不知道怎么了，BOSS 最近郁郁寡欢，医生说他身体和心理都生病了,所以好得慢,现在还要每天输液呢。这可苦了BOSS的秘书们,每天医院公司两头跑,BOSS的办公室都快搬来医院了。而且BOSS就住隔壁楼,你要不要去看看他?"

周小鹿大口吃饭,只当没听见。

安雅叹了一口气:"BOSS到底做了什么让你无法原谅的事?你这么绝情?在我看来,BOSS对你真是宠得没边了,你呀,身在福中不知福。"

周小鹿把碗一推,拿起笔记本用功补课,一副"我什么都不想听"的表情。

安雅无奈,只能叹口气,收拾好东西,走了。

这个年都是在医院过的。

医院里的病人,除了重症病房,无法离开仪器的病人,其他人都回家过年了,周小鹿腿伤未愈又泡了水,感染得严重,连续发了好几天的烧,医生不许她离开医院,而元暮时那边也一直断断续续传来他高烧不退的消息,更加不能出院回家过年。

除夕夜的那天,元家老爷子带着元家的人来看望元暮时,但是老爷子年纪大了,身体也不太好,并没跟他一起守夜,就带人回去了。

元暮时的病房里只有特护留着,跟周小鹿这边一样冷清。

以往周小鹿过年都会回老家,她父母几年前先后过世,就葬在郊区老家的花田里,周小鹿每年都会守着父母的坟一起等着十二点的钟声敲响,遥想着父母还在时的模样,自己跟自己干一碗米酒。

今年过年,周小鹿格外想家,医院里暖气很足,她却觉得好冷,实在觉得难受就给陆辰发了条短信,央求他开车送她回老家。她还想像以前一样,十二点来临时,在父母坟前,跟父母干杯,大口喝下米酒。那是她洗涤灵魂的方式,米酒喝下,一年的苦楚辛劳都跟着烟消云散,来年还能像个傻瓜一样凭一腔孤勇,在这个荆棘丛生的世界里闯荡。

趁着值班医生回办公事吃晚饭的空当,陆辰成功将周小鹿偷出医院。他开的还是他的小面包车,暖气开得很足,为了让周小鹿路上能舒适一些,座椅上还特意铺了软垫。

大过年的，路上车很少，去往郊外的公路更是空空荡荡，周小鹿不想说话，陆辰也不是个爱说话的人，一路上气氛都很沉闷。

从市区的医院到周小鹿郊外的老家足足有三个小时的路程，周小鹿觉得自己还是应该说点什么。

"谢谢你愿意送我回去。"周小鹿说，"不回家陪家里人跨年，真的没关系吗？"

陆辰在开车，没有回头，声音冷漠："我没有家。我爸妈离婚后各自再婚了，我从小就是在表姐家长大的，今年表姐全家都在姐夫家，我去了不太好，只能一个人待着。不过，一个人也没什么不好的。"

周小鹿这还是第一次听陆辰提起自己的家庭状况，忍不住替他难过，她虽然父母都过世了，但是直到最后一刻，父母也都是爱她的，她从来不觉得自己没有家。

"对不起。"她为自己提起这个伤心的话题而道歉。

陆辰看她一眼："你道什么歉？我爸妈又不是因为你才离婚的。"

呃……她道歉只是因为她提起了他的伤心事，这只是普通的人情世故吧，怎么会这么理解，陆辰的脑回路，也真是神奇。

周小鹿一时间有些语塞，不知道接来下该说些什么。

两个人又沉默了一会儿，这一回是陆辰主动开口说话了："你不用跟我道歉，反倒是我要跟你道歉。"

周小鹿看他，他在她的注视下，脸莫名爬上一抹红，不敢看她，专注看前面的路。

"BOSS和你接吻的照片是我拍的。"他说。

周小鹿愣了一下，垂下头，过了许久才说："我猜到了。"

"你和BOSS冷战，果然是因为你已经知道那些事了。"陆辰脸上带着一丝苦涩，"你还愿意跟我说话，真是难得，我决定帮BOSS做这件事的那一刻，就已经做好了，你会与我决裂的心理准备。"

"我与你决裂干什么？拿人钱财替人消灾，你拿他的工资，自然要听从他的指示。"周小鹿说话时，脸上的笑容十分苦涩。

陆辰目光落在前方，被路灯照得昏黄的马路上，眼神有点冷："你说得没错，拿人钱财，替人消灾。但我也不是个没有准则的人，我只做自己认为对的事。这个世界并没有那么温柔，为了能在阳光下待得久一些，有时候不得不做一些见不得光的事。"

"阳光下？"周小鹿脸上的笑容变得有些勉强，"他想要的也许更多，他想拥有他的太阳，而他的太阳并不是我。"

三个小时的路程并不轻松，最后一个小时周小鹿因为腿伤不得不挪去了后座，小小地睡了一觉，醒来时，车就停在她老家的门口，陆辰正在车外，靠着车门抽烟。她爬起来，敲了敲窗户，陆辰立刻掐了烟，过来扶她，她半靠在陆辰胳膊上，走下车，拿钥匙打开门。

小院还是原貌，一桌一椅都是父母在时的模样，只是她一年没回来了，屋子里到处都是灰尘，连个坐的地方都没有，更别说招呼客人的茶水了。她里里外外转了一圈，朝陆辰抱歉地笑一笑，陆辰心领神会，冷着脸说："不是说要去给父母上坟吗？快出门吧，十二点就要到了。"

周小鹿点点头，扶着陆辰的手走出门。她父母的坟地离家不远，步行也不过两三分钟。坟前有些凌乱，四处都是横生的杂草，一个人正弯腰费力地拔着杂草，她走近一看，发现那人竟然是元暮时。

他怎么会在这儿？周小鹿回头瞪陆辰，陆辰立刻摇头："我没告诉过他。"

周小鹿又看了看不远处那辆黑色的轿车和轿车前站着的两个男秘书，陆辰也朝那边看过去，哼了一声："他坐的可是保时捷，自然比我的车快，别冤枉我，我可不是内奸。"

元暮时听到这边的声音，站起来朝周小鹿笑了笑："确实不是陆辰告诉我，是你医生找不到你，就去了我那边问，我派人查了监控，发现你往这个方向来了，而这个方向，你可来的、想来的，也只有这里。"

一阵子没见，他似乎瘦了一圈，脸色还很苍白，皎皎月光下，荒凉坟地中，竟也透出一股让人惊心的病态美感。周小鹿站着不动，元暮时苦笑着，静静地看着她。这对情侣在冷战，当着他的面闹别扭，一旁的陆辰当电灯泡当得煎熬，借口去买烟，转身走了。

周小鹿没了支撑，身体有些摇晃，元暮时很自然地伸手扶了她一把，她倔强地推开他的手，艰难地挪到坟前，找个地方坐着，拔周围已经枯萎的荒草。他也不生气，跟着她一起拔草，不多会儿，坟前的草就拔得差不多了，他从一旁提两个盒子出来，从里面拿出果盘、点心、米酒，还有一束白菊。

小鹿在一旁看着，始终冷冷淡淡的态度。他拿杯子倒了两杯酒倒在坟前，自己手上端着一杯，另外倒了一杯递给周小鹿，周小鹿冷着脸没接，他也不在意，将酒杯放在她面前，自己盘腿坐在坟前，像跟自己的长辈说话一样，跟坟前的墓碑说话："叔叔阿姨，我和小鹿来看你了。新的一年，马上就要来了，祝你们新年快乐，你们放心，这一年，小鹿很好，未来我也会待她很好。"

这个时候，头顶上一片流光闪耀，不远处的一家商店燃放了烟花，绚烂的烟花升腾起、绽放开，再落在地上。元暮时抬起手腕看了眼手表，对周小鹿说："十二点了，小鹿，新年快乐。"

周小鹿抬头看烟花，那家商店每年都会放烟花，她每年都坐在父母的坟前一个人边喝酒边看，说不上孤独，但也觉得悲凉，今年有人陪着，虽然陪着她的人是元暮时，她的心里竟也生出几分温暖来，拿起面前的酒杯，一饮而尽，米酒温润香甜，并不呛口，她却还是被呛到了，咳嗽起来，流了一脸的眼泪。

元暮时伸手过来替她拍了拍背，顺势抱住了她，她没有推开，趴在他怀里无声地哭了起来。周小鹿并不知道自己为什么要哭，以前只有自己的时候，也并没有哭得那么伤心过，只是觉得眼前这个人，温柔起来，真是能撕碎她的心，她抵抗不了，心里却偏偏还有一份执拗梗在那里，那份执拗是她的骄傲，不甘当棋子的骄傲，她不肯认输，不想服输。

她哭了许久，直到感觉到元暮时的唇落在她的脸上，她才猛然惊觉，使劲推开他，慌手慌脚擦干眼泪。

看她那副如临大敌的模样，元暮时笑了起来，抬手替她理了理额前的乱发:"当着叔叔阿姨的面,我不会对你怎么样的,放心。"

怎么样是什么样?她怎么觉得他说这话,那么像是要流氓呢?她脸红起来,抢过酒瓶,给自己倒酒,一杯接一杯地喝,不再理他。

两个人沉默地喝着酒,周小鹿喝得有点多,脑子有点熏熏然,坐不太稳,元暮时挪过去,让她靠在他的怀里。

"你想不想听我和润园的事?"元暮时说,他的声音就在她的头顶,低沉而温柔,好听得要命,"今天当着叔叔阿姨的面,我全都说给你听。"

周小鹿晕晕乎乎,点了点头。

"傻子也爱花。小鹿,我就是曾经关在那个破房子里的傻子,你每天放在窗台上的花,我都看到了。不过,那个时候,我并不是傻子,我只是被绑架了。"

周小鹿一愣,抬起头,用一种不可思议的眼神看他。他摸摸她的脸,她的脸有点凉,他忍不住又将她抱住,想用体温温暖她。

"没什么好奇怪的,那个时候,我十三岁,被绑匪关在那个破房子里。绑匪对外怎么说的我不知道,只知道,绑匪很恨我爷爷,我能从他们每天对我的折磨中感觉到这股恨,但是他们不让我死,因为我死了就不值钱了。我被注射了药物,浑身无力,无法发声,那段时间,我以为自己身处地狱。然后不知道从哪天起,我抬起头来,就能看到窗台上放着的花,新鲜的、开放的花,那么美好。我想,那一定是地狱出口开出的花吧,它在指引我离开这里,我一定要活到能离开地狱的那一天。"

周小鹿想起元暮时在她家沙发上,夜半惊醒,眼神中的绝望和冰冷,突然之间理解了那种痛苦,小小年纪就在地狱中徘徊过的痛苦,后来,他的身体爬出了地狱,但是灵魂呢?还在地狱中徘徊吗?

"而我之所以会被绑架,都是拜润园所赐。事后,她哭着跟我说:'暮时,我们这种人,从小在这样的环境中长大,没什么是不能舍弃的,那个时候,我如果不那样做,遭殃的人就是我,为了自保,只能牺牲你,我也是没有办法,对不起,请你原谅我。'于是我就原谅了她。曾经的很长一段时间里,我即便行走在阳光下,心也在深夜里。"

元暮时出生的时候,他的爷爷元申的公司才刚刚转型做娱乐业,做的生意并不是多么光彩,那些有着明星梦的少女,无一不成了公司敛财的工具,陪酒陪睡都是常态,偶尔有那么一两个不听话的,想用肚子要挟陪过的富商,元申的手腕也非常狠辣干脆,无一不是抓回来灌下堕胎药,一了百了。

元暮时三四岁的时候,有一次误闯了一间仓库,就亲眼看到过,一个少女被两个壮汉按在地上灌下药物,不多会儿,少女就痛苦地在地上扭曲喊叫,身下有大片大片的血迹,有穿着白大褂的女人在一旁等着,等少女喊得没力气了,两个大汉过来,将她抬走,少女软绵绵垂下的头,没有半点生机,也不知是死是活。

眼前这幅不知人间地狱的画面,让元暮时震惊得半天没说出话来,脑门上全是冷汗,僵在那里一动不敢动,最终还是尹润园找到他,将他拖到花园里。

尹润园比他大两岁,无所不知的小大人模样,他向她讲述了他看到的那幅画面,她见怪不怪地对他摆摆手:"那叫打胎,死不了人,没什么好惊讶的。"

"你是怎么知道的?"小暮时问。

"上个星期,我妈妈才刚打了一个跟我爸爸睡过的贱人的胎。"尹润园趾高气扬。

"到底什么是打胎?"小暮时还是不太明白。

"就是不让她们生小宝宝。"

"为什么不让她们生小宝宝?"

"因为我们尹家的小宝宝很金贵,男孩都是王子,女孩都是公主,并不是谁都有资格生下王子和公主的。"尹润园说这话的时候,精致小脸上洋溢着的光芒,让小暮时心底的阴霾一扫而光了。

人总是容易被比自己闪耀的人或事物吸引,元暮时后来为什么会喜欢上尹润园,认真追究起来,大概就是被她脸上所绽放出来的光芒所吸引了吧。

尹润园是附近所有小孩子的公主,这是毋庸置疑的。她为人大方开朗,长相精致甜美,身上总带着高人一等的自信而贵气。元暮时跟附近其他孩子一样,成了尹润园的跟班,他视尹润园为明珠,尹润园则亲口说过,所有的男孩子中,她最喜欢的就是元暮时。

继承了爷爷的狠劲,元暮时那时虽然生得文弱,心智却不是普通孩子能比的,尹润园说:"你说你喜欢我,那你敢摔了那个吗?"

她指的是一个貔貅摆件,据说是个古董,非常值钱。元暮时却觉得这个世界上没什么比眼前女孩的笑容更值钱,他想也不想,上前抱起那个貔貅摔了个粉碎。

尹润园哈哈大笑,当场亲了他一口,她说:"你果然比外面那些怂包强多了。"

后来,尹润园跟勃然大怒的父亲说那个貔貅是她摔碎的,并可怜兮兮地道了歉,父亲虽然可惜貔貅,但也只轻描淡写说了句:"女孩子家应该文静点,怎么玩起来那么野?"

之后这件事也就算过去了。关于貔貅的这段往事,元暮时曾经跟周小鹿说过,只是这次和上次的说法有些不同,上一回说这件事,尹润园像个豪迈的女王,这一回却只是骄矜的公主。他也想过这是为什么,后来,他才明白,是因为他此刻已经放下了过去,所以再也没有必要刻意美化那些往事了。

当时的元暮时当然不明白公主和女王的区别,他只是奇怪,就问她,为什么替他顶罪,她笑嘻嘻地说:"我喜欢你,当然要罩着你。"

元暮时脸蛋红红,又问:"为什么你做错了事,那么容易得到原谅?"

"因为我是公主啊,公主无论做错什么,都能得到原谅。"尹润园说这话时,多么骄傲,甚至还有些傲慢,但是元暮时看在眼里,只觉得这世上再没有比她更闪耀的女孩了。

元申对于元暮时跟尹润园的交好,却并不看好,他觉得元暮时是他未来的接班人,未来必定要娶个敢打敢拼的女孩子,而不是什么公主。

会有这种想法,大概都是因为自己儿子和儿媳婚姻的失败。

元申的儿子元朗,也就是元暮时的爸爸,是个花心的浪荡子,却偏偏娶了世代开牙科医院的知识分子家庭的千金。元暮时的妈妈萧琴漠当时也算得上是个名媛,气质高雅,学历也高,是个走出去任谁都会多看两眼的气质美女。

元朗就是被她这种气质吸引,浪子回头,苦追多年,终于抱得美人归。但是好景不长,萧琴漠怀孕,身体虚弱,为了养胎必须长期卧床,夫妻生活是想都不能想了,元朗禁了几个月的欲,外面诱惑又多,终于心痒难耐,外遇了一个热辣的美女。萧琴漠生下元暮时没多久,辣妹挺着有孕三个月的肚子哭倒在元家门前,元申勃然大怒,使了手段弄没了辣妹的孩子,让她永远闭嘴,才了了这段风波。

元申骨子里非常传统,认为离婚是非常不光彩的事,元家子孙绝不能离婚。他也曾申斥了元朗,让元朗给萧琴漠赔罪,元朗也算听话,在萧琴漠房前跪了两天,而萧琴漠却无论如何也不能原谅丈夫,元暮时一岁多点断了奶,她便收拾行李,坚决离开了元家,跟元朗分居。

元申生儿子的气,但对萧琴漠的举动也非常不满,从小到大不止一次地跟元暮时说:"你妈妈什么都好,就是心胸太窄,男人身处高位,桃花自然就多,只要处理干净不带回家,她大可睁只眼闭只眼,何必搞得大家都没脸面。"

元暮时在去看望萧琴漠时,把这话说给她听,她听了只是沉默,末了摸着元暮时的头发,温柔地说:"一生一世一双人。暮时,等你长大了,真的爱上了一个姑娘,就会明白,爱情和婚姻本就没什么识大体,它就是两个人的事,爱了、恨了、吵架了,就算打破了头,就算蜜里调油,都是两个人的事,再多一个人,那就不是爱了。不是爱了,我还要它干什么呢?"

元暮时的爱情观大概就是那个时候树立起来的,一生一世一双人,即便他的她小心眼、闹脾气,他也会宠她爱她,他想创造一个世界,那个世界小到只能容下他们两个,狭窄拥挤,温馨无比。

尹润园十岁生日快要到了，当地习俗，一岁、十岁、二十岁，这种整岁的生日都格外受到重视，穷人也会庆祝一番，更何况尹家这样的门户，很多想巴结尹家的人，更是铆足了劲，想趁着这个机会好好送份礼，讨好下这位大小姐。

元家也早早备下了礼物，礼物是元申亲自选的，高级定制的公主皇冠，白金镶嵌鸽血红宝石，名贵奢华，简单粗暴，摆明了以钱压人，很是元申的作风。元暮时见过那个皇冠，也觉得非常适合尹润园，可是那不是他送的礼物，他没有在那样礼物上花过一分心思，即便尹润园喜欢，他也不会开心，因为她的欢喜不是因为他。

他烦恼时也曾问过她："润园姐姐，你喜欢什么？"

"我喜欢亮晶晶的东西。"尹润园说，"比如说天上的星星，我就很喜欢。你问了干什么？你又不能把星星摘下来给我。"

小暮时想了一下，笑了起来："你等着，等你生日那天，我一定摘下许多星星送给你做礼物。"

尹润园虽然嘴上说好，但是心里并不当真，大人都摘不到天上的星星，更何况是个比她还小的小孩子。那时的尹润园在元暮时面前，有种天生的优越感，她年长两岁，女孩早熟，懂的事情自然比他要多得多。而且尹家祖上便是贵族，老祖宗传下来的优越感，对于那种白手起家的，无论多成功，在他们眼里都是泥腿子暴发户，明面上亲热友好，背地里是瞧不上的。受家庭影响，尹润园对元暮时和周遭的那些孩子，也隐约有这种偏见，只是她年纪小，跟同龄人玩起来也野得很，没那么明显罢了。

生日那天晚上，尹府热闹非凡，切完了蛋糕，元暮时就将尹润园带到他家后花园中，那里有个玻璃打造的小房子，在一棵粗大的老榕树的树丫上，铺了结实的木地板，四面墙和房顶都是透明的，看起来晶莹剔透。

尹润园觉得新奇，跟着元暮时，顺着垂下的楼梯，三两步爬上树，走进房间，元暮时关上门，关上灯，原本明亮时看不到的奇异景色，顿时显现出来。

房子似乎融入黑夜里，周围是树和花，头顶上有荧光一闪一闪，宛若天上的星星，元暮时抬起手，从玻璃墙上摘下一闪莹亮递到尹润园眼前，温声笑道："给，星星摘下来了。"

尹润园哪里见过这样的奇异的事，双手捧过那一闪莹亮，才发现，原来是一只萤火虫。周围一闪一闪的星光，都是一只只萤火虫。

她笑了起："这真是我收到过最奇特的生日礼物。"

最奇特的，却不是最好的。

为了准备这份礼物，他带着家里的花匠佣人，夜夜去野外捉萤火虫，还跟工匠一起研究，如何建造玻璃房，费尽了十分的心思，只为了能让她开心，却不是她口中最好的，他隐约有些失望。后来尹润园跟着母亲出席一些舞会，时常戴着元申送的小王冠，闪烁光华，夺人眼球，却再没去过玻璃房。

他在舞会上遇到过尹润园，就问她："王冠是最好的吗？"

尹润园点点头，嘻嘻笑："那么贵，当然是最好的。当然啦，你摘给我的星星也不是不好，就是活不长，而且也不能带出来，不实用。王冠好就好在，我每次戴它出来，都能得到大家艳羡的目光。最配我的身份，妈妈说这才是最重要的。"

小暮时点点头，渐渐懂了，有时候用了十足的心思，未必赢得过真金白银。对于这样的顿悟，他也着实失望了一段时间，连曾经最兴奋最盼望的，每个月与妈妈见面的那几天里也郁郁寡欢的。

萧琴漠看出他心里有事，就问他怎么了，妈妈一向是小暮时的心灵寄托，他从不会对妈妈隐瞒任何事，就对她说了，尹润园生日送礼物的事。萧琴漠却很开心，拍拍他的头，说："你是个有心的孩子，妈妈很开心。只不过这世界上的人很多，每个人看中的事情都不一样，有人重情，为了爱人能付出一切；有人忠心，倾家荡产甚至为国捐躯也在所不惜；有人想一生有滋有味轰轰烈烈；有人唯愿一生安稳，岁月静好。而润园看重的是她的荣耀，她是以傲为骨的女孩，今日金银能装点她的荣耀，她自然看重，明日若有男人能成全她心中骄傲，她自然也会把那个男人看得比命还重。暮时，你是个有心，又重情义的孩子，而润园不是。现在，你看重润园，一心想成全她的骄傲，但是你想过没有，若有一日，你的情义与她的骄傲站到了对立面，你该怎么办？"

怎么办呢？当时，小暮时并不懂得那些，也没回答。他一心只为着，理解了尹润园的心思而高兴，一心只想为她挣得更大的皇冠。

也就是那时起，小暮时对家里的生意开始有了兴趣。

元朗是个浪子，头脑也一般，元申一直都没有让他继承家业的打算，元申的大哥又是个病秧子，一年里大半时间都在医院，更没有指望。所以，他所有的希望都寄托在小暮时身上，对于小暮时主动开始对生意有兴趣，自然是万分欣喜的。他开始带着八岁的暮时，参与到家里的生意里来，公司高层来议事，也从不避着暮时，暮时慢慢有了普通孩子无法匹敌的心智，和沉稳应对一切的胆识。

十岁生日那天，元申给了他一张银行卡，里面是十万块，许诺他能自由支配，他托管家花了五万块找著名的设计师，给尹润园定制了一款限量包包的少女版，世上仅此一个。

尹润园拿到礼物果然开心，提着包包参加名门贵女们的聚会自然也出尽了风头，那之后对小暮时的态度也亲热了许多。元申知道了这件事，有些生气，叫来元暮时，斥责他败家，元暮时却一本正经地说："爷爷，你给我的钱，说好了可以由我自由支配，那么我买什么怎么花，就跟爷爷无关了。"元申正要发火，就听他又说，"我一直觉得，钱不是省出来的，是赚出来的，给我一些时间，等明年的这个时候，我一定会将爷爷给我的钱，连本带利还给爷爷。"

元暮时从小就生得俊秀，此时一本正经说话的样子，像极了他小的时候，他暂时压下怒火，只说："好，等到明年这个时候，你要是办不到自己许诺的事，就别怪爷爷断了你所有的零花钱。"

话里带着宠溺的威胁，让元暮时笑起来："爷爷，你已经给了我本钱，我再也不需要你的零花钱了，所以这个威胁对我没用。"

这话说得虽然稚气，但也真是有志气，元申皱起的眉头舒展开，彻底忘了先前的不开心。

一年之后，小暮时果然交给他一张卡，里面不但有本钱十万，还按照当时银行贷款的利率计算了利息，一分不少，全在卡里。

元申拿到钱很惊讶："真的还给爷爷？还给爷爷之后，你不就没零花钱了吗？"

"我还有的。"小暮时笑着从口袋里掏出另一张卡，得意地晃了晃，"还有不少呢，足够我用的。"

元申觉得不可思议，毕竟暮时才只是个孩子。

元暮时却说："我不如爷爷，爷爷当初一穷二白、白手起家，而我有爷爷和妈妈留下的很多东西，认识的叔叔伯伯都肯帮我，所以，也没有什么了不起。"

叔叔伯伯都肯帮他……也就是说，他这个年纪已经知道利用家里的人脉了。

果然是个好苗子。元申对小暮时更加满意了。

有一次喝醉了酒，元申对家里的管家说醉话："暮时中意哪个女孩都没关系，只要能让暮时好，让暮时对家里的生意有兴趣，就算是尹家的那个傲慢的女孩子，我也愿意接受，明天起，我们应该跟尹家走得更近才是。"

元家和尹家虽然一直交好，但是最近几年，元申生意越做越好，尹家却有了落败之姿。经济大环境左右着多少企业家族的成败，元申有心劝尹家老爷子在还能挽回之时尽快转行，也有心资助，尹家老爷子却觉得自己受了折辱，当面没明说，背地里却说："我尹家富贵的时候，他还不知道在哪个穷乡僻壤里和泥呢，今天也轮得到你教我？还说什么资助，我尹家家底厚得很，用得着谁来资助？"

这话辗转传到元申耳朵里，元申当场摔了杯子，以后再跟尹家交往，也淡了很多。这次为了元暮时，元申再次主动与尹家示好，尹润园的奶奶和母亲过生日的时候，都送了重礼，尹家老爷子觉得挽回了面子，脸色也就没那么难看了，两家慢慢恢复了关系。

有一次尹润园来邀请元暮时参加少女们的聚会，跟元暮时跳了开场舞，两个小人手牵手，关系看起来很好，有调皮的贵女拿他们开玩笑，笑嘻嘻吟诗："郎骑竹马来，绕床弄竹梅。"

青梅竹马，多好的意头。

元暮时很开心。

这种开心并没维持多久，就有了烦心事。

/ 第十四章 /
NVSHEN YANGCHENGJI

刨 心

  元朗给元暮时找了二妈。
  之所以说是二妈,是因为元朗跟萧琴漠并没离婚,那个女人进门连后妈都算不上。其实按元朗的品性,元暮时别说二妈了,三妈四妈五妈……一堆一堆,但是元申看得紧,再加上好几个都是元家旗下的小明星,冲着名利来的,也好打发,没惹出什么乱子,元申再使些手段,花边新闻也没多少。
  只是这个二妈心机最重,从不黏着元朗,元申派去跟元朗的那些人都大意了,而她怀上孩子之后,一直偷偷地躲着,也不出来胡闹,一直到孩子临盆,这才哭着去找元朗。元朗心肠花,耳根子软,就将她带回了家。
  孩子都要临盆了,再灌药显然已经晚了,元申气得差点晕过去,还没想好对策,当晚那个女人就喊肚子疼,叫来私家医生,折腾一个晚上,清晨时分生下了一个女孩,也就是元暮时的妹妹。
  元申在外铁石心肠,对没长成形的孩子下手也从不手软,但是当医生将那个软嘟嘟的女婴抱出来给他看时,他却心软了。再名不正言不顺,也毕竟是他的孙女,他怎么忍心下得了狠手?

女婴因为元申的心软活了下来,因为是清晨生的,取名为元晨时。而晨时的母亲也因此留在了元家,虽然没名没分,但是谁都知道,她是元朗的妻子,在这个家里,也算是个主人。她心机重、手腕高,对元申元暮时百般讨好,对元朗外面的小三小四也非常容忍,甚至帮着元朗瞒着元申,方便他去偷腥,因此也得元朗的喜欢,不到一年,就成了这个家里货真价实的女主人。

元申对这个便宜儿媳妇的态度,也随着晨时的长大而变得容忍,从起初从不跟她同桌、从不叫她的名字,到偶尔也会在吃饭的时候问一句:"乐枭吃了没有?"

暮时的二妈林乐枭便摆出激动万分的脸,一边抹眼泪,一边殷勤地在一旁盛汤服侍,连说:"老爷先吃,我一会儿去厨房里吃。"

元申冷着脸,指指元朗旁边的座位:"坐下来一起吃吧,元朗不成器,家里大小事一概不管,暮时晨时的起居都是你来照顾,也是辛苦你了。"

林乐枭又是一阵抹泪:"老爷说的什么话?暮时晨时都是我的孩子,照顾他们是我应该做的。老爷,晨时,今天新学了一首歌,让她唱给您听,解解闷。"

刚满两岁的晨时,就放下汤碗,站在一旁,边扭扭跳跳边奶声奶气地唱:"左三圈右三圈,脖子扭扭屁股扭扭,早睡早起我们来做运动……学爷爷蹦蹦跳跳我也不会老……"

林乐枭心机重,晨时却听话乖巧,妈妈让她学什么她就学什么,让她唱什么她就唱什么,小小年纪几乎把关于爷爷的儿歌都唱了遍,元申对她的态度,从刚开始的冷淡,到现在的疼爱有加,那些儿歌起到了关键性的作用。

果然晨时刚唱完,元申就开心得不行,笑得眉毛一翘一翘,亲自将晨时抱到膝盖上,亲了亲额头,软声夸赞:"晨时真乖。还没吃饱吧?来,跟爷爷一起吃,想吃什么爷爷给你夹。"

晨时笑眯眯地往前指:"吃糕糕。"

元申赶紧夹了块枣泥糕给她,她吃了一口,小手举着将枣泥糕凑到元申嘴边,奶声奶气:"甜,爷爷也吃。"

"好,爷爷也吃。"元申咬了一口,笑得更欢了,"甜,跟晨时一起吃什么都甜。"

这样的场景隔几天就会在家里上演几次,元暮时早已习以为常,他也很喜欢晨时,因为晨时实在可爱,每次找元申撒完娇,也总会在他身边腻一会儿,有好吃的也会给他留着,虽然他已经过了爱吃的年纪了。

小暮时今年十三岁,一直被元申带在身边做生意,比普通的孩子要了解人情世故,他喜欢晨时,却并没那么好哄,所以他对林乐袅一直都淡淡的,表面上礼貌,实际上疏离隔阂非常明显。他从不让林乐袅进他的房间,尤其不许她碰萧琴漠留下的东西,对于林乐袅的热情和关心,他也是淡淡应对,道谢却不接受。

林乐袅曾经怕元申,但是现在元申只要有晨时就会对她和颜悦色,唯独元暮时,她始终找不到与他相处的突破口,于是,元暮时成了她在这里家里最怕,也是最顾及的人。所以,她打算跟元朗再生一个孩子,最好是男孩。元申也不过五十岁,身体康健,撑到七十岁退休完全没问题,到时候,她的儿子二十岁,有很大的希望将元暮时挤下去。

她打定了这样的主意,自然是不动声色的,最先看出她有这样心思的是尹润园。尹润园来元家玩的时候,林乐袅自然是好生招待,热情异常,毕竟对方是个大小姐,未来她的孩子能在上流社会站稳脚跟,必定离不开这些大小姐的帮助,她自然要留心着点。尹润园却对她没一点好脸色,她打心里瞧不起林乐袅这种硬挤进上流社会的狐狸精。

林乐袅几次想跟她交谈,她都爱答不理,这一次也一样。林乐袅先是夸赞她的衣服好看,又夸了她皮肤嫩,眼睛生得好,她都只装没听见,林乐袅觉得没面子,但又不好发作,只能强忍着尴尬说:"你们聊,我去厨房给你们准备些点心,有事随时叫阿姨。"

元暮时温和地笑:"麻烦林姨了。"

林乐袅连说:"不麻烦不麻烦。"

尹润园当时没说话，等林乐袅一走，她当着其他佣人的面就拍了元暮时一下，没好气地嚷："干吗跟她那么客气，她那种狐狸精，跟她多说一句话都让人觉得恶心。"

元暮时笑笑没接话，转移了话题："今年的暑期旅行，想好去哪儿了吗？"

尹润园果然被这个话题吸引了，笑嘻嘻说："是不是我想去哪儿，你都陪我？"

"你想去哪儿我都陪你。"元暮时笑。

尹润园晃了晃脑袋，卖起了关子："想是想好了，但是不想告诉你，你自己猜，要是猜不到，今后我都不跟你玩儿了。"

他们上的那所贵族学校，寒暑假都会组织旅行，全校一起，所以尽管他们不在一个年级，也是能一起出发的。而之所以尹润园想去哪儿就去哪儿，都是因为尹家老爷子是这所学校的大董事，每年旅行之前，校长都会征求尹家老爷子的意思，而尹润园是家里的大小姐，尹家老爷子的心头肉，自然她想去哪儿就去哪儿。其实这所学校元家也是有股份的，只不过元申疼孙子，元暮时也向着尹润园，所以，尹润园在学校里说话，比校长都管用。

元暮时看她那副样子，只觉得可爱，便当真托腮猜了起来。屋子里静悄悄的，外面却突然传来一声嘈杂，随着一阵嘈杂脚步声，一个鹅黄色的身影从外面跑了进来，直扎进元暮时怀里，元暮时抱起那个小人，弹弹她身上的土，笑道："去哪儿玩了？一身的土。"

元晨时从元暮时怀中抬起头来，鹅黄的连衣裙衬得小脸粉嫩，当真是个漂亮的小女孩。她喜欢这个比自己大了许多的哥哥，她觉得哥哥好看，说话又温和好听，腻在他怀里，比在妈妈那里听她教自己讨好这个讨好那个要温暖得多。

"树上有个城堡，是哥哥盖的吗？冯妈说是哥哥盖的。"小晨时仰着小脸，奶声奶气地问。

元暮时立刻就明白小晨时说的是花园里，他为了给尹润园摘星星建造的玻璃屋。他点了点她的鼻子，眼中有宠爱："是哥哥盖的，你要是喜欢就送给你了。不过那个玻璃城堡白天去不好玩，晚上去才好玩呢。"

那玻璃屋里原本养着萤火虫，但是萤火虫对环境要求太高，没活多久就全部死光了，尹润园也对那个玻璃屋彻底没了兴趣，已经有两年没去看过了。此时听元暮时这么一说，她却不高兴了，把手里的奶茶杯子往桌子上重重一放，对元暮时抱怨："那间玻璃屋不是送给我的吗？送给我的就是我的，怎么现在又要另送别人？"

元暮时有些不太高兴，那玻璃屋，她早就不稀罕要了，现在晨时喜欢，她又抢着想要，这不是明摆着跟晨时过不去吗？

"我还以为你已经不喜欢了。"他看着尹润园，皱了皱眉说。

尹润园却挑了挑秀气的眉，精致漂亮的脸上露出一丝傲慢的神色，一字一句对小晨时说："我的东西就算不想要了，也是我的，谁也别想抢。"

晨时许是被她那副样子吓到了，也许是知道玻璃屋被抢走了，嘴巴一撇，趴在元暮时膝头哭了起来。

元暮时看着晨时哭得厉害，又看了看尹润园盛气凌人的脸，头一次觉得她身上的傲慢太过刺眼，他拍拍晨时的背，轻声安慰："晨时别哭，你要是喜欢，哥哥再盖一个给你就是。"

晨时听了这话这才不哭，抬头抹了抹眼泪笑起来："哥哥真好，晨时最喜欢哥哥。"

元暮时抽纸巾给她擦眼泪，又叫厨房做点心给她吃，早已忘了刚才还在跟尹润园谈暑期旅行的事。晨时拿着点心笑眯眯地跟着佣人回房间了，元暮时这才看到尹润园铁青的脸。

"龙生龙，凤生凤，狐狸精生的孩子，果然天生就不是好东西。"尹润园看着晨时离开的背影，咬牙切齿地嘟囔。

尹润园不喜欢元晨时，元暮时早就知道，因为她瞧不起晨时的妈妈，连带着连晨时也瞧不起，之前也总是在他面前说林乐袅坏话，他只当没听见，因为他也未必多喜欢林乐袅，而林乐袅也并不是什么光明磊落的

- 229 -

人，尹润园的那些坏话也不冤枉她。可晨时才两岁，白纸一样的小孩子，她懂什么？怎么能连她一起骂？更何况晨时还是他唯一的妹妹。

"晨时是我妹妹，我就觉得她很好，你要是不喜欢她，以后也不要来我家了。"

这是元暮时对尹润园说过的最重的一句话，尹润园睁大眼睛几乎怀疑自己是不是听错了，愣了几秒钟，才猛地站起来，恨恨地说："不来就不来，你以后也别去我家，我们绝交。"然后跺跺脚，跑走了。

元暮时第一次跟尹润园吵架，虽然心里不舍得跟她绝交，但是想想若他今天不为晨时说话，润园就永远意识不到晨时对这个家的重要性，他也就忍住了，没上前去追她。第二天，元暮时就找人在后花园里给晨时另外盖了一间玻璃屋，跟送给尹润园的那一间一模一样，而尹润园在家里听说这件事后，气得火冒三丈，立刻找了自家的管家，让他带着家里的几个佣人，来元家后花园把元暮时送给她的玻璃屋给拆了。

元暮时觉得她真是不可理喻，就去尹府找她，想问问她为什么这么做，没想到却吃了个闭门羹，打电话过去，那边也是很久才接，听筒里尹润园的声音听起来漫不经心："那玻璃房是我的，就算我不喜欢了也是我的，我的东西我想留就留，想拆就拆，跟你有什么关系？"

元暮时语塞，一时间之间竟不知道该如何反驳。

两个人冷战了许久，一直到暑期旅行时，都没和好。那年的盛夏格外炎热，尹润园想去海边，S市靠海，学校的暑期旅行便连S市都没出，包了个海边的酒店，玩了三天两夜。

元晨时没去过海边，听说哥哥要去海边羡慕得很，也嚷嚷着想去，元申就让元暮时带着她一起去了，另外跟去的还有一个保姆一个司机。

这家酒店位于海边，打开窗户就能听到海浪声，酒店里种植着热带的树木植物，房间的阳台下便是游泳池，不管是风景还是风情都是数一数二的。尹润园一向爱热闹，走到哪儿都有一群少男少女跟着，前呼后拥。学校里想巴结元暮时的也不在少数，而且这一次元暮时带了妹妹来，很多喜欢小孩的同学也都聚了过来，围着晨时问东问西，叽叽喳喳。两个人各有人围着,一时间竟连说话的时机都没有。

最后一天晚上,元暮时被几个女生缠着,在泳池边上玩到十点,回房间时,只看到保姆坐在沙发上睡着了,却不见晨时。他将保姆叫起来,问她晨时去哪里了,保姆看看身边没有晨时,吓得从沙发上跳起来,赶忙去房间里找。房间的床上,被子很凌乱,却没有人影,元暮时也有些紧张赶紧出去找,跑到外面的大阳台,往下一看,看到晨时趴在泳池边上,正饶有兴趣地拍着水玩,她的半个身子都悬空着,只有一只小手撑在泳池边上,看着让人心惊。

晚上十点,泳池边上已经没人了,她还小不会游泳,万一一个跟头栽进去,后果不堪设想。元暮时吓出一身冷汗,却又不敢叫晨时,怕自己突然出声,反而将她吓一跳,失足落水。他深吸一口气,让保姆在这儿看着,自己飞奔下楼。

可是怕什么来什么,他才刚来到电梯口,就听保姆尖叫了一声:"小姐……掉下去了。"

他们住的楼层高,在十一楼,电梯左等右等也不来,走楼梯怎么也要几分钟时间,到时候什么都晚了,元暮时从来没像现在这么害怕过,额头和后背全是冷汗,一边掏手机给楼下大堂打电话,让他们赶紧去泳池救人,一边顺着楼梯往下飞奔。

那十一层楼像一座山那么高,似乎总也到不了头,元暮时奋力狂奔,大脑里嗡嗡作响,等他终于到了楼下,发现泳池边上已围满了人,酒店的工作人员围在那里议论纷纷,元暮时拨开人群挤进去,就见全身湿透的晨时正趴在一个少女肩头,剧烈地咳嗽着。少女同样全身湿透,长发黏在一起,还在不停地滴水,元暮时挤过去,少女抬起头来,元暮时才看清原来是尹润园。

尹润园见元暮时来了,将晨时往他怀里一塞,抹了抹满脸的水,没好气地说:"你的宝贝妹妹,自己不好好看着,要不是我刚才正好经过,淹死了你都不知道。"

元暮时抱着湿透的晨时,晨时许是吓坏了,全身都在发抖,看到是哥哥来了，才"哇"的一声大哭出声。

"别哭，别哭，哥哥在呢，是哥哥不好，没看好你。"元暮时只顾着安慰晨时，再抬头时，尹润园早已不见了。

后来，元暮时问了围观的工作人员才知道，是尹润园救了晨时，还给她做了急救，要不让以大堂到游泳池的距离计算，他们跑过来也耽搁了时间，就算救起晨时，也只怕孩子呛水太久有生命危险。

元暮时想去找尹润园跟她道谢，但是又担心晨时呛水，有什么后患，就先送她去了医院做全身检查，折腾一夜，等再回酒店时，尹润园已经离开了。回元家的时候，晨时的保姆没跟回来，元暮时当场就将她开除了，尽管她不停地求情说自己太累了，不小心睡着了，以后再也不会有这样的事情发生，他也并不心软。一来，她的疏忽差点害死了晨时。二来，如果保姆真的跟她回了元家，林乐袅阴狠，元申护崽，恐怕就不只是被开除这么简单了。

果然一回到元家，林乐袅听说保姆疏忽，害得晨时差点淹死，当时就勃然大怒，全然忘记了平日里经营的温柔贤惠的模样，嚷嚷着要把保姆抓回来打死，要不是元申在家，她不敢在元申面前大喊大叫，还不知道要闹出什么事呢。

元暮时想单独跟尹润园道谢，可是尹润园似乎还在跟他怄气，他去找了她好几次，都吃了闭门羹。当天晚上，元暮时再也按捺不住，偷偷爬进尹润园的窗户，钻进她的房间。尹润园并没睡，正躺在床上发呆，听到动静，爬下床就看到元暮时站在窗边，吓了一大跳，是元暮时冲过来捂住她的嘴巴，她才没大叫出声。

"别叫，润园，我是来向你道谢的。"元暮时轻声说，生怕惊动别人。

尹润园却张嘴狠狠咬了他一口。那一口咬得真狠啊，元暮时疼得脸都扭曲了，却硬是忍着没发出声音。她松了口，拉下他的手，扬了扬脸："你对我说那样的话，这算是对你的惩罚。"

元暮时甩了甩手，听她这么说，只觉得手上的牙印也没那么疼了，他笑起来，问她："你不是讨厌晨时吗？为什么还要救她？"

尹润园当时的表情,他永远都记得,她一向倨傲,头一次露出那样委屈的表情来,她咬咬牙说:"因为你宝贝她啊,她死了,你多伤心?"

看,她当初也是在乎过他的。

因为知道她在乎过,后来的抛弃才变得更加无法忍受。

元暮时说到这里,有风吹来,周小鹿打了一个喷嚏,他脱了自己的大衣给她披上,周小鹿坚决地将大衣还回去让他穿上,连喝了几口米酒,说:"我暖和了。"

元暮时冲她笑,也给自己倒了杯米酒,喝下肚去:"果然暖和了,就是不知道医生知道我们用这种方法取暖,会不会气死。"

除夕夜的风很凉,米酒的后劲上来,身上却是暖的。头顶和周围还有烟火在闪,远处有欢歌和笑语,周小鹿曾经以为,她的这个年一定过得非常痛苦,可是今日今时,她以为自己非常恨的男人,正将自己一点一点刨开了,摊开给她看,她心里被某种情绪塞得满满的,竟然有点想哭。

她站起来,对元暮时说:"回去吧。你的故事我还没听完,你不要先病倒。"

回去的路上,周小鹿坐的是元暮时的车,陆辰也许早就知道周小鹿会上元暮时的车一样,一早就开车回去了,霓虹装点着空荡荡的街,路过的房子里却都是人声笑声,周小鹿此刻的心境也就如眼前的街,是涨得嘈杂的,却也是无比空荡的。

回到医院,不免要被医生一阵埋怨,但是给他们做了粗略的检查,发现他们的身体并没大碍,医生也没说什么,就吩咐他们好好休息,就离开了。

元暮时待在周小鹿的病房里,一直没有走,他还有很多事没有说。

周小鹿问他:"当时,你有多爱尹润园?"

"曾经以为很爱,现在想想,那大概是一种幻想,我爱上了自己的幻想,幻想傲慢的公主为我低下头,那时我十三岁,那样的幻想对我来说诱惑力实在太大了。"

尹润园确实曾经为元暮时低下过头,却不是那一次,而是尹家出事的时候。

尹家出事,就在晨时落水的当年,元暮时清晰地记得,那是过年之前,尹家的"尹府名味"最火爆的时刻,那一年他们推出了一系列价格亲民的零食,销售额一度成为业内的传奇,但就在尹家还未来得及开庆功宴时,事情就那么猝然地发生了。

S市有人报警,称自己家人,食用了"尹府名味"生产的鸡爪和鹅掌之后中毒进了医院,那之后,其他城市也陆续接到这样的报案,尹府立刻召回了市面上所有正在贩售的同系列零食,但是没有用,"尹府名味"销量实在太好,此时局面已经无法收拾,大批的顾客到其大楼前游行,要求彻查,警方扛不住压力,只能封了大楼,连同食环署、质监局一起调查。最后调查出的结果让人瞠目结舌,"尹府名味"为了增加食品的美味,用了大量的违禁添加剂,仓库里甚至还搜出了大量违禁添加剂的库存,证据确凿,无从翻案。

尹润园的爷爷和爸爸作为主要负责人,当时就被批捕,润园的奶奶因为受不了刺激,晕倒数次,撒手人寰,而润园的妈妈,则早早地收拾细软跑路了。

一夜之间,家破人亡,就是此时尹润园的境遇。

尹润园哭着跑来求元申帮忙,可是,眼下的局面,元申就算权势再大也无能为力了,只能安排尹润园住进自己家里,吩咐林乐袅好好照顾她。

元暮时这个时候人在美国做短期留学,本来预计好的半年的课程,他却不管不顾,硬是办了休学,赶回了S市。

回到家,推开尹润园的房门,就看见平日里高高在上的公主,面容憔悴地呆坐在窗前,他上前去握住她的手,轻声安慰:"润园,你还有我。"

尹润园木然地回头,眼泪扑簌簌往下掉,一声不吭,抱住了元暮时。由于事件太过恶劣,那些有家人因为食用毒鸭掌、鸡爪而中毒致残的人,总在伺机报复。元申无奈,决定正式收养了尹润园,将她的户籍迁入元家,放在元暮时大伯名下，顶了元暮时大伯早亡的女儿，元平时的名字。

改户籍那天，尹润园写了"元平时"三个字，举到眼前，呆呆看了许久，元暮时以为她是失去名字觉得难过，就走过来安慰她："平时这个名字也不算难听不是吗？你先用这个名字，等以后尹伯父和尹爷爷放出来，你还能用回原来的名字。"

但是他很快就知道，永远都没这个机会了。因为"尹府名味"事件太恶劣，致残致死人数过多，尹家父子作为主要责任人，被判了死刑。

宣判当天，已经改名为元平时的尹润园晕倒在法庭上，醒来时，她握着元暮时的手说："暮时，我已经一无所有了。不过这样也好，一无所有，也就没什么好失去的了。"

元暮时紧紧回握住她的手，说不出任何安慰的话来。能说什么呢？对于家破人亡的人来说，家人健在就是最大的讽刺。

从那以后，尹润园就死了。元平时病了许久，等病好了，春天都来了。

丧事都由家里的亲戚帮忙操办的，丧礼当天，很多民众聚集围了灵堂，丧礼几乎进行不下去，最后警察来了，闹事的人才散去，丧礼也只能草草了事。风声太紧，为了安全，元平时干脆没有出席丧礼，在元家抱着被子，哭了整整一天。那之后元平时整个人都变了，没以前那么爱笑爱闹了，没事的时候整日坐在那里发呆，元暮时用尽了办法，也没法让她开心起来。

尹家倒了，林乐袅对元平时的态度也大不如从前，虽然面子上还过得去，但远不如从前热情殷勤，只不过元申是个极看重面子的人，断不许家里人做出惹人话柄的事，林乐袅估计连这层薄薄的面子活都不愿意做。倒是晨时是个知恩图报的人，虽然是个小人，但也知道元平时曾经救过自己，对她十分亲昵，就算一次次只能碰到元平时的冷脸，她也不在意，乐此不疲。后来，元平时大概因为寂寞，也大概是因为晨时实在可爱，渐渐也开始没那么排斥她了。

春夏交替的时节，林乐袅在家里开舞会，舞会上都是上流社会的太太小姐，看见元平时明里暗里冷言冷语，元平时从来都不是个好脾气的，虽然没有回嘴，转身拿果汁的时候，一抬手将果汁泼了那个说话最刺耳的太太脸上，还故作惊讶地捂着嘴巴大叫："哎呀，张太太，真是太对不起了，您怎么站在我后面？我后脑勺没长眼睛，难道您眉毛底下那俩窟窿也不是眼睛？还是说割了双眼皮，眼睛变得太大，有点散光了？"

那张太太早些年割双眼割失败了，两只眼睛怎么看怎么古怪，最讨厌别人提这个。被泼一身果汁，还被这样羞辱，张太太气得当时就甩了元平时两个耳光。而在泼果汁之前，元平时早就派了晨时去找元申。当晨时撒娇说要请元申跳舞，拉着元申的手来到舞会现场时，正好看到元平时被打的一幕，立刻就发作了，也不管张家的面子，当时就将张太太赶了出去，还大大呵斥了只在一旁看笑话，没有出手维护元平时的林乐袅。

元暮时本来在上马术课，得知元平时受欺负，匆匆赶回家。舞会已经散了，元平时一个人坐在花园的摇篮里，抬头看着天，眼里流着眼泪，嘴角却挂着笑。

元暮时走过去，轻声问："润园，你没事吧？"

元平时回头看他，笑和泪都还在脸上："谁是润园？我是平时，暮时你是不是糊涂了？"

元暮时有些愣神，心里似乎有什么东西碎掉了一样。他静静看着元平时，就听她说："舍弃所有我能舍弃的，这样我才能活下去。暮时，我只剩下自己了，只能靠自己活着。"

夏初的风带着暖意吹来，元暮时却觉得这风有点悲凉，他也是从那一刻才懂得，无论是尹润园还是元平时，都不曾将他放进心里，他之前的种种终究只是一厢情愿而已。

那年夏天，格外多事。

林乐袅因为元申在众位太太面前呵斥自己而恨上了元平时，因此在背后各种刁难，家里的佣人都是看林乐袅脸色的，自然也不把元平时放在心上，若不是元暮时和晨时护着，只怕元平时的日子过得连无家可归的孤儿都不如。

元平时越来越沉默寡言，就连元暮时想方设法地安慰，也都懒得回应，只是拼命读书,她对元暮时说:"暮时,你很好,你跟晨时都很好。但是我讨厌元家,讨厌元家以施舍的姿态糟蹋我,我要尽早独立,离开这里。"

元暮时说不出话来。毕竟他自己也不过是个十几岁的少年,除了尽力护着她,其他的什么都做不到。

夏末秋初,元平时十六岁生日,过得无声无息。傍晚的时候,元暮时亲自下厨给她做了一碗长寿面,晨时更是拿了自己珍藏的洋娃娃送给元平时,她吃着面,抱着洋娃娃,脸上的笑意十分勉强。这也难怪,她做了十五年的公主,十五年来每一年生日都过得热闹而奢华,今天却只有一碗面,一个别人玩过的娃娃,对比之下,心里当然会有落差。

元暮时记得萧琴漠说过,每个人在意的事都不同,他在意的是情义,而对于尹润园,最重要的是心里的骄傲。如今骄傲不再,屈膝寄人篱下,每日每夜想必都是煎熬。他想对元平时说,等我长大,一定成全你一身骄傲,可他说不出,长大之后的事情谁能预料,空头的许诺,还不如现在的陪伴来得实在。

晚上十点钟,元平时来敲暮时的门,说自己有点闷,想让他陪着出去走走,元暮时不疑有他,便穿上外套,陪她出去了。

那一天,天格外的黑,乌云遮着月亮,若不是有路灯,真真是伸手不见五指。两个人走在外面的小路上,路两旁人工种植的蔷薇爬在花架上,在暗夜里送出幽香,谁家的小猫还没回家,在墙上来回游荡,行动间,脖子上挂着的银铃叮当作响,煞是好听。

也许身边的人是自己心仪的,在这样的没有月亮的黑暗中散步,竟也觉得夜格外美。

"润园,你穿这么少不冷吗?"元暮时打破寂静,因为他看见元平时抱着肩,抖了一下。

私下里,他还是喜欢叫她润园,只是她不喜欢,每次都怄气地说:"尹润园已经死了。"

但是今日,她却没在称呼上跟他吵,而是突然握住他的手哭了起来:"暮时,我对不起你,但是为了自保,我也没办法了。"

她话音未落，前面开过来一辆黑色的轿车，元暮时心中顿时警铃大作，拉着元平时就跑，而元平时却反手拖住了他，他还在错愕，轿车上就下来两个男人将他按住，一个人用毛巾牢牢捂住他的口鼻。

呛人的化学药水味冲进鼻腔，他的意识开始模糊，很快就失去了知觉。最后留在他脑中的画面是元平时的脸，似有愧意，但是眼神里的冷漠却让他心惊。

尹润园原来真的已经死了。

他心里的那座玻璃房，终于轰然倒塌，再不剩什么了。

那些绑匪凶悍异常，元暮时到了他们手上当然没什么好日子过，只是他们要的是钱，倒没有伤他性命。他一直被蒙着眼睛，刚进来时被灌过一种味道恶心的药，哑了一样，发不出一点声音，也不知道自己在哪儿，直到被关进那间破屋子，眼罩才被摘了。

自他摘了眼罩，那帮绑匪在他面前露面时，都戴着面罩，很是谨慎。破屋子只有一扇门和一个根本无法通过的破窗，也无人把守，那些绑匪并不怕他逃跑，因为他刚被抓来时，一条腿就被打折了。

那是怎样的一种炼狱，元暮时今日想起还是会一身冷汗，白天破窗会有光透过来，倒还不算难熬，难熬的是晚上，漆黑一片，他睁开眼睛，眼前的黑和静让人绝望，他时常怀疑自己已经死了，这个时候他便会去捶打自己的伤腿，感觉到钻心的疼痛，心才稍安，因为只有活着的人才能感觉到疼。

直到那一天，他听到窗外一阵窸窸窣窣，然后一朵黄色的向日葵出现在窗台上。他的心跳得很快，他知道外面有人，但他发不出声音，腿骨是断的，也挪动不了分毫，只能尽可能发出大点的声音，捶打墙壁，对着窗扔石子，可是没用，窗外一片寂静，放花的那人似乎是走了。

第二天，同一个时间，蔫了吧唧的向日葵被拿走，换上一枝玫瑰。这一次他看清了放花人的手，那是一双细嫩的小手，看起来是个比他还小的孩子，手的骨骼秀气，应该还是个女孩。

他泄了气，不敢再发出什么声音，毕竟这样一个小女孩，就算发现了自己，又能做什么呢？没准还会给她带来灾难呢，他何必连累别人？

他的安静，让窗外的女孩驻足了许久，也不知用得什么，发出一种细小的哨声，长长短短，并不嘹亮，却也十分清丽好听。

第三天，玫瑰换成了郁金香，哨声也格外好听了一些。

第四天，郁金香换成了路边随处可见的野花，小女孩没有吹哨。绑匪也没来给他送饭。

第五天，依然是野花，只不过色彩丰富了许多，他饿得眼花，也看不清有多少种颜色，头有点晕，总是想睡，可是他知道自己不能睡，于是就拿头撞墙，让疼痛让自己清醒一些。只不过他撞墙的动静大了点，小女孩被吓到了，跑走的时候，脚步明显凌乱了许多。

绑匪依旧没来送饭。

第六天，已经没有力气了，睁眼都觉得累，但是他不想闭眼，小女孩还没来给他送花，他要等，一定要等小女孩来，他很期待，今天她会带来什么花。

小女孩终于来了，带来的竟然是蓝色妖姬，那明亮的蓝，美得那么妖娆，他只觉得那花似乎盛开在地狱的入口，他在地狱深渊抬头向上看，周围一片漆黑，唯独那一抹蓝是那么亮。

就算失去了意识，他也永远记得眼前的蓝色，妖娆的蓝，明亮的蓝，他一直看着那抹蓝，丝毫不敢往黑暗处沉沦。

"就是那些花，救了我的命。"元暮时看着周小鹿的手，那双手比记忆中的长大了不少，但依旧那样细嫩秀气，他拉起她的手贴在脸上，笑容在脸上浮现出来，"小鹿，那之后我就再没睡过一个好觉，我害怕睡觉，害怕黑暗，但是有你在身边我却能睡得安稳，我曾经不知道这是为什么，直到你说，你给一个傻子送过花，我才明白，我心里的花都是你送的，有你在身边，我当然不怕黑。"

周小鹿看着他，心里似乎有鼓风机在吹，吹得她胸腔涨得难受，她分不清自己是在怜悯他，还是心疼他，甚至小时候给傻子送花也只是一时心血来潮，记忆里关于这件事也并没留下太多画面，却没想到，自己的无意之举，却成了他的拯救。

她深吸一口气，眸中有怒意，她抽回自己的手，想问："那么利用我，就是你报恩的方式吗？"

可是，他的眼睛里全是伤，这一句指责，终究还是没问出口。

"后来，我听我爷爷说，是一个花农跟周围的人一起撞开门，才发现我。事后，我爷爷问过那个花农，花农说，听自己的女儿说，好几天没看到有人给傻子送饭了，怕傻子饿死，才去撞门的，没想到，关在里面的不是傻子。那个花农是你爸爸吧？"元暮时问周小鹿。

周小鹿摇摇头："我不记得了。"

"不记得没关系，我记得。我爷爷告诉我，那帮绑匪是爷爷混社会时的仇家，打算拿到钱就撕票的，爷爷的手下和警察一起抓住了绑匪，绑匪却宁死不肯说出我被关在哪儿。绑匪后面几天没给我送饭，就是因为他们已经被抓了。"元暮时站起来倒了一杯水，又给周小鹿倒了一杯，杯子是一对的，瓷白的马克杯上一对小狗，很是可爱，"我曾经以为那几天是我人生最黑暗的日子，可后来我才知道，那并不算最黑暗的，最黑暗的事情是，大白天，你的心却是一片漆黑。"

周小鹿抬头看他，他握着杯子看着窗外发呆，末了回头冲她一笑："晨时死了，在我被绑架的第三天，她跑出去找我，跌进后山的池塘里淹死了。"

他的伤心和悲哀都凝聚在那一笑中，周小鹿看着他的笑，忍不住哭了出来。

"我去问过平时，问她为什么这样对我。她说，是那些人威胁她，若不将我带出来，就会杀了她，并将她的尸体脱光了扔到最繁华的街道上，任人观看。我了解平时，她的心始终是戴着皇冠的，那样的屈辱对她来说，比死更无法接受。她为了救自己，舍弃了我，这是人的本性，我不怪她。我不能原谅的是，她说晨时是她害死的，就算警察已经证实，晨时是失足，她在我面前也坚决说是她害死的,是她把她推下水的。"

元暮时握着杯子,他的手本来就很好看,竹节一般瘦且长,这样好看的手,此时却因为太用力而泛着不自然的青白色:"她要我恨她,她不需要我对她的一点怜悯和情义,她只要我恨她。从小她各方面都比我强,她在我面前总是仰着头的,所以,我的原谅和怜悯对她来说,是莫大的羞辱,她宁愿我恨她。"

说到这里,他看着周小鹿:"小鹿,事情到了这个地步,你觉得我们之间还有爱吗?若爱真的这么痛苦,我宁愿不要。那天她来我办公室,她说,你赢了。她现在一无所有,只有身体还算干净,我想要,她就给,只要我能饶过她。可我不想要,我只想让她亲口告诉我,晨时不是她害死的,让我从痛恨她的执念中解脱出来,可她不肯,她说,她说了那样的话之后,怕未来跟我再没有瓜葛了。小鹿,我不想跟她再有瓜葛,我想要的是一场美好的爱情,就像你送我的那些花一样,我想呵护它们,想到它们浑身都是暖的,这才是我真正想要的东西。"

周小鹿瞪着他,眼睛里还有眼泪扑簌簌往外落,她痛哭:"这些也不能成为你利用我的理由。"

他的眼神变得幽深起来:"小鹿,唯有这点我对不起你。"

周小鹿低下头,她不想让他看到自己此时的表情,心痛得无法自抑,连呼吸都困难,她不想再抬头看他,不想再跟他说话,就在手机上打字。可眼睛里全是眼泪,视线是模糊的,眼泪落在手机荧幕上,字也是糊的,她边擦边打字,最后咬着牙举给他看——

"我不想原谅你,我们分手吧。"

元暮时看着手机屏幕,看了许久,直到手机屏幕暗下去。他才将视线移到她的身上,然后缓缓闭上了眼睛。

"好。"

这一个字仿佛就用尽了他所有的力气,他身形摇晃着,似乎连手里的杯子都握不住了,杯子掉到地上,摔了个粉碎。一直守在门口的秘书听到动静,推门进来,看他脸色很差,立刻叫来了医生和护士,医生给他做了简单的检查之后,沉着脸让护士和秘书送他回病房。

周小鹿一直静静坐着,仿佛眼前的一切跟她无关,却没人知道,她的心,从此缺了一块,也许再也找不回来了。

/ 第十五章 /
NVSHEN YANGCHENGJI

# 新　生

周小鹿在医院住到正月初八，《哑后》的导演亲自来看望她，并且跟她谈了一些关于这出戏的想法，导演想赶春景，希望进度能赶上，当然，前提是，她能好起来。

周小鹿望一眼外面的艳阳天，对导演嫣然一笑，说："一定赶得上，请导演放心。"

最近一段时间，她一直在刻意躲避着关于元暮时的任何消息，尽管这样，还是听安雅说了不少他的近况。他身体似乎不太好，一直都没出院，又不知道因为什么惹了元申老爷子生气，元申老爷子竟然不顾他的身体，狠狠地训斥了他一顿，他没为自己争辩一句，当晚发了很高的烧，凶险异常，元申急得从国外请了一位免疫力方面的专家来医院坐镇，一直忙了两天，他的病情才总算稳定下来。

出院当天，元申老爷子派车将周小鹿直接接去了元家，并在书房见了她。元家宅邸很大，进门就是一个洋派十足的花园，穿过花园是一栋小楼，后面还有花园、副楼、游泳池等等，富贵人家做派十足，就连来往的佣人花匠，言谈也都十分得体，不卑不亢，让人觉得十分舒服。

元申老爷子的书房在二楼，布置得十分气派，老爷子坐在古朴的沙发上，腰板挺直，眼神是他这个年纪少有的矍铄精明，他看见周小鹿进来，指了指一旁的沙发，示意她坐下。秘书退出去关上门，老爷子饮了一口茶，开门见山道："我找你来，是有事跟你说，你不需要说话，我说，你听着就是。"

周小鹿点了点头，微微地笑。面对这位凶名在外的老人，她并不觉得害怕。她听过元暮时的故事，在他的故事里，眼前的老人无论多残忍，在家里也不过是个爱护孙辈的普通老人而已。

"你倒镇定。"元申放下茶杯，瞥了她一眼，似乎是很满意，"暮时跟我说了，你提出跟他分手。"

周小鹿又点了点头："是。"

"你们年轻人的事，我是管不着，但是我不能不顾及暮时和元家的名誉。"老人看着周小鹿，"你们确认关系的时候动静闹得那么大，现在没过几个月又要分手，难免会有流言蜚语，说暮时对待感情太儿戏太轻浮。暮时接管公司不久，他的身边不能有那么多对他不利的流言。所以不管你们分没分手，表面的功夫要做好，该一起出席的活动，还要一起出席，该有的互动还是要有，至少要过个一两年，媒体不再关注这件事了，你们再慢慢得放出分手的消息。"

这是要让她和元暮时继续假扮情侣？周小鹿没想到，元申找到她来是为了这样的事，眼睛里的诧异早已控制不住地流露了出来。

"当然，我并不是在征求你的意见，你现在是公司的签约艺人，有合约在，我也就是你的老板，你若有不同意见，先撕毁合约再来谈，否则就照我的意思去做，没有别的路可选。"

元申老爷子的声音并不大，但是一字一句掷地有声，周小鹿此时就算可以说话，也一句话都说不出来。

撕毁合约就代表着她单方面毁约，违约金的数目是她万万负担不起的，既然负担不起违背他的代价，那么就只能乖乖听话。她已经忘了是怎么从元家出来的，只知道心里似乎被什么东西堵住了，闷得她喘不过气来。

　　按照元申的吩咐,她每个星期至少要去医院探望元暮时一次,每次去不能太敷衍,至少被媒体拍到时,写出来的话要是好听的。

　　第二天周小鹿就去医院看了元暮时。

　　元暮时一早就听说她要来,精神似乎好了一些,从病床上坐起来,看到她进来,苍白的脸上,笑容掩饰不住地从眼角一直流淌到眉梢。

　　她将花递过去,他双手接了,叫护士进来,让她找花瓶插上。

　　"爷爷找你说那些话,我很抱歉。你若不愿意,可以不用来的,爷爷那里我会想办法。"元暮时看着她的脸,几日不见,她似乎瘦了一些,下巴尖了不少,在大众眼里,她此时的样子似乎更美了一些,他却不喜欢,他喜欢她开怀没心机的样子,而不是现在这样,美则美矣,却是一脸郁色。

　　她不动,就那么枯坐着,目光落在床沿上,又似乎哪里都没看。

　　护士找了花瓶进来,将花插上,又出去。

　　她这样明显的抗拒,元暮时倒也不觉得尴尬,继续说:"《哑后》要开机了吗?要加油啊。"

　　她终于抬头看他,目光却也没什么温度,而且匆匆移开视线:"谢谢。"

　　又静了下来,周小鹿看花,元暮时看她,她似乎觉得煎熬,坐了一会儿就站了起来,去窗边站着。

　　元暮时叹了一口气,也不再勉强跟她说话,从床边拿了一本书看,只是似乎心总静不下来,看了半天都没翻页,最终还是忍不住打破了寂静:"若我说,你来看我,我很开心,会不会显得很卑鄙?"他抬头看她的侧脸,她的头发长长了不少,垂在胸前,黑而柔顺,阳光下泛着健康的光泽,她就似一朵花,现在正要绽放,他怎么舍得放手?

　　周小鹿没有回头,拿出手机看了眼时间,转身走了。

　　元申老爷子规定,她每次来探视的时间不能少于半个小时,时间到了,她便一刻都不想留。

　　《哑后》正式开机,正赶上元暮时出院,周小鹿坐公司的车,去接了元暮时,然后两个人一起去出席开机仪式。开车的是陆辰,他本就寡言,后座的两位不说话,车里便没了动静,倒是将副驾驶的安雅憋得不行,几次按捺不住想要开口,但一回头,看到周小鹿冷着的脸,还有元暮时脸上的郁色,就不得不闭了嘴,想活跃气氛的心彻底死了。

到了片场,打开车门,元暮时脸上立刻换上温文的笑,体贴地为周小鹿打开车门,牵着她一起来到媒体前。周小鹿迎着他的目光微微笑了一下,想将手从他手中抽出来,可他握得太紧,她抽了两次竟然没抽出来,也只能任他牵着往前走。

周小鹿出车祸,元暮时生病入院,本就是话题,话题中心的人物出现,媒体自然闻风而动,仪式结束就将他们两个团团围住,问了很多问题。

元暮时揽着周小鹿,耐心地跟媒体周旋,看似好脾气,回答问题却滴水不漏,偶尔有不怀好意的记者问些刻薄的问题,他也不介意笑意盈盈回之以刀。

整个过程,周小鹿几乎没费什么心,在一旁微笑即可,倒也觉得惬意,连他对自己越来越亲密的动作都忍了。最后一个貌似很有分量的记者抛出一个问题,笑嘻嘻地对两人说:"两位最近在微博上的互动似乎少了许多,粉丝们都很担心,现在当着所有人的面,可不可以秀个恩爱,宽宽粉丝们的心,告诉他们,他们支持的CP,感情好得很,也顺便虐一虐单身狗。"

对于这种问题,一般的明星都会敷衍过去,顶多一起比个爱心,亲亲脸颊就算交差了,可是元暮时也不知道是不是故意的,竟然捧着她的脸,当众吻了下去。

他大病初愈,唇上还有凉意,但依然有记忆中的柔软和清爽的气息,她完全没想到他会这么做,整个人都僵住了,睁着眼睛不知该如何反应。

周围闪光灯不停闪烁,他一吻即停,放开她的脸,揽着她的肩,问众人:"这样总可以了吗?"

发糖发到这个程度,记者们再不好说什么,说了一些祝福的话,就都散了。

— 246 —

回程的车上,周小鹿很生气,激动地责问他:"你刚才那样是不是太过分了?"

元暮时一脸抱歉和无辜:"前阵子因为住院,我们两个人的互动确实少了一些,不来点实在的,堵住媒体的嘴,恐怕他们又胡乱猜测。"

话是这么说,可他这个做法也太实在了点。周小鹿也不知道是害羞还是生气,鼓着腮红着脸,瞪他半天,最终别过头去,窝在座位上生气起来。

她生气的后果就是,连续半个月没跟他见面。

《哑后》开机,她进组拍戏,每天忙到半夜,即便有闲暇,也要背剧本,这都成了她的理由,正大光明地躲着他。元暮时倒是来探了几回班,但是不知道是不是运气不好,还是周小鹿故意的,每次都见不到她,或者只能透过摄像机,远远地看着穿着厚重戏服的她,在镜头中或悲或喜。他本就忙碌,病了许久,工作更是积压如山,哪里有时间等着她收工,也只能匆匆看几眼,连话都说不上就不得不走了。

《哑后》一直从春天拍到秋天,冬天下雪的时候,又补拍了许多雪景,当真是辛苦。这样辛苦的工作,周小鹿却十分适应,深入角色中时,时常不知身处何地,偶尔拍了特别深情的戏,情绪一时抽不出来,也会对前来探班的元暮时和颜悦色。

虽然短暂,但这也足以让元暮时开心。

看着她反应过来后,又冷下去的脸,他不止一次感叹:"真羡慕跟你对戏的男主角。"

周小鹿只当听不到,埋着头去化妆间卸妆去了。

安雅这阵子参加了一个国际化妆师大赛,周小鹿在拍戏的时候,她也没闲着,跟着赛程满世界地飞,一个月回国一次,便会去剧组看周小鹿,那意气风发的模样,完全变了一个人。

"我觉得啊,我还是喜欢做化妆师。"安雅在化妆间一边玩着腮红刷子,一边跟周小鹿聊天,"虽然 BOSS 安排了一个原本就很红的明星给我带,摆明了给我钱赚,但我就是不想赚了。带你,我是心甘情愿的,毕竟我们一起从零做起,有的是革命情感。去带那个红人,虽然我能赚更多的佣金，但是一点都不开心，穿得一本正经去讨好这个那个的制作人，太让人难受了，还是我的化妆品、我的工具们最可爱。小鹿，等参加完这个比赛，我打算辞职，去开个工作室，做自己的化妆品品牌，你别怪我。"

周小鹿抬头朝她笑，真诚地说："我怎么会怪你呢？你能做自己喜欢的事，我为你开心。"

"我就知道，我们家小鹿最体贴了，我也是被你惯坏了，再去跟别人一起工作，简直要命，看谁都觉得矫情，完全受不了一丝一毫的使唤。"安雅抱住周小鹿，这话说的是真心的，这个圈子最是浮躁，但凡有点名气的明星都不是那么好相处的，像周小鹿这样处处为人着想的明星实在难找。

她们两个说着聊天，不知不觉天就黑了，周小鹿去化妆间里的更衣室换衣服，准备回酒店，安雅在外面等着她。这个时候，两个穿着戏服的女人，坐在化妆镜前开始卸妆，边卸还边八卦。

"跟你说，我就是不服，那个周小鹿能演主角，还不是因为她是 perfect wold 的太子妃？有什么了不起的。"

"什么太子妃，现在元先生已经接任了总裁，人家可是未来的皇后娘娘。"

"你也说是未来的，未来的事情谁说得准？哪天没准元先生玩腻了，把她往旁边一扔，看她还神气什么？"

"你可真是吃不着葡萄说葡萄酸，我倒觉得元先生是个痴情种，那么忙还抽空往剧组跑，倒是这个周小鹿像个无情的，对元先生一副爱答不理的样子，看了就让人来气。"

"你是不是看上元先生了？哼，可惜人家元先生看不上你。"

"我就是看上了怎么了？颜好腿长还有钱，这样的金龟上哪儿找去？不过啊，残疾就是好，那个周小鹿当过哑巴，现在能说话了，一个两个来探班的记者全围着她问手术的事。搞得我都想当哑巴了。"

这些话，在里面换衣服的周小鹿是听不到的，在外面等着的安雅却听了个一清二楚。安雅可不是个好脾气的，听到这里，当下就火了，揪

- 248 -

起两个八卦女一人扇了一个巴掌,掰开后面那个说想当哑巴的女人的嘴,抓起桌子上的卸妆液往里倒。

"不是想当哑巴吗?好,我现在就毒哑你。"

女人使劲挣扎,连踢带打,另一个女人也忙着拉安雅的手,还大嚷着:"来人啊,快拉开这个疯子。"

周小鹿从更衣室出来,就看到这个混乱的场面,费了好大的劲才将安雅拉开,被灌了一嘴卸妆液的女人,连滚带爬往洗手间跑,另一个女人还不依不饶要找她理论。最后动静闹得太大,连导演都惊动了,周小鹿代安雅连连道歉,那两个女人也不肯原谅安雅,非要报警,最后是元暮时来了,许诺一定会好好处理安雅,并许了两个女人一些好处,这才暂时压制住了这件事。

回酒店的路上,安雅义愤填膺地叙述起来龙去脉,元暮时也有些生气,周小鹿却一脸平静。她静静地看着窗外发呆,一声不吭。这个圈子向来浮躁,为了上位不惜贬低别人,这种事也并不稀奇。可是有一点,那些女人说得没错,她只要跟元暮时在一起一天,她的努力就没人看得到,她的一切理由应当都是元暮时给予的。

好在这一切就快要结束了。

《哑后》杀青,制片方便付了周小鹿片酬。

按照合约,一集八万,五十集一共四百万,公司抽四成,她也有两百多万,加上这些年她的存款,还借了一些钱,一共五百万,很快就放在了元暮时的办公桌上,与钱一起放在上面的还有一份撕毁的合约。

元申老爷子说过,要么乖乖配合元暮时,与他扮演甜蜜情侣,要么撕毁合约。当时她确实付不起违约费,忍了一年,她终于将钱凑齐,连同自己的尊严一起,摆在元暮时的桌上。

元暮时看着桌子上的卡和合同碎片,一整天都没动。

公司还有一堆档等着他签,外面秘书急得团团转,却没一个人敢来敲门。到了中午,跟他最久的秘书终于忍不住敲了门,换来的是,一个狠狠摔在门上的茶杯。

元暮时不管手腕多强多狠，至少表面看起来一直是温和的，很少对身边人发火，这样的情况还是头一回，茶杯落地的声音响彻了一层楼，那一天，再没人敢靠近总裁办公室。当天晚上，元暮时将卡与撕毁的合约放在元申面前，元申正在品茶，往旁边瞄了一眼，竟有些愣神，随即就笑了起来："小女子，看起来弱不禁风的，倒是有意思得很。她答应我条件的时候，就在筹划这件事了吧？哈哈，好，烈性却不逞强，是个有脑子的。"

元申从不将那些不入流的小明星放入眼中，更难得会去亲口夸奖一个明星，但是这样夸奖并没有让元暮时开心。他一声不吭，木然地坐在元申对面，缓缓吐出一口气："爷爷，对不起，可能接下来的一阵子我要经常上八卦小报了。"

然后，不等元申反应过来这句话是什么意思，就已经起身，上楼去了。

美国洛杉矶，此时正值春天，明媚的阳光照耀在窗边，将窗台上的植物照耀得更为明媚娇艳。沉睡中的周小鹿就是被这样好的阳光唤醒的，她睁开眼睛，习惯性地四周打量，过了好久才反应过来，自己身处何地。

自己来到洛杉矶已经一个多月了，尽管时差早已不存在了，但是每天醒来，站在窗前，总是恍惚一阵子，做做心理建设，才开始梳洗，出门。

这是她这辈子第一次一个人出国，适应能力差，也是情有可原的，她每天都要这样安慰自己一次，才能开开心心投入一天的忙碌中。

今天，是她正式入学加州艺术学院的日子，陈嘉铮八点钟来这里接她，她要早点做好准备。

是的，时隔多年，她终于能够再次走进大学校园，说不激动是假的。其实她的学习成绩一直是不错的，但是大学毕业之后，因为身体的缺憾，找工作屡屡碰壁，再加上当时父母身体不好，她才不得不放弃找工作，跟父母学习种花，后来开花店谋生。

但是现在，她的花店托她走红的福，营业额年年上升，再加上她勤工俭学的收入,在这边读书,虽然注定艰苦,但完全不成问题。

她从一年前就开始计划这一切,申请学校的过程也十分困难,但是她没有放弃,每一天每一天都在申请——等待——拒绝——再申请中度过,直到上个月,她撕毁了合约,正山穷水尽时,加州大学菲尔艺术学院向她伸出橄榄枝。

接到通知书的时候,她正在家里整理东西,准备搬离这个房租昂贵的公寓,回自己曾经住过的廉价社区。屋子里乱成一团,她却欣喜若狂,抱着通知书,在地毯上连滚了几个圈,灰暗的生活亮起了一盏灯一般,她知道,她一定能够走出元暮时给她带来的阴影的。

胡思乱想一阵子,她起身下床,站在窗台边,看着窗外陌生的景色深吸一口气,然后拍拍脸,进浴室。

她现在寄宿在一对老夫妇家里,老夫妇的儿女独立多年,房屋空置,他们又爱热闹,所以周小鹿来求租的时候,他们很快就答应了。因为周小鹿格外勤快,时常帮着打扫房间,准备中餐晚餐,老太太还特意给她减免了部分房租和伙食费,减轻了她很大的经济负担,否则以她现在的经济状况,日子一定十分难熬。

八点钟刚到,楼下就传来了门铃声,老太太去开了门,就听陈嘉铮用英语跟老太太问好:"凯瑞太太,您今天气色真好,是有什么特别的保养方法吗?也教教我好不好?"

这位大明星在国内一向走冷酷风格,到了这里游学一阵子,反倒变得开朗许多,对于讨好房东老太太这种事也越来越驾轻就熟。

凯瑞太太爽朗地哈哈笑:"Lawrence,你嘴巴真甜,快上去吧,梅花鹿在上面等你。"

凯瑞太太一直觉得周小鹿以动物为名字很有意思,也学不会"鹿"的中文发音,坚持叫她 sika deer,梅花鹿。

陈嘉铮告别凯瑞太太,跑上木质的楼梯,周小鹿早已换好了衣服,背着背包准备出门。

"早。"陈嘉铮跟她打招呼,"今天入学,紧不紧张?"

"有点。"周小鹿笑着回应,鼻尖上细密的汗珠,在阳光之下格外晶莹。

陈嘉铮靠在木质的楼梯栏杆上,看着她,面上带着笑,眼神却有些伤感:"要知道到了国外能跟你这样毫无压力地逛街、吃饭,还能这样正大光明地来接你,陪你去医院,我就该早点移民。"

周小鹿将房间门口,被自己踢歪的小垫子整理好,抬头看他一眼,笑道:"早点移民,你可就成不了大明星了。"

"现在回想回想,那时候虽然光鲜,但是就像被人圈养的笼中鸟一样,没一点自由,也真的没什么意思。还是现在这种状态好,每天上学放学,还能翘课陪陪前女友。"

陈嘉铮说着话,勾起唇角笑,那样子有几分痞气,还有几分的释怀,整个人散发出来的气质都跟在国内时不一样了。在国内,他光芒万丈,但是神情中总带着阴郁,这种阴郁,你可以解释为冷酷,可以被包装成他的风格,但是只有熟悉他的人才知道,那并不是什么风格,只是因为他不开心。

现在他似乎整个人都放松了,虽然样子还是酷酷的,但是这种酷充满了生命力,是鲜活的,说不上来,他哪个时期更让人着迷,只是他本人更喜欢现在的自己。

周小鹿也喜欢现在的陈嘉铮,并不是情人般的喜欢,而是看到老友过得不错时的释怀。

谁说分手后不能做朋友?他们也曾经真的爱过对方,也经历过一些事,现在走出来了,相处起来反而十分坦然。所以,当同在美国的陈嘉铮知道周小鹿要来洛杉矶上学,特意飞到这里来,就为了她第一天上学不会孤零零的。

两人一起下楼,出门前又跟凯瑞太太逗趣一番,凯瑞太太盛情邀请他来家里吃晚餐,他欣然应允。凯瑞太太所住的街区道路两旁是茂盛的树木,公园随处可见,陈嘉铮的车就停在街旁,是十分低调的车。陈嘉铮说,若不是去的地方太远,他一般都会骑单车出门。

"在国内的时候,到哪儿都是坐保姆车,身边不是保镖就是助理,买杯饮料都不用我自己动手,简直就是残废。"陈嘉铮边开车边吐槽自己,逗得周小鹿咯咯地笑。

入学仪式很隆重,学校门口到处都是横幅,有学长学姐站在门口,热情地接待新同学,周小鹿这类的东方面孔也有很多,因此她并不觉得不安。

"这位学妹,来自哪里?"一个金发碧眼的高个学长凑过来问,身旁跟了一个黑皮肤的学长。

周小鹿微笑着用英语跟学长们打招呼:"学长你们好,我来自中国。"

"中国,我喜欢。伟大的国家。"金发学长欢呼了一声,"我们学校中国人很多,有个餐厅专门供应中餐,四川菜、广东菜都有,那边的鱼香肉丝、麻婆豆腐我最喜欢。"

金发学长叽叽喳喳,语速很快,但是经过一年多的刻苦学习,周小鹿的英语水平已经很好了,因此也都听得懂。

她微笑着,就听黑皮肤学长问她:"学妹是哪个专业的?"

"表演系。"周小鹿答。

黑皮肤学长还想问什么,在一旁等着的陈嘉铮不乐意了,拉着周小鹿往学校里走,金发学长和黑皮肤学长在后面笑:"原来有护花使者了。"

入学仪式在学校的大礼堂,新入学的同学和家属们坐在一起,听校领导谈着学校的历史,并幽默地与新生互动,气氛十分好。周小鹿饶有兴趣地听着,陈嘉铮坐在她身边身后一排,托着腮,一副受不了的样子,在她耳边说:"你们校长真啰唆。"

"你要是觉得闷了就先出去透透气。"周小鹿回头看他,眼角余光瞄到后排走廊站着的家长中间,似乎有个熟悉的身影。

她心中一惊,抬头去看,那个身影却又不见了。

"怎么了?"陈嘉铮见她脸色突然变了,奇怪地问她。

她目光还在后排走廊上搜寻,但确实没有那个人,是她看错了。

"没什么。"她摇摇头,然后就转过了头去,没再说话,接下来的整个入学仪式都有些心不在焉。

- 253 -

第一天入学，没有安排课程，参加完入学仪式，各位新生要么去宿舍，要么参观校园，要么回家，总之一个上午之后就自由活动了。周小鹿来这里一个月了，早就参观过学校，因此也没兴趣再参观一遍，就和陈嘉铮一起回家了。

陈嘉铮当天下午飞回学校去上课，她一个人背背单词，预习预习课程，傍晚背着背包去餐厅打工。一天过得充实而忙碌，本来是很累的，可是当天晚上她却做了一个很长的梦，整个梦境里就只有一个模糊的背影，她一直在追着那个背影跑，可就在马上要触碰到背影的时候，梦醒了，天亮了。

浑浑噩噩地起床梳洗，然后去阳台上浇花，凯瑞太太在楼下叫她下楼吃早饭。

今天吃的是凯瑞太太拿手的鸡肉三明治，配了一杯牛奶，她吃得很满足，还未吃完就听外面传来门铃声。凯瑞太太应着声去开门，接着就听到门口传来老太太爽朗的笑声，然后客人似乎进了门。

客厅和厨房只是一墙之隔，周小鹿能清楚地听到外面的声音。来客是个男人，听声音很年轻，操着一口地道流利的美式英语，要命的是那种温文尔雅的说话方式，竟有些像元暮时。

周小鹿被自己的想法吓了一跳，一口气三明治噎在喉咙里，猛灌了一口牛奶才咽下去，她将剩下的三明治放在餐盘中，再没胃口吃了。

像是有些像的，但是绝对不可能是他。要知道，她住的地方是临时找的，他又没在她身上装 GPS，他怎么可能找到这里来？这么想着，心就放宽了一些，继续吃完了早餐，又将厨房收拾干净，便走出厨房，准备回房间继续预习。今天虽然是周末，但是下周一就正式上课了，她必须努力才行，再说了，十点她还要去打工，并没有多少时间浪费。

楼梯在客厅的一侧，上楼肯定要经过客厅，她原本想着如果遇到了客人，就上前打个招呼，反正她情况特殊，没人会想跟她多聊天。

凯瑞太太的客厅布置得十分欧式，带着一些田园的小清新，碎花的沙发上盖着白蕾丝的盖布,看起来温暖而典雅。

客人背对着她坐在小碎花的沙发上,凯瑞太太泡了红茶端出来,两个人正边喝茶,边聊着一些家常。

"梅花鹿,这位是社区新搬来的元先生,过来打个招呼。"凯瑞太太见周小鹿出来,就朝她招手。

周小鹿听到"元先生"这个词,脚步不自觉地一顿,就在这时,一直背对着她的客人站了起来,转身朝她微微一笑:"小鹿,好久不见。"

挺拔的身姿,俊美的长相,让人为之倾倒,又能轻易让人卸下所有防备的温文笑容……

不是元暮时还能是谁?

周小鹿整个人都僵住了,脸上的血色瞬间被抽干了一般,煞白一片,条件反射地后退了两步,然后低着头,飞快地跑上楼梯。

凯瑞太太有些意外,在后面叫她:"梅花鹿,你怎么了?"又问元暮时,"元先生,你认识梅花鹿?"

元暮时并没去追周小鹿,而是回身朝凯瑞太太微笑,继续喝他的红茶:"认识,当然认识,她是我的未婚妻,因为一些事情我们吵架了,她一直躲着我,不肯跟我见面。我搬到这里来,也是为了追回她,凯瑞太太,你一定要帮我。"

凯瑞太太有些意外,追问:"元先生是梅花鹿的未婚夫,那么Lawrence是谁?我一直以为Lawrence是梅花鹿的男朋友。"

"Lawrence是她的……好朋友。"元暮时喝了一口红茶,笑了起来,"Lawrence最近要忙学业,估计抽不出时间来照顾梅花鹿了,以后我会好好照顾她的。"

"哦。"凯瑞太太恍然大悟,"你是该好好照顾梅花鹿,她一个女孩子,只身来这里求学,真是不容易。刚才看梅花鹿对你的态度,你们的误会似乎很深,元先生要加油一些才行。"

元暮时微笑点头,姿态十分诚恳:"一定不会再让她跑掉了。"

周小鹿关上房门，心脏就一直扑腾扑腾跳个不停，她捂着胸口，靠在门上大口喘息着，过了许久才将这种奇怪的情绪压了下去。

出国之前，她谋划了将近一年多，是下了十足的决心，要斩断他跟她的联系的，她以为自己够干脆利索，可是到底是为什么，再次见到他，心跳还会如此不受控制？大脑还会乱成一团？她以为自己经过这两年的锻炼，已经比以前理智清醒多了，可眼下这种六神无主的感觉到底是怎么回事？

她努力压制着这种情绪，告诉自己这只是个巧合，也许元暮时只是来这里度假的，土豪钱多喜欢买房子，又恰巧买了同社区的房子，他们只是偶遇。可是这种骗鬼的话，根本起不到任何安慰作用，他们年少时，素不相识，就有过"给傻子送花"的缘分，现在分手了，茫茫一个世界，他就恰巧搬到了她的隔壁。

若他们有缘至此，那么她真该非他不嫁，否则真对不起上天的用心良苦。她皱着眉坐在窗前，本来想再看几页书的，可是怎么都无法集中精力，那些蝌蚪一样的文字，简直就像一团麻，乱糟糟的，看不懂记不住，她索性将书放下。

这种情绪一直持续到，楼下传来道别的声音，接着门开了又关，元暮时似乎回去了。

一个上午都过得恍恍惚惚的，她在打工的中餐厅里负责各个餐桌和包间的插花，每天跟鲜花打交道，配合餐厅的主题，做出不同的装饰。是她擅长且喜爱的工作，她却频频出错。

"周小鹿，你今天怎么搞的？今天的主题是水墨写意，水云间怎么能放红色的花呢？"组长邱梅也是中国人，来洛杉矶很多年了，因为自己一路都是苦过来的，一直十分勤奋刻苦，所以对于新人工作上的懈怠，尤其无法容忍。

周小鹿一愣，去看那些花，果然与房间的布置不太配，连忙道歉，换了白色的蜡梅过来。

下班的时候，天已经黑了，她独自一人往凯瑞太太家走，路上行人稀少,她有些害怕,走着走着,突然感觉身后似乎有人跟着。她紧张地回头去看,就见元暮时就在离她不远的地方站着,见她停下来,他也停下来四处看风景,一副若无其事的样子,也没有上前来搭话的打算。

她心中气闷,不明白他想干什么,僵持了一会儿,索性不管他,继续往前走。见她走了,他便也跟着,不远不近,一直将她送到凯瑞太太家楼下,他才转身走了。

周小鹿看着他的背影消失在昏黄路灯下,一声不吭,开门进去。她不知道他想干什么,也不想知道,因为他无论想干什么,都不关她的事,她现在忙得快要疯掉了,实在没时间跟他耗着。

这一夜睡得倒十分踏实,第二天不用去打工,她早早起来温书,直到中午才下楼去帮着凯瑞太太准备午餐。

凯瑞太太今天想做罗宋汤和鸡肉沙拉,周小鹿在洗西红柿,她在一旁腌鸡肉,似乎是无意地问:"梅花鹿,昨天是元先生送你回家的吗?"

周小鹿皱了皱眉,没点头也没摇头。

凯瑞太太以为她是害羞,神秘地笑着说:"爱人之间有误会有争吵是正常的事,我年轻的时候跟我丈夫分开过很多次,每次都觉得不会再跟这个人有来往了,但是最终还是忍不住原谅他。年轻的时候那么折腾,年纪越大却感情越来越好,可能是因为,已经没有多少年好活的了,索性什么都不去计较,反而过得十分幸福。梅花鹿,生死之外无大事,活着就要享受爱情,别等到老了再后悔。"

周小鹿抬头看凯瑞太太,凯瑞太太已经哼着歌继续腌制她的鸡肉了。她愣了一会儿神,仔细地想一想她和元暮时,他的温柔,他的美好,他的微笑如淬了毒的刀……

心口不知为何又一次疼得无法自已。

她低着头,眼泪扑簌簌掉进了水池里,她慌忙侧过身去,用袖子使劲擦了擦,没让凯瑞太太看到。

午饭快做好时,门铃又响了,凯瑞太太去开门,看到来人,夸张地大叫:"哦,元先生,您真是太客气了。"

元暮时的英语地道老练,像个十足的本地人,他说:"朋友送的,我不喜欢,凯瑞太太要是喜欢,也是这些食物的福气。"

周小鹿听到元暮时的声音,放下手中的盘子,就往楼上跑,跑到一半被凯瑞太太拖住了。

"梅花鹿,元先生送了好多坚果和香肠,我去厨房收起来,你先帮我招呼一下。"说着回头挽留元暮时,"元先生,不如留下一起吃午餐吧,我和梅花鹿刚做了罗宋汤。"

"我喜欢罗宋汤。"元暮时一副却之不恭的模样,"那我就打扰了。"

"不客气,不客气。"凯瑞太太咯咯笑着,提着东西进厨房了。

客厅里只留下周小鹿与元暮时四目相对。

周小鹿瞥开视线,指了指沙发:"坐。"然后就别过头去,她眼圈还是红的,不想让他看到。

元暮时听话地坐在她指的沙发上,只是视线还在她身上,片刻不离:"不给客人上茶吗?"

不是要留下来吃饭吗?饭前还要喝茶?周小鹿皱着眉看他一眼,去拿茶杯,倒了杯红茶放在他面前,转身又要走,却被元暮时叫住:"小鹿,马上就要吃饭了,你上去还要下来,多麻烦。"

这话说得诚恳,也是事实,但她麻不麻烦,关他什么事?周小鹿瞪他一眼,赌气上楼,还故意将楼梯踩得咯噔咯噔响,只是刚走到楼上,就听凯瑞太太在下面喊:"梅花鹿,我们要开饭了,能不能帮我拿下餐盘?"于是不得不折身下楼。

走下楼梯,看到元暮时一脸"我早就说过"的表情,她真是恨得牙根都痒痒了。

那天中午,元暮时当真就留在凯瑞太太家吃午饭,凯瑞太太的先生,今天去了老友家拜访,要到晚上才能回来,所以餐桌上,就只有凯瑞太太、周小鹿和元暮时三个人。

凯瑞太太很健谈,元暮时也向来巧舌,颇懂得说话之道,两人边吃边聊,气氛倒也是十分融洽。午饭结束,周小鹿主动收拾餐具,元暮时上前帮忙，凯瑞太太心领神会借口去散步，开门出去了，将房子让给了别扭中的两人。

周小鹿端着餐盘走进厨房，元暮时收拾了其余剩下的餐具跟了进去，她洗碗，他就在一旁将洗过的碗擦干，放进碗架，配合默契。

周小鹿铁了心不跟他说话，他也不觉得尴尬，就在她旁边跟着，适时地给她打打下手。厨房餐厅收拾干净，周小鹿走上楼，他也跟了上去，她实在忍无可忍，转身朝他吼："元暮时，你到底想干什么？"

元暮时与她隔了四个台阶，微微仰着头看她，目光隽永，竟是十分深情："小鹿，我只是受不了与你相隔太远。"

那种柔情比初时更浓烈，周小鹿与他对视几秒，就败下阵来，转身上楼去了。

结果，那个下午，她就与他隔了一扇门，一起度过一个宁静的下午。

傍晚，元暮时回家了，周小鹿吃过晚饭，倒在床上再也不想爬起来。她跟元暮时相遇之后，他确实一直在照顾她，无微不至、体贴周到，她不是不记得那些点滴，而是正因为记得那些点滴，才觉得他的利用不可原谅。

因为他的利用，她会极端地想，他的体贴和照顾，都是为了利用她而做的伪装。越是迷恋他的温柔，她就越是忍不住这样想，越是这么想，就越发频繁地回忆着他的一切……

翻来覆去的糊涂账，折磨得她夜不能寐。可偏偏这个时候，那个罪魁祸首却厚着脸皮来到她的面前。

他到底想干什么？

她心里窝着火，无处发泄，只能恨恨地捶着床。


正式开始上课之后，周小鹿就变得更加忙碌了，偶尔会在放学路上，她打工回家的时候，看到元暮时，与他一前一后回家，似乎也成了一种习惯，时间久了，若哪一天看不到他，反而变得不习惯起来。

他正在用耐心和柔情，一点一点消融她的怒气，她知道这样很快她就又会重蹈覆辙，但是一天一天与他交锋，她竟觉得无能为力。

星期日的傍晚，不用打工，周小鹿在家里温习功课，觉得有些闷，就穿上大衣出去走了一圈。

元暮时新买的房子就在凯瑞太太家前面第三排，跟凯瑞太太家一样，门前有个小小的花园，她走出社区，就必须要经过那里，经过他家门前时，他正在花园里除草，一副要在这里扎根常住的模样。

他看见周小鹿过来，连忙放下除草机，跑了出来，跟在她后面问："你要去哪里？"

周小鹿没理他，径直朝前走，他叹了口气折身回去了，周小鹿以为他不会跟上来了，可片刻之后，她觉得身后有人，一回头，元暮时在她身后，距离她两三米的地方，一步不离地跟着，只是身上加了件黑色的大衣。

她反正已经被他跟习惯了，也不差这一次，就没理他，继续往前走。

刚下过雨，空气清新，她心情不错，就回头问他："怎么没买凯瑞太太家隔壁的房子？"

"房主不卖。我出双倍的价格，他依然不肯卖，固执得很。"元暮时在她身后，耸了耸肩，一副无奈的表情。

他还真打算过买隔壁。

周小鹿翻了个白眼，不再理他，自己往前走。

见她不说话了，元暮时快走两步，追上她，微笑道："现在我们住得也不远，出门难免碰到，既然碰到了，不如一起散步。"

"谁跟你一起散步。"周小鹿对他得寸进尺的行为表示愤愤然，撇开他，加快脚步走了。

这里真的是个美丽的城市，绿化做得非常好，公园更是随处可见，周小鹿走进一个公园，在湖边的长椅上坐下，看着湖面发呆。

离开学校这么多年，骤然拾起书本，课业繁重，她近来也是真的累了。昨天《哑后》的制作人给她打电话，说《哑后》在国内播出，收视率非常高，她有可能会得到今年最佳新人奖的提名，希望她能退学回国，趁机好好发展发展。

她知道这对一个新人演员来说意味着什么,可是她也不想放弃学业,她现在确实还年轻,面容还算姣好,可是十年之后呢?她不再如今天鲜嫩,内在也不充实,要拿什么跟那些鲜嫩嫩的面孔比?

"鲜肉"的保质期实在太短,她必须先充实内在,才能走得更远。

她发着呆,脸色渐渐不太好看,这个时候,有人递了杯温热的咖啡过来,她抬头,毫不意外地看到了元暮时。

"暖一暖,手都凉了。"

她不接咖啡,他就将咖啡放在长凳上,然后握了握她的手。周小鹿抽回手,端起咖啡坐到旁边的长凳上,他也不生气,自己坐在原来的长凳上,看着湖面喝咖啡。

谁都没说话,周围宁静而安逸,耳边偶尔传来孩子们的笑声,还有散步的路人低低的交谈声。

天色慢慢暗下来,湖面被晚霞鎏上一层金,微风轻送,波光粼粼。

喝完咖啡,心情也放松了,周小鹿起身往回走,元暮时也起身跟在后面,周小鹿已经懒得跟他计较了,在前面不紧不慢地走着,甚至在他去丢咖啡杯的时候,还刻意放缓步子等了他一下。

他似乎察觉到了,分开的时候,在她身后说再见的声音格外轻快。

## 第十六章
NVSHEN YANGCHENGJI

## 重新追求

那一晚周小鹿睡得很不安稳，总是做些奇怪的梦，梦里她还是《哑后》的古装扮相，跟她演对手戏的男演员却换成了元暮时。

《哑后》里有一场戏，是皇帝遇刺落水，血染红了水面，周小鹿穿着戏服站在岸上，却不想按照剧本跳下去救他，导演在一旁焦急地喊："周小鹿，你发什么呆，快点跳呀！"

她还是不动，看着水面，元暮时的脸在水面上沉沉浮浮，眼见就要沉下去了，她还是觉得不忍心，跳了下去。可是她刚刚跳下水，元暮时就干脆利索地自己爬上了岸，抹了抹身上的红颜料，在岸边笑眯眯地看着她："你被骗了，笨蛋。我怎么会落水呢？"

导演、摄像等等工作人员，也聚了过来，看着在水里挣扎的她哈哈大笑，说她是个笨蛋。所有人都在笑，却没人救她，她身上的戏服沾了水异常沉重，直拖着她往水面下沉，她鼻子嘴巴里灌满了水，无法呼吸，痛苦地惊醒了。

睁开眼睛，天已经亮了，被子盖住了嘴巴鼻子，堵得她呼吸困难，她从被子里爬出来，扶着浑浑噩噩的头，半晌才回神。

昨天刚见到元暮时，晚上就做了这样的梦，看来，她是真的被骗怕了。她扶着额头，做了几个深呼吸，从床上下来，在镜子前连做几个深呼吸，才打起精神来开始梳洗。

今天餐厅下班格外晚，不过因为是发薪日，大家都没什么怨言，工作结束，从组长手里接过装了现金的信封，一个个脸上都是笑容。

身在异乡，吃住全靠自己，金钱对他们真的很重要，接下来一个月的生活都在这个信封里，说不开心是假的。

下了班，几个同事相约去酒吧喝几杯，放松放松，也约了周小鹿。周小鹿实在太累了，就拒绝了，跟大家挥手再见，独自一个人先离开了餐厅。出了餐厅门，她习惯性地四处张望，却没看到元暮时，心里隐隐有些失落，但是回家的路太熟了，她也没多想，就往回走。

她刚来这里时，是十分小心的，宁愿绕路也要走人多的大路，从来不走小巷，今天实在太晚了，她困得难受，防御心不自觉地变低了，没多想就钻进了一条僻静的巷子。

巷子没有灯，很黑，她晕头晕脑的，半闭着眼睛往前走。走着走着，身后传来脚步声，她以为是元暮时，一回头，就猛地挨了一拳，她就如一个沙袋一样，被打飞在地上，接着一把明晃晃的刀，抵到她的胸口，戴着面具的高壮男人用不太流利的英语威胁她："把钱交出来。"

挨了一拳的脸，疼得她脑袋几乎炸裂，不过算是清醒了，她知道自己遇见打劫的了。

洛杉矶这个城市移民很多，偷渡客也多，一些找不到工作的偷渡客为了活下去，无恶不作，是这个城市的一大毒瘤。周小鹿自认无法跟眼前这个高壮的男人抗衡，手伸进包里，将装了钱的信封拿了出来，手微微有些发抖。

男人抢过信封，塞进口袋里，两只眼睛透过面具看周小鹿，眼前的东方女人看起来白白嫩嫩，十分柔弱，也十分可口。他伸出手摸了一把周小鹿的脸，猥琐地笑："不知道东方女人上起来感觉怎么样？"

周小鹿心里咯噔一声，手抖得更加厉害了。她是想逃，可先不说体格问题，就她胸口上的那把刀，她就逃不过。

"求求你，别伤害我。"她颤抖着声音对劫匪说，"你想干什么都可以，请别伤害我。"

劫匪低低地笑，抵在她胸口上的刀挪开了几分，手开始不规矩，周小鹿抓紧时机，拿出口袋里的防狼喷雾，拼了命地朝他眼睛喷，然后爬起来就跑，与此同时拉响了挂在包上的警报器。

报警器声音十分尖锐，劫匪捂着眼睛跳起来，却没被吓跑，而且跌跌撞撞开始追她。巷子里障碍物太多，她太害怕了，被木棍绊倒在地上，劫匪追过来，一把拽掉她包上的报警器，丢在地上，使劲踩碎，尖锐的报警声瞬间停止了。

"臭婊子！"劫匪揉着眼睛，视线似乎不是很清晰，但还抓着她不放，她尖叫着奋力抵抗，就在这时，有人从后面抓住劫匪的手腕，迎面就是一拳。

劫匪与那人缠斗起来，周小鹿惊慌失措，拿手机报警，报完警稍微安心了一些，定睛一看，救了她的那人竟是元暮时。

她眼眶发红，在一旁喊着："暮时，你小心！"

元暮时回头看她，也不知道是因为着急还是对手太难缠，他满头大汗，目光阴戾，然而那种阴戾再接触到她脸上的惊慌失措时，又登时化成了柔情。

他用目光示意她先跑，她听话地点点头，朝外面跑，直到听到了警车的声音，才跟着警察重新跑进巷子。

巷子里被警车的灯照得通明，元暮时靠在墙上喘着粗气，劫匪躺在地上哀号，却已经爬不起来了。

警察走过去，将劫匪铐起来，回头看元暮时，好奇地问道："中国人？"

元暮时没说话，朝周小鹿走去。

警察摇摇头，自问自答："别惹中国人。他们都是李小龙，哼哼哈嘿。"

元暮时走到周小鹿身边，上上下下打量她，确认她没事，才放下心来，摸摸她的脸："对不起，今天临时有个视频会议，没来得及接你。"

劳累、威胁、恐惧，让周小鹿再也控制不住自己，呜咽着扑进他的怀里，浑身抑制不住地发着抖。

元暮时环抱着她，紧紧地不放手："以后不会再发生这种事了，别哭，别哭。"

周小鹿哭得更加大声了，就在刚才最绝望的一刻，她终于体会到了，什么叫作生死之外无大事。

人啊，也许真的不该活得那么计较。

去警局录完口供，回家已经是凌晨了，凯瑞太太十分担心，看到狼藉憔悴的两个人，忍不住惊叫起来："你们怎么了？"

元暮时简单说了今天被抢劫的事，凯瑞太太拍着胸脯说："万幸万幸，人没事就好，快去洗洗，好好睡一觉，可怜的孩子，你们一定累坏了。"

元暮时跟着周小鹿一起上楼，周小鹿进浴室洗澡，出来时元暮时趴在她的小床上睡着了，脸上手臂上还有瘀青，样子实在让人心疼，她不忍心叫他，就找了毯子铺在地上，将就睡下了。

一觉醒来，已经是中午了，床上没有人，浴室里有水声，周小鹿起身，揉了揉眼睛，就见元暮时围着浴巾，光着上身走了出来，身上脸上的瘀青，消了许多，但是看着还是让人觉得触目惊心。

他见周小鹿一直在看他，走到她面前蹲下身，苦着脸："很疼的，你给我擦擦药吧。"

他刚洗干净，额前的发还滴着水，皮肤白皙干净，黑眸被水汽氤氲得仿佛蒙了雾，配上一览无遗的好身材，简直诱惑得要人命，周小鹿不是色女，但也忍不住吞了吞口水，心跳开始加速。

元暮时卖乖不成，换了策略，去她书桌上拿了医药箱过来，蹲下身看着她微笑："我先给你擦，你的身上也有伤。"

说着他指了指她露在外面的脖颈。

她的脖颈上手臂上有细小的擦伤，其实没什么大碍，至少跟他比起来，要好很多。

他坚持要给她上药,她拗不过他,只好任他摆弄。他低头凑近她的脖颈,用棉签蘸着药膏,细心地抹上,手指似乎无意划过她的皮肤,她忍不住颤抖了一下。

他抬头看她,离她不过几毫米的距离,气息拂过她的脸颊,她的唇,让她瞬间红了脸,他笑了起来:"小鹿,你脸红得像颗草莓,真想把你吃掉。"

周小鹿被他撩拨得窘迫死了,伸手想推开他,却被他反抓住了手腕,然后慢慢压在了地毯上。

心跳无法控制,身体也僵硬了,不受控制,她紧张地闭起了眼睛,感受他一点点朝自己靠近,就在她以为他会做点什么的时候,他却只是拨开了她颈边的头发,就着将她压在地上的姿势,细心为她擦好了药。

起身时,看他一脸微妙的笑,周小鹿简直羞愤欲死,抬脚朝他踢去,却一脚踩在某个特殊部位。

脚感不太对劲,浴巾下面似乎什么都没穿。元暮时呼吸有些不太顺畅,抓住她的胳膊,眼神染满了情欲,声音也沙哑了:"我已经很努力在忍了。"

这个吻来得既深情又热烈,周小鹿很快就听到自己心房崩塌的声音,被他压在地上,衣服很快就被褪下,与他赤裸相对,她紧张得不敢睁开眼睛,他咬了咬她的耳垂,在她耳边低声说:"小鹿,你真美,比我见过的任何花都要美。"

她羞得恨不得晕过去,而他却不许,强迫她清醒着与他面对面,她觉得自己似乎飘在云上,又似乎划入海里的小船,起起伏伏,许久都驶不到对岸……

之后,元暮时抱着她一起泡进大浴缸里,意犹未尽地又折腾了一回,等她被擦干抱回床上时,两腿已经发飘,站都站不起来了。他将她放在床上,自己躺在一旁,撑着头看着她。她的小床很窄,两个人躺在一起,实在挤得慌,但是元暮时却不觉得挤,抱着周小鹿,脸上的表情十分惬意。

她脸上有未退的潮红,如绽放的玫瑰一般,诱人而不自知。

"小鹿,我们算是和好了吗?"他声音含笑,精神似乎比刚才还好了许多。

"并没有。"情潮退去,理智回归,周小鹿为自己的不坚持而气愤,口气不太好。

元暮时的表情变得可怜起来,捧着她的脸,哀求:"我不要名分的,求你不要抛弃我。"

他一副怕被抛弃的小媳妇的表情,弄得周小鹿啼笑皆非,正色质问他:"元大总裁,你的节操呢?底线呢?"

元暮时抱着她,在她脸颊亲了一口,笑得柔情似水:"我的底线就是,无论如何都不能失去你。"

周小鹿看着他,有那么一瞬间,觉得自己要溺死在他眸中无边的深情中。

因为某人坚持说可以不要名分,只求能够待在她身边,两个人的交往暂时保密,他经常会趁着凯瑞太太不在家,摸去她的房间,与她耳鬓厮磨。

周小鹿一如既往的忙碌,可是每次都耐不住他的纠缠,从书桌前忙到床上,然后在清醒之后,使劲提醒自己:色令智昏。再这样昏庸下去,期末考试要挂科了。

好在接下来公司有了新业务,元暮时也开始忙了,两个人再次沦为异地恋加地下恋,实在太忙,时间太不够用了,矜持什么的渐渐被抛弃了。有一次,分开了两个月,周小鹿实在相思难忍,得知他要回来,就先一步去他家等着,他一进门,洗得香喷喷的她,就拉着他的领带,将他拖上了床。

下床之后,她还有些恍惚,不太明白,自己一向小清新,到底是什么时候变成现在的女王路线的?

反正,不管了,她没什么管了,抱着衣服进浴室。

床上某人在嚷:"下了床就跑,有没有人性啊?"

周小鹿在浴室里出来,穿戴整齐,过来亲了他一下:"赶着去考试,还管什么人性啊?"

在公司里叱咤风云的某总裁,坐在床上,看着某人落跑的背影,表情只剩下幽怨。

当然也是有悠闲的时光的,比如她放暑假,而他公司那边又不忙的时候,可以在家窝上一整天,虚度时光,没什么比那更好的日子了。她已经从凯瑞太太家搬了出来,搬进了他的房子,住着方便,省得来回两头跑。

即便是这样的日子,元暮时也还是,有一堆的邮件要处理,他忙的时候,周小鹿就在书房沙发上,抱着笔记本写作业,两人各忙各的互不打扰。

这一天元暮时起了大早,处理昨天落下的工作,一封封翻看着邮件。突然一封邮件落入他的眼帘,发件人是陆辰,附件是十几张左右的照片,文字内容却十分简短:"人已经抓到,小鹿的照片已经全部追回,确定无遗漏,放心。"

元暮时微笑起来,靠在椅背上长长松了一口气。

回复完所有的邮件,他抬头看周小鹿,周小鹿正盘腿坐在沙发上,笔记本放在腿上,埋头做着功课,像只认真的小动物,看着让人心生怜爱。他微笑着起身,走过去,从后面抱住她,将头埋进她的脖颈间,使劲吸了一口气:"小鹿,你好香。"

她被他的动作弄得很痒,使劲地推了推他,不满道:"别捣乱,作业赶着交呢。"

他这才依依不舍地抬起头来。

"今天中午想吃什么?"元暮时问她,记得近几天,她总是没什么胃口,大概是西餐吃腻了,想吃中餐了,"不如我去超市买些菜回来,做牛肉面吃,再炒几个小菜。"

周小鹿果然很开心,开心地笑:"这么殷勤,晚上有赏。"

"谢赏。"元暮时亲了亲她的脸颊,起身进去洗脸拿车钥匙。

作业写到一半,周小鹿那台用了许久的二手笔记本彻底罢工了,她哀号一声,跳了起来,可是无论怎么弄,都打不开。

"要死了。"她丢下电脑,想着写了一半的作业,十分崩溃,可越是这样越没时间沮丧,她努力调整好情绪,走向他的办公桌,决定临时借用他的电脑。

他的电脑一直开着,打开荧幕后,显示出来的页面就是他的邮箱,想来是,他刚才忘记关就离开了。邮箱里不停地有新邮件进来,她听着收邮件的提示音,忍不住砸了咂舌,心想,总裁真不是人当的,工作量巨大得让人受不了。

嘟囔着,她准备关掉他的邮箱,却不曾想,手一抖,打开了一封邮件。邮件是陆辰发来的,上面写着"小鹿的照片全部收回"之类的话,附件也很大,她心里实在好奇,她有什么照片,值得大费周折,去抓人收回的,就点开了附件。

展现在她面前的画面,让她惊出一身冷汗——那是她的照片,她闭着眼睛,一丝不挂,不遮不掩,躺在白色的窄床上的,有几张,她的手还被举高,摆出十分撩人的姿势。拍照片的人用了十分专业的相机,因此照片十分清晰,不光是她的脸,连她身体的每一寸肌肤,每一个线条,甚至私密处都清清楚楚。最恶心的几张,除了她的身体之外,还有一个男人,男人没露脸,只有下半身,勃起的生殖器抵在她的身旁。

她几乎尖叫出声了!啪的一声,大力将笔记本电脑合上。手止不住地颤抖,心脏也在狂跳,她只觉得天旋地转。

这些照片,是什么时候拍的?她完全没记忆?

全身被恐惧包围,她身上已被冷汗浸透。大脑在轰鸣,她捂着胸口,大口喘息,努力镇定了好久才重新打开照片,仔细观察。

照片的背景做过处理,看不清在哪儿,但她还是想起了那个地方。那是"绿妖"的美容室,她为了代言,那段时间每天都要去绿妖做全身护理,当然要脱得一丝不挂。

可是,美容师是女的,并没有男人进去……

对了,只有一次……那一次,美容师说为了让她放松一些,就在她身边点了一些安神熏香,那之后她就睡着了。

难道就是那个时候?

可是不对呀,安雅还在外面呢,有人进去,她一定会看到!

她喉咙干涩得难受,忍不住吞了吞口水,奔回房间,抓起手机,给安雅打电话。

安雅很快就接了,她说:"我也不记得了,不过绿妖的美容师挺热情的,经常送我奶茶喝,她家奶茶好香啊,好几次喝完我都坐在门口睡着了。"

周小鹿浑身冰凉。

如果熏香有问题的话,那么安雅的奶茶里也一定被放了安眠药之类的东西!

手脚因为惊恐而开始发麻,她却顾不得这些,拿起手机给陆辰打电话,陆辰沉默了半晌才说:"你看到照片了?"

"看到了,求你告诉我,到底是怎么回事。"她说得十分急切。

"BOSS不让我告诉你,但是现在既然你都已经看到照片了,想必也能猜个八九不离十了。"陆辰的声音一如既往的平静而置身事外,"我跟你说过,别把这个演艺圈看得那么单纯,在这个圈子里混,不想死,就要拿起枪来。"

陆辰说得没错,在看到照片的那一刻,她确实想到了一些问题。

照片拍摄的时间是在她做绿妖代言人的时候,可是那么久都没被曝出来,而接下来元暮时和陆辰一连串的怪异举动……她就算确实不善计谋,也能猜想出个七八分。

果然陆辰说出来的真相,跟她的猜想十分接近。

照片是元平时策划拍的。那个时候周小鹿和陈嘉铮一起拍完了《饲主》,陈嘉铮因为她而跟元平时有了争执,第一次表露出想解约的意图,被元平时用合同和知遇之恩的情义软硬兼施,安抚住了,但是这足以让元平时惊恐万分,她害怕失去陈嘉铮,所以就对周小鹿起了杀心。

想要毁掉一个女明星,真的很简单,艳照即可。

一线的女明星遭遇艳照,尚且会被压得几乎无法翻身,更何况是周小鹿这种刚入行没多久，连三线都算不上的小明星。

　　于是元平时便向世纪美的总裁提了这个想法，世纪美的总裁当然不想失去陈嘉铮这个摇钱树，便开始这个"艳照"计划。

　　那个时候，ONE的主唱情绪不好，闹出了一些风波，给了世纪美一个天大的好机会，他们收买了ONE的经纪人，大曝ONE的黑料，又趁着元暮时忙着处理ONE的烂摊子，顾不上周小鹿时，顺利拍好了照片，只是没发出来。因为元暮时并不是个好惹的，贸然行动，万一他有所警觉，第一时间做危机公关，并查出真相，到时候不但计划成功不了，他们还会有法律责任。所以他们想等元暮时不在的时候，影响面够大，他再回来做公关，已经于事无补了。

　　就在他们等时机的时候，元暮时警觉到了不对劲。让他产生警觉的事情非常细微，若不是因为他对周小鹿足够关注，绝对发现不了。

　　那段时间周小鹿对他态度冷淡，他也很无奈，每天都会让保安室将周小鹿回来时，摄像头拍下来的画面截图发给他。他每天都看，只当消乏解闷，每次她从绿妖做完保养回来，精神都十分好，唯独那次显得十分困倦，不止她，就连一向精力充沛的安雅都哈欠连连。

　　他便让秘书去查了她们前一天的行程，发现她们两个前一天并不忙，回去得也很早，更加没出去玩。然后他又让陆辰去绿妖转了一圈，敏感的陆辰去绿妖转了一圈，正撞见美容师与一个男人接头，男人给了她一沓现金。而那个男人跟他同在一个狗仔圈，他当然认得他是世纪美总裁的秘密武器。

　　回去后，他将这些事告诉了元暮时，元暮时当时就意识到了不对劲，就派陆辰去潜伏留意世纪美那边的所有动向。陆辰曾经有一支秘密的狗仔队，后来他做狗仔做烦了，就把队伍解散了，但是狗仔队的每一个人都是他带出来的，所以陆辰重新将他们召集起来并不是什么难事。

　　陆辰的小队很快发现世纪美和元平时的计划，元暮时决定反击。也就是在那个时候，他开始设计周小鹿在她家过夜，并让陆辰拍下照片，并加紧对她追求表白，让她下定决心跟他公开关系，这样做的目的只有一个,让她成为元申的未来孙媳妇。

之后的事,她都知道了,陈嘉铮解约,元暮时带领团队推波助澜,逼得世纪美和元平时几乎走投无路。而当时拍照的那个狗仔却在世纪美出事的当天就跑路了,陆辰一直在追查他的下落,就在昨天终于查到了,封住了他的口,拿回了所有照片。

陆辰说到这里,周小鹿猛地想到了一件事。她骨折住院期间,有一次跟安雅在花园里晒太阳,遇到狗仔偷拍,想到当时安雅说的话……原来是这个原因,他那样设计她爱上他,跟他公开关系,除了刺激陈嘉铮之外,更重要的是要让她置于元申老爷子的保护伞下……可这些,她却一点也不知道,只以为他在利用她,刺激陈嘉铮解约,以此打击世纪美,报复元平时。

她想到这里浑身冰凉,心里却是热烘烘的,半晌没吭声。

过了许久,她问陆辰:"这些事,他为什么要瞒着我?"声音竟有几分颤抖。

陆辰的回答,让她再次落下泪来:"BOSS说过,他要做的事确实是利用到了你,但是利用就是利用,他不想为自己的行为洗白。"

周小鹿放下手机,捂着嘴巴,蹲下身去,痛痛快快地哭起来。

后面的话,陆辰没说,她也是懂的。

他是想让她看到所有的他,原原本本,不加美化和隐藏,看到他最真实的一面,无论是好的还是坏的。

也许刚开始,他接近她确实目的不纯,但是后来,他爱上她了,就将自己刨开了给她看,让他看到他的阴暗和丑陋,却也爱上他的情深义重。

他从不为自己解释,不为自己洗白,只是希望她接受的是原原本本的他,他这个人啊,大概对爱情是有些洁癖的,受不了一丝一毫的瑕疵和美化。

他生在那样的家庭,手里不得不端着枪,可是他也想让她知道,他虽然手中端着枪,心里却是有花的。

那些花,是她送给他的。

周小鹿好不容易止住了哭，站起来擦干眼泪，将笔记本电脑摆回了原位，页面也恢复她动之前的页面，就当自己什么都不曾发现。只是心里的澎湃还未平复，作业也没心情写，她在书房有些坐立难安，就走出去，站在路口等他。

中午的阳光很好，暖融融地照在她的身上，清风送来花香，心里有柔软的感动在翻涌着，这样的时光真是上帝的一种恩赐。她静静站着，一动不动，直到凯瑞太太和凯瑞先生惊慌地跑了过来。

"梅花鹿，梅花鹿，元先生是不是去了超市？"

周小鹿点了点头，凯瑞的表情更加慌张了，对着她喊："不好了，超市旁边的金店发生劫案，劫匪劫持了店员和路过的行人，电视上正在直播！我看到元先生了，他被劫匪劫持了，听说劫匪还开了枪，有个东方人中枪了，不知道是不是元先生……"

凯瑞太太说得太快，她只听懂了几个单词，元先生、劫持、中枪了……全身的血液都冲向了大脑，她想也不想全力朝超市的方向狂奔。

凯瑞先生开出了他的老爷车，在后面喊："梅花鹿，我载你去。"

超市在另外一个街区，离这里大约十分钟的车程。凯瑞先生开得很快，周小鹿却还是觉得慢，手紧紧地握在一起，指甲掐进肉里，掐出一道道血痕。可是她感觉不到疼，因为比起她心里的惊慌，这些根本不算什么。

超市周围拉起了隔离带，有警察进进出出，凯瑞太太问了一些路人。路人说，劫匪已经被制伏了，也确实有个东方人中枪了，救护车刚来。周小鹿冲进人群，拼尽全身的力气在一群人高马大的欧洲人中间挤，她想挤到里面，看看中枪的是不是元暮时，她一定要看到元暮。只可惜，等她挤进去，救护车已经关上了门，正在启动，她就跟在救护车后面跑，可是她怎么可能跑得过救护车？力量在流失，她只能看着救护车走远。

无力地返回现场，她依旧慌张，见人就拉着问，问他们有没有见到一个穿黑色大衣的东方人，可是所有人都说没看到，她面对一张又一张迷茫的脸，心底越来越绝望。

警察开始撤走，街上还残留着血迹和破碎的玻璃碴，她站在纷乱的异乡街头，绝望得哭都哭不出来，心底的悲凉直窜上大脑，她忍不住哭着喊了一声："暮时！"

有人从后面拽住了她的手腕，"小鹿，你在叫我？"

这个声音，是柔软的、温和的，带着一丝的疲惫。她的眼泪瞬间流了下来，转身看着那张熟悉的脸，他的脸上有擦伤，经过简单的处理，贴着胶布。

元暮时苦着脸："最近是不是水逆？我难得去一趟超市，就遇到了抢金店的，不是一般的倒霉。"

他话没说完，周小鹿已经哭着扑进他的怀里，连声说："暮时！暮时！你再也不要离开我了！"

元暮时有些惊喜，抱着她不停地问："你这是要给我名分吗？"

周小鹿将头埋进他的胸前，哑着嗓子答他："我想跟你永远在一起，我想跟你结婚，暮时，我爱你！"


三年的学业结束，周小鹿回国之前，完全没有想到，自己在国内还有些热度。三年前，她提名最佳新人奖，却最终无缘奖杯，她以为她会就此沉积，哪知这三年来，国内的狗仔一直不时跟进她和元暮时的恋情，分分合合，起起落落，写得似模似样。原来的粉丝都还在，还圈了不少路人粉，回国那天，接机人数实在吓了她一跳。

那天她素着脸，跟元暮时手牵手走出机场，两人都是大衣墨镜，照片上看竟然分外和谐。阔别三年，她已经不是当年怯生生的娱乐圈新人了，浑身上下散发出的自信，俨然就是女王。

《哑后》最近在重播，收视率还是很高，她回国后第一次公开露面，是在《哑后》的粉丝答谢会上，各路主创重聚，星光熠熠，明星们在话筒前，跟粉丝打过招呼之后，说出对粉丝的感谢。轮到周小鹿的时候，现场所有人的粉丝都不约而同地安静了下来，粉丝们激动地手拉着手，举着写有她名字的荧光板，所有的灯光，所有的话筒都汇聚在她身旁。

她握着话筒，微微一笑，自信而优雅，虽不艳丽，但也自有光华。

"虽然大家已经认识我了,但是我还是想做一次自我介绍……大家好,我是周小鹿,我回来了。"她的声音并不大,沙沙的尾音、舒缓的语调,让她的声音听起来是那么的与众不同。

鹿男团不断壮大,但是初代的鹿男,一半以上是有语言障碍的人,或者干脆又聋又哑,此时那些即便听不到声音的粉丝,也仿佛感受到了她的声音,一个个泪眼婆娑。

掌声雷动。元暮时坐在观众席的最前排,目光始终停留在一个人身上,掩饰不住的爱意随着笑容从眼角一直蔓延到眉梢。有媒体拍下过他看周小鹿的照片,那种专注而宠溺的眼神,秒杀了不知道多少少女的芳心。

媒体采访时间,有记者问周小鹿,会不会重新跟元暮时签约,她丝毫没有考虑,坚决地摇了摇头:"不会。"

这次,不光是媒体一片哗然,连元暮时都不淡定了,他坐直身子,看着周小鹿,表情有些不悦。

媒体又问:"为什么?你们感情那么好,一起工作不好吗?"

"男朋友是老板这种事情,一点都不好玩。"周小鹿开玩笑,说着还往台下看了看,碰触到元暮时不悦的眼神,脸上的笑容变得娇羞起来,"距离能产生美,我觉得还是不要黏在一起比较好。"

似乎回答了问题,又似乎没有回答,周小鹿也学会了跟媒体打太极,偏偏态度还那么诚恳,让人想挑矛盾都挑不出来。粉丝们笑起来,现场气氛很热络,只有台下的元先生脸瞬间黑了起来。

什么叫作"距离能产生美"?都打算结婚了,亏她敢说出这样的话!回家你就死定了周小鹿。

元先生一向有仇必报,采访结束,回到家,一进门,就将某头要跟他"距离产生美"的鹿压在门上,半真半假地恶狠狠问:"什么叫作距离产生美?签约待在我身边不好吗?"

周小鹿看着他笑:"万一签约了,一分手又要解约,太麻烦了。"

"你说什么?还敢提分手?"元暮时怒气冲天,狠狠吻了她一通,直吻得她快断气了,才放开,"再说一遍试试。"

周小鹿这才举手投降:"再也不敢了,大王。"
元暮时还不满意,索性将她打横抱起,丢到床上,狠狠蹂躏一番才解气。

"运动"过的元暮时带着一丝餍足的笑,抱着周小鹿听她说她的计划。

"安雅都能开自己的工作室,我为什么不能?我不想躲在你的身后,我也想努力一番,想要跟你并肩站立,一同闪耀。"

元暮时看着她泛红的脸颊,用温柔的一吻,表明了自己的态度。

你若来我身边,我自会用命护你周全,你若想飞,我也不会成为你的桎梏。

开工作室可不是那么容易的一件事,光是汇集一群志同道合的人就极其困难了,周小鹿最近几天都要跟很多人见面,有专业的经理人,也有毫无工作经验的毕业生,因为她贴出的"人才征集榜"上,只有一个要求:真心的喜好这项工作。

而且,残疾人优先。

周小鹿见了许多人,终于有了中意的人选,正在家里一边哼着歌,一边整理资料,哼着哼着有人从身后抱住她。

"唱得真好听,真的不打算出唱片?"元暮时埋下头,亲了亲她细白的脖颈。

她脖子特别敏感,被他一亲,弄得浑身酥痒,一边笑一边躲开,跌到沙发上,仰头看他。

"才不出。"她的声音因为笑得太厉害,而微微喘息,"我的声音可是非常宝贵的,我会好好珍惜它,不能那样过度使用,演戏的时候念台词就够了。"

"还有。"元暮时倾身将她压下,"说话给我听。"

说这话的时候,他的鼻息已经拂过她敏感的耳朵,火热的吻随之落下,衬衣的扣子被他不规矩的手一颗一颗解开,酥酥麻麻的感觉,让她全身都软了下来,一声细碎的呻吟不受控制地从唇边溢出。

"嗯……不要……"

脑子是混沌的，却还有一丝微小的理智在提醒她，她还在工作，怎么能这样？她伸手努力想推开他，可是手却被抓住，压在头顶。

"不要什么？"他的头埋在她的胸前，一边挑弄着她的敏感，一边坏心眼地逗她说话。天知道她喘息着说话有多性感诱人。

"不要……这样……我还有工作……"她试图躲开他的手和唇，可是头刚一偏，他就惩罚似的不轻不重咬在她的花蕾上，她控制不住发出一声，自己听了都觉得羞耻的声音。

"一会儿我帮你做。"他抬起头来，勾唇坏笑着看她，"讨好我，我可以教你些工作的技巧，毕竟驭人之术上，我可是专业的。"

周小鹿咬着下唇，娇嗔看他，他说得确实是没错，这点上他确实拿手！咬了咬牙，为了新工作，她决定拼了，于是双手钩住他的脖子，主动吻上他的唇，小手也学着他的样子解开他的衬衣，在他胸膛上摸来摸去。

嗯，手感真不错，自己好像也不吃亏呢！而元暮时也似乎很满意她的主动，动作变得更加火热，接下来她就完全没时间考虑什么工作不工作了，因为她已经被他的热情送达了云端，愉悦而甜蜜，许久都没落下。

周小鹿的工作室开业时，元暮时去助阵，有记者采访他，问了一个十分跑题的问题。

"您这一生最幸福的事是什么？"

元暮时看着周小鹿，微微一笑："最幸福的事，莫过于我爱的人，此生开口说的第一句话，就是我的名字。"

现场响起一片掌声，周小鹿幸福地笑，在后面默默抓住了他的手。

又是一年春节，两人陪着元申老爷子吃完年夜饭，又赶去周小鹿爸妈的坟头上祭拜，一切结束，回到家后，已经凌晨三点了，春晚早就结束，看都没得看了。

周小鹿又累又无聊，躺在沙发上不想动弹，元暮时过来拖她进浴室，笑眯眯地说："既然又累又无聊，不如我们去做些又解乏，又有意义的事吧。"

于是，某人出浴室的时候又是横着出来的。

第二天一大早，拜年的短信塞爆了信箱，周小鹿趴在床上一条一条看，元暮时翻了个身压在她身上，跟她一起看。在她腰被压断之前，短信终于看完了，她反手拍着他的脸，抱怨着好重。他则搂着她的腰，翻了个身，姿势就变成了她躺着压在他身上。

这个姿势实在不舒服，她就蠕动着回身，趴在他的胸口，刚准备就这样再眯一会儿，就感觉到身下不对劲，有什么东西似乎又苏醒了，正蓄势待发，她哀号一声，爬起来就想跑，却被某人牢牢抓住。

"你放的火，你来灭。"他邪魅狂狷一笑，吻住了她的唇。

周小鹿被吻得七荤八素，还不忘推开他，吐槽："你台词不对呀，这又不是一篇总裁文。"

元暮时挑眉笑："我是总裁，怎么不是总裁文？"

周小鹿无言以对，再次沦为阶下囚，愉悦劳累之时，她在心里深深叹息："唉，论智商，她这辈子可能再无逆袭的可能了。"

闹腾了一番，肚子早已咕咕叫，她躺在床上一动不动，任由肚子叫得欢快，元暮时穿上衣服，起身拽她："起来，出去吃早饭，再不吃，你的肚子要罢工了。"

周小鹿咕哝一声，翻了个身抱着大抱枕继续窝着不肯动，脸上满是幽怨："还不是折腾得我腰都快断了。我不去，饿就饿着，当减肥好了，反正没人会嫌女演员太瘦。"

元暮时看她耍无赖的样子，就觉得好笑，摇摇头，自己去厨房了。在厨房里转了一圈，只找到麦片，就泡了两碗，端进卧室。也不怪他们两个家里断炊，实在是两个人都太忙，没人有时间去买菜，而今年大年初一，外卖都停了，只能暂时拿麦片充充饥。

新年的第一顿饭，看起来实在凄惨，但是周小鹿不嫌弃，闻到麦片的香气就一跃而起，端起碗吃得好香。元暮时看她狼吞虎咽，无奈地笑起来："刚才谁说的，饿着当减肥？现在不减肥了？"

"麦片热量低，多吃点没事的。"她嘴巴就没停，说话含含糊糊。

小东西真是越来越会狡辩了。

某人笑着,索性连自己手上那碗也让给了她,当然,不白给的,她吃麦片,他吃她。就这么窝到了中午,周小鹿休息够了,中午来临,街角传来烤肉的味道,她肚子里的馋虫被勾了起来,穿好衣服拉着元暮时出门觅食。

街上人山人海,商场外墙的LED大荧幕上播放着最新出道的小鲜肉组合的歌曲,她抬头看了一会儿,捏了捏身边人的掌心:"这是她带出来的小鲜肉组合,已经很红了呢。"

"哦。"元暮时应着声,也抬头看荧幕,"要是那么容易被打败,就不是尹润园了。不过,陈嘉铮只有一个,她再有能力,也不可能打造出一个陈嘉铮那样红的男团出来。"

"是吗?"周小鹿阴阳怪气,"她要是再来求你,你会不会帮忙?"

"你呀……"元暮时不怒反笑,似乎早已将她心里的小九九看得一清二楚,不答反问,"如果陈嘉铮来邀你合作,你会不会答应?"

这招以牙还牙,用得当真是漂亮!周小鹿笑起来,指了指前面,说:"咦,那在卖什么,好热闹,我们去看看。"

元暮时心领神会,无奈地摇摇头,跟着她往前走,再不提刚才的话题。

他们都有过去,他们都爱过别人,但是现在他们在一起,而且永远也不会放开彼此的手。

这就是他们的爱情。